Antje Szillat

Die Tiefen deines Herzens

Antje Szillat schreibt sehr erfolgreich Bücher für Kinder, Jugendliche und junge Erwachsene und schlüpft dabei gern in die unterschiedlichsten Rollen. Besonders ihre Kinderbuchreihe ›Rick‹ erfreut sich großer Beliebtheit. Sie lebt und arbeitet mit ihrem Mann und ihren vier Kindern in der Nähe von Hannover.

Antje Szillat

Die Tiefen deines Herzens

Roman

dtv

Ausführliche Informationen über
unsere Autoren und Bücher
www.dtvjunior.de

MIX
Papier aus verantwortungsvollen Quellen
FSC® C019821

Ungekürzte Ausgabe
2015 dtv Verlagsgesellschaft mbH & Co. KG, München

Umschlagkonzept: Balk & Brumshagen
Umschlaggestaltung: Geviert – Büro für Kommunikation, München,
Conny Hepting unter Verwendung eines Bildes von
© Getty Images/Bild-Nr. 108162696
Gesamtherstellung: Druckerei C.H.Beck, Nördlingen
Gedruckt auf säurefreiem, chlorfrei gebleichtem Papier
Printed in Germany · ISBN 978-3-423-71650-5

Wenn du dein Schicksal verändern könntest,
würdest du es tun?

Wenn der Himmel einen Menschen liebt,
dann lässt er ihm einen Freund begegnen.
(Aus China)

1

Die Hecke war dicht und schien mir undurchdringlich. Ich musste mich auf die Zehenspitzen stellen, um einen Blick auf Felix und die anderen Jungen, mit denen er im Garten Fußball spielte, erhaschen zu können.

Gestern beim Abendbrot hatte ich mit angehört, wie sich meine Eltern über die neue Familie nebenan unterhielten. Felix' Mama war einfach abgehauen, hatte meine Mutter erzählt, und hatte den armen Mann mit dem kleinen Jungen sitzen lassen.

Ich verstand nicht so richtig, was sie damit meinte und warum sie sich so darüber aufregte. Und dass der arme Junge sich bestimmt die Augen nach seiner Mama ausheulte, das konnte ich auch nicht feststellen. Felix stürmte lachend durch den Garten, den Fußball immer fest im Visier.

Wie gern hätte ich in diesem Moment mit ihm getauscht, denn ich steckte mitten in der schrecklichsten Geburtstagsfei-

er meines siebenjährigen Lebens fest. Meine Mutter hatte tatsächlich geglaubt, ich würde mich über eine Barbie-Party mit Jana, Ellen, Chiara und Emily freuen. Allesamt in Rosa, versteht sich. Ich wollte aber nicht mit Barbiepuppen spielen, und erst recht nicht in Rosa gehüllt. Ich hasste Barbie!

Es war 2001, ein glühend heißer Samstagnachmittag im August, und ich wünschte mir nichts mehr, als mit Felix in dem Baumhaus zu hocken, das sein Vater, gleich nachdem sie nebenan eingezogen waren, in die gewaltige Eiche gezimmert hatte.

Es sollte jedoch noch fast zwei Wochen dauern, bis ich das erste Mal mit leicht zittrigen Knien die schmalen Holzstufen hinaufklettern durfte. Zwei Schokoriegel und eine Tüte Gummibärchen hatte mich das gekostet.

Felix stopfte sich gerade den zweiten Riegel rein, als ich oben ankam und mich staunend neben ihn auf die Bank plumpsen ließ.

»Cool, was?«, fragte er mich mampfend.

Ich nickte schüchtern.

»Mein Vater sagt, hier oben bin ich sicher.«

»Wovor?«

Ich rechnete damit, dass er nun von Löwen und Tigern oder möglicherweise von wieder zum Leben erwachten Dinosauriern erzählen würde.

Doch Felix legte den Kopf ein wenig schief und erklärte: »Vor meinen Gefühlen. Immer, wenn es mir nicht so gut geht, klettere ich hier hoch. Es ist nämlich ein Zauberbaumhaus.«

Ich begriff nicht, was er meinte, und ärgerte mich über meine Dummheit. Felix war nur ein Jahr älter als ich und redete von Dingen, die ich nicht verstand.

»Meine Mutter hat immer gesagt, wenn ich die Kirschkerne

mit runterschlucke, würde da drin bald ein gewaltiger Kirschbaum wachsen.« Er tippte sich mit dem Zeigefinger gegen den Bauch und schaute mich fragend an. »Und? Siehst du einen Kirschbaum?«

Ich schüttelte den Kopf.

»Die Erwachsenen sagen vieles, was nicht stimmt. Bei meiner Mutter war es der Kirschbaum.« Er blinzelte und fügte leise hinzu: »Und dass sie mich lieb hat.«

Ich wollte etwas sagen. Aber ich wusste nicht, was. Ich hatte keine Ahnung, wie ich ihn trösten konnte und ob er das überhaupt wollte. Ich war ja nur ein siebenjähriges Mädchen, das Barbiepuppen hasste und unbedingt Felix zum Freund haben wollte. Und das nicht nur wegen seines Baumhauses.

Felix schaute auf seine Füße und ich betrachtete ihn von der Seite. Wie gern hätte ich ihm gesagt, dass ich seine beste Freundin sein wollte, doch ich traute mich nicht. Und da, plötzlich, als hätte er meinen scheuen Blick erahnt, hob er den Kopf und sah mir direkt in die Augen. Mein erster Impuls war, schleunigst wegzugucken. Stattdessen lächelte ich und erschrak prompt über mich selbst.

Ich hatte noch nie einen Jungen zum Freund gehabt. Ging das überhaupt? Würde das nicht gleichzeitig bedeuten, dass wir ein Liebespaar waren? Müssten wir uns dann vielleicht sogar küssen? Oh Mann, ich wollte keinen Jungen küssen. Auch nicht Felix.

Hilfe suchend sah ich ihn an.

Er grinste schief, und als ob er meine Gedanken erraten hätte, meinte er: »Mit Küssen habe ich es nicht so. Ich habe nämlich mal gehört, dass man dabei die Zunge des anderen runterschlucken muss.«

»Bäh«, machte ich und schüttelte mich angewidert. »Das ist ja eklig. Ich werde niemals jemanden küssen. Im Leben nicht!«

»Ich auch nicht«, sagte Felix noch breiter grinsend und hielt mir die Tüte mit den Gummibärchen hin.

Ich zögerte. Schließlich waren die Gummibärchen mein Eintritt ins Baumhaus gewesen.

»Nimm schon. Wir sind doch jetzt Freunde.«

Mein Herz machte einen wilden Sprung.

Aber Felix wackelte einfach mit den Schultern, schaute nach oben und sog die Luft tief durch die Nase ein. »Riecht nach Regen.«

Als Minuten später die ersten schweren Tropfen auf das Dach des Baumhauses klopften, konnte ich nur noch über seine Klugheit staunen.

»Komm«, rief Felix und sprang auf. »Wir machen einen Regentanz unten im Garten!«

Ich nickte begeistert, und dann vollführten wir den tollsten Regentanz, den die Welt je gesehen hatte. Felix drehte sich im Kreis, schmiss die Arme in die Luft und hüpfte auf der Stelle. Ich streckte meine Arme weit zur Seite aus, legte den Kopf in den Nacken und wirbelte dabei um mich selbst, bis mir ganz schwindelig wurde. Mein Herz wummerte wie verrückt, und das Gefühl, vor Glück platzen zu müssen, kribbelte in mir.

Wir tanzten so lange barfuß durch den Garten, bis der Regen nachließ und nur noch sein schwerer Dunst in der Luft lag.

Der Rasen dampfte und unsere Klamotten pappten an unseren Körpern, als wir uns keuchend der Länge nach auf den Boden fallen ließen. Seite an Seite. Kaum eine Handbreit, die zwischen uns gepasst hätte.

Da schloss ich die Augen und dachte: So soll es bleiben. Am besten für immer!

Tatsächlich wurde mir in den nächsten zehn Jahren niemand so vertraut wie Felix.

Er verstand mich, ohne dass ich ein Wort sagen musste. Er war mein Seelenverwandter, mein Beschützer, mein Held! Stark, mutig und zweifelsohne gut aussehend, was ich mit zunehmendem Alter an den Mädchen bemerkte, die Felix umschwirrten wie die Motten das Licht.

Trotzdem war ich nie eifersüchtig. Warum auch? Wir waren ja kein Paar. Jedenfalls kein Liebespaar. Wir waren Freunde. Die allerbesten. Natürlich fiel mir auf, wie schnell er den Mädchen den Kopf verdrehte. Das gelang ihm genauso mühelos wie Fußball spielen. Dennoch war ich immer wieder überrascht, wie leicht er sie dazu brachte, ihn anzuhimmeln. Ein Blick aus Felix' leuchtend hellblauen Augen genügte und die Mädchen schienen darin zu versinken.

Doch ich wusste, dass Felix nur mit ihnen spielte. Er blendete sie, die Tanjas, Melanies und Sophias, zog sich eine fremde Haut über, damit keine von ihnen auf den Grund seiner Seele sehen konnte. Das war nur mir vorbehalten – nur für mich öffnete Felix sein Herz.

In dieser Gewissheit schaute ich fast ein wenig mitleidig auf die Mädchen, die beim Fußball am Rand des Grüns herumlungerten, mit feuchten Händen und klopfenden Herzen, in der Hoffnung, Felix würde ihnen einen Blick schenken. Nur einen einzigen Blick.

Ab und zu tat er ihnen den Gefallen. Dann standen sie regungslos da. Ich glaubte, ihre Herzen schlagen zu hören. Da-

dumm, da-dumm, da-dumm. Ich konnte spüren, wie ihnen förmlich die Luft wegblieb. Der Mund sich trocken, die Kehle rau anfühlte. Ich sah die Halbmonde von Schweiß unter den Achseln ihrer Shirts und sie taten mir leid. Denn mehr als das, den Hauch eines Moments, in dem die Welt für sie stehen zu bleiben schien, würde Felix ihnen nicht schenken.

»Aus der Ferne betrachtet, mögen Frauen toll sein, und es kommt einem faszinierend vor, sich auf sie einzulassen. Aber von Nahem erkennt man ihr wahres Gesicht und ist verloren, wenn man ihnen glaubt.«

Ich wusste, dass Felix über seine Mutter sprach, als er dies zu mir sagte. Dass sie der Grund war, warum er sich als achtjähriger Junge geschworen hatte, sich niemals zu verlieben. Denn wer nicht liebt, der kann auch nicht verletzt und verlassen werden.

So einfach ist das.

Nimm dir Zeit, um zu träumen;
das ist der Weg zu den Sternen.
(Aus Irland)

2

Die Luft war so heiß, dass es beim Einatmen ein wenig schmerzte. Sie flirrte über den grauen Asphalt des Bahnsteigs, auf dem ich stand und auf den Zug wartete.

»Nun mach nicht so ein Gesicht.« Mein Vater knuffte mir aufmunternd in die Seite. »So schlimm wird es schon nicht werden. Außerdem soll es auf Usedom wirklich schön sein.«

»Na prima, dann fahr *du* doch hin!« Meine Stimme triefte vor Sarkasmus, was meinen Vater zu einem tiefen Seufzer veranlasste.

»Ach, Leni, das haben wir nun doch schon tausendmal diskutiert.«

Oh ja, und wie wir das hatten. Wenn auch mit ungerecht verteilten Rollen, denn ich hatte von vornherein keine Chance gegen die Entscheidung meiner Eltern gehabt, dass ich die ersten drei Wochen meiner Sommerferien bei meiner Tante Clara auf Usedom verbringen sollte.

So wenig, wie ich auf diese Insel wollte, so wenig kannte ich meine Tante Clara. Sie war praktisch eine Fremde für mich. Beim letzten Mal, als ich sie *gesehen* hatte, war ich zwei Jahre alt gewesen – und daran konnte ich mich natürlich nicht mehr erinnern!

Meine Mutter und sie verstanden sich nicht sonderlich gut. Irgendein Streit war schuld daran. Er lag zwar schon viele Jahre zurück, war aber wohl so heftig gewesen, dass seitdem ziemliche Funkstille zwischen ihnen herrschte.

Das Einzige, was ich darüber wusste, war, dass meine Mutter sich nach dem frühen Tod meiner Großeltern um ihre zehn Jahre jüngere Schwester gekümmert hatte. Die Zeiten damals müssen sehr hart für die beiden gewesen sein. Doch am meisten hatte es meine Mutter wohl getroffen, dass Clara sich, kaum dass sie volljährig war, zu einem Wochenendtrip nach London verabschiedet hatte, aus dem dann dreizehn Jahre geworden waren.

Nun war Clara wieder zurück. Seit eineinhalb Jahren lebte sie zusammen mit ihrem englischen Freund Jamie McCourtney auf der Ostseeinsel Usedom und betrieb dort eine kleine Bed-and-Breakfast-Pension.

Meine Mutter machte keinen Hehl daraus, dass sie noch immer schwer enttäuscht von Clara war und dass sie sie für egoistisch und extrem verantwortungslos hielt.

Warum sie dann ausgerechnet mich, ihre einzige Tochter, in die Höhle des Löwen oder in diesem Fall in die Höhle der *Egoistin* schickte, sollte ihr Geheimnis bleiben. Egal, wie sehr ich mich dagegen wehrte, sie war unerbittlich.

Meinem Vater gelang es schließlich, mich umzustimmen.

»Leni, glaub mir, wenn es nicht so enorm wichtig für deine

Mutter wäre, würde ich ihren Entschluss nicht unterstützen. Dass Clara dich eingeladen hat, ist so etwas wie ein erster Schritt zur Versöhnung, denke ich.«

»Aber warum lädt sie euch beide dann nicht gleich mit ein? Und überhaupt: Mama kann ihre Schwester doch nicht ausstehen?!«

Mein Vater hatte mich wehmütig angelächelt. »Ja, das behauptet sie immer. Aber die Wirklichkeit sieht ganz anders aus, Leni.«

Schließlich hatte ich eingelenkt. Zähneknirschend und eigentlich nur, weil mein Vater mich so inständig darum gebeten hatte. Ihm konnte ich nichts abschlagen. Das war schon immer so gewesen. Je öfter ich mich gegen meine Mutter aufgelehnt, mich über ihre beherrschte und manchmal auch sehr kühle Art aufgeregt hatte, desto mehr sah ich meinen Vater als meinen heimlichen Verbündeten, meinen Freund, mit dem ich über alles reden konnte …

Mit einem lauten Quietschen kam der Zug zum Stehen und gleich darauf öffneten sich die Türen.

»Dein Sitzplatz befindet sich in Wagen acht!«, rief mein Vater, während er schon mit meinem Rollkoffer im Schlepptau den Bahnsteig entlangeilte.

Ich folgte ihm mürrisch.

»Leni, jetzt komm schon!« Mein Vater stand auf den Stufen. Den Koffer hatte er bereits in den Zug gehievt. »Gleich fährt er ohne dich ab.«

Umso besser!

Ich drängte mich an ihm vorbei in den Waggon und wollte nach dem Koffer fassen, doch mein Vater bestand darauf, mich bis zu meinem Platz zu bringen. Allerdings änderte er sein Vorhaben schnell, als er einen Blick in den menschenverstopften Gang vor uns warf.

»Okay, Leni, Schätzchen. Dann steige ich jetzt wohl doch lieber wieder aus.« Er grinste, während er mich in die Arme zog. »Sonst hast du mich womöglich bis zum nächsten Halt auf deinem Schoß sitzen.«

Ich erwiderte nichts. Schließlich war längst alles gesagt, und auch wenn er nun einen auf gute Stimmung machte, war nichts gut. Nur war es total sinnlos und überflüssig, erneut davon anzufangen.

Also ließ ich mich von ihm auf beide Wangen küssen und hob zum Abschied die Hand, als er bereits wieder auf den Zugstufen stand und mir zurief: »Bis in drei Wochen. Pass gut auf dich auf. Ich hab dich lieb, Leni!«

Ich dich auch, Paps, dachte ich. Obwohl ich gerade nicht mehr weiß, warum eigentlich.

Es dauerte eine ganze Weile, bis ich mich zu meinem reservierten Sitzplatz vorgekämpft hatte und es mir gelungen war, den Koffer in die Ablage über mir zu verfrachten.

Als ich endlich saß, hatte sich der Zug schon wieder in Bewegung gesetzt.

Ich blickte aus dem Fenster. Sah die Landschaft an mir vorbeifliegen. Dachte kurz an Usedom und was mich dort wohl erwartete. Wie meine Tante sein würde. Ob es zwischen uns total verkrampft wäre und ich vor Heimweh fast umkommen würde. Und war dann irgendwann bei dem Thema angelangt, um das meine Gedanken seit gestern Abend fast ununterbrochen kreisten. Bei Felix, meinem besten Freund, und dem, was gestern zwischen uns geschehen war.

Ich hatte ihn zum Fußballspiel begleitet wie schon unzählige Male zuvor. Doch diesmal war alles anders gewesen. Ein Talentscout des Hamburger SV hatte sich unter die Zuschauer gemischt, der eigens wegen Felix angereist war. Und ich hatte meinem Freund dabei zusehen müssen, wie er seinem Traum nachjagte. Wie er übers Spielfeld wirbelte, geduldig und zäh seine Gegner bedrängend, ohne Rücksicht auf Verluste. Das Ziel vor Augen, es vom holprigen Platz der A-Jugend auf das gepflegte Grün eines Bundesligavereins zu schaffen.

All die Mädchen, die in den letzten zwei, drei Jahren an der Seitenlinie herumgelungert hatten, waren mir nicht annähernd so bedrohlich vorgekommen wie der hochgewachsene, dunkelhaarige Mann auf der gegenüberliegenden Seite des Platzes.

Ich wusste, dass dem Talentscout gefiel, was er da von Felix geboten bekam. Wenn der Mann seinen Job auch nur ansatzweise verstand, konnte er nicht anders, als ihn auf der Stelle für seinen Verein zu verpflichten. Und das war auch der Grund, warum sich mein Magen schmerzhaft zusammenzog und sich ein banges Gefühl in meinem Körper ausbreitete. Felix würde fortgehen. Wenn nicht heute mit diesem Talentscout nach Hamburg, dann ohne Frage morgen oder übermorgen zu einem anderen Verein.

Ja, ja, du treuloser Kerl, zeig ihnen, wie talentiert du bist!, schoss es mir voller Zorn durch den Kopf, und das erste Mal, seitdem ich Felix kannte, spürte ich, wie die Eifersucht kochend heiß in mir loderte.

Nach dem Spiel waren wir zusammen mit der Mannschaft und einigen anderen Vereinsmitgliedern ins Clubhaus gegangen. Felix' Vater wollte es sich nicht nehmen lassen, eine

Runde auszugeben. Der Talentscout hatte Felix zum Sichtungstermin nach Hamburg eingeladen und das musste natürlich ausgiebig gefeiert werden.

Je mehr Bier floss, desto lauter und ausgelassener wurde die Stimmung und die Luft im kleinen Clubhaus von Minute zu Minute schlechter. Zum Zerschneiden dick.

In meinem Kopf begann es zu pochen, und es flimmerte vor meinen Augen, als ob lauter kleine Blitze davor tanzen würden.

Unauffällig massierte ich mir mit den Zeigefingern die Schläfen. Doch Felix, der direkt neben mir saß, hatte es natürlich bemerkt.

»Hast du Kopfschmerzen? Bist du deshalb so still?«, fragte er mich besorgt.

Ich schaute ihn an. In seinen Augen lag so viel Freude, seine Wangen waren vor Aufregung gerötet. – Nein, so egoistisch konnte ich nicht sein!

Plötzlich schämte ich mich. Wie konnte ich Felix nur diesen Moment vermiesen? Ihm womöglich ein schlechtes Gewissen machen, nur weil ich nicht damit klarkam, dass sich sein Leben verändern würde?

»Nein, nein, alles okay«, sagte ich und bemühte mich zu lächeln.

Felix blickte mich forschend an. Dann hob er die Hand und strich mir eine lange blonde Haarsträhne aus der Stirn. »Sollen wir lieber gehen?«

Ich beeilte mich, den Kopf zu schütteln, was den Schmerz noch verstärkte. »Quatsch! Es ist nicht so schlimm«, murmelte ich.

Doch Felix konnte ich nichts vormachen. »Es geht dir nicht

gut. Das sehe ich dir an. Komm, lass uns hier abhauen. Ich brauche auch dringend frische Luft.«

Er erhob sich, aber ich zögerte noch. »Und dein Vater?«

Felix warf einen kurzen Blick ans gegenüberliegende Tischende. Doch sein Vater hatte noch nicht einmal bemerkt, dass er aufgestanden war, so sehr war er in das Gespräch mit den Männern um ihn herum vertieft.

Felix grinste mich an. »Ich glaube, um den brauchen wir uns keine Sorgen zu machen. Der ist glücklich, dass er mit mir angeben kann.« Dann ergriff er meine Hand und zog mich mit sich aus dem Clubhaus und ich ließ es einfach geschehen.

Eine Weile gingen wir schweigend nebeneinander durch die Dämmerung, bis Felix schließlich die ungewohnte Stille zwischen uns durchbrach. »Möchtest du mir nicht verraten, was eigentlich mit dir los ist?«

»Hab ich doch«, erwiderte ich eine Spur zu heftig. »Ich habe nur ein wenig Kopfschmerzen.« Was ja noch nicht einmal gelogen war. Dennoch klang es in meinen Ohren nach einer lahmen Ausrede.

»Aha«, sagte Felix und danach herrschte erneut diese undurchdringliche Stille zwischen uns.

Ich schämte mich für meine Kopfschmerzen, weil sie mir so vorgeschoben, so herbeigewünscht vorkamen, weil ich nicht in der Lage war, mich für Felix zu freuen. Aus purem Egoismus.

Als ob ich laut gedacht hätte, blieb Felix mit einem Mal stehen. »Weißt du eigentlich, dass ich manchmal ganz schön eifersüchtig auf Geena bin?«, sagte er.

Ich schüttelte den Kopf, verwundert darüber, was meine beste Freundin mit dieser Sache zu tun hatte.

Er seufzte tief. »Geena ist klasse, bestimmt. Aber gerade, wenn ihr beide so eng aufeinanderhockt, habe ich das Gefühl, dass da kein Platz mehr für mich ist.«

»Ach, ich dachte …«

»Ich will jetzt auch gar kein großes Ding daraus machen«, unterbrach er mich. »Trotzdem habe ich ab und zu echt Angst, meine beste Freundin zu verlieren.«

Ich schluckte schwer. »Da geht es dir wie mir«, gab ich leise zu. Ich biss mir auf die Unterlippe, wusste nicht, ob ich Felix die Wahrheit sagen sollte, doch dann fasste ich mir ein Herz. »Ich mache mir tierische Sorgen wegen diesem blöden Talentscout. Ich habe Angst, dass du weggehst und mich vergisst. Dass unsere Freundschaft zu Ende ist, wenn du bei irgend so einem Bundesligaverein Karriere machst. Ich gönne es dir, wirklich! Und dennoch wünsche ich mir, dass alles so bleibt, wie es ist. Aber mir ist klar, dass das nicht geht … Wir werden älter und vielleicht …«

Ich brach ab, denn ich spürte, wenn ich weiterredete, würde ich die Tränen nicht länger zurückhalten können, die mir schon die ganze Zeit in den Augen brannten.

Felix sah mich einen Moment schweigend an, bevor er langsam den Kopf schüttelte und mich in die Arme zog. »Leni, Leni … wie kannst du nur so etwas denken …«, flüsterte er mir ins Haar.

Ich stand da und konnte mich kaum rühren. Jeder Zentimeter meines Körpers hielt inne – in der Gewissheit, dass wir uns auch ohne Worte verstanden. Jetzt endlich wusste ich es wieder.

Keine Ahnung, wie lange wir so verharrten. Es kam mir lange vor, wie viele, viele Stunden. Und dennoch waren es nur wenige Augenblicke, bevor ich mich aus seiner Umarmung löste.

»Was hältst du von Schwimmen im See?«, schlug ich betont heiter vor.

Felix grinste und zwinkerte mir zu. »Eindeutig der beste Gedanke, den du heute hattest.« Er verpasste mir einen freundschaftlichen Knuff gegen den Oberarm.

»Wer zuerst da ist!«, rief ich und flitzte los.

Felix war wie immer schneller. Er nannte mich eine lahme Ente, während er rasch aus seinen Klamotten schlüpfte und in Boxershorts über den schmalen Grasstreifen zum Steg lief.

Ich zog mich bis auf BH und Slip aus und folgte ihm.

Eine Böe fuhr durch mein Haar und streifte meine Haut. Mit einem Mal waren die Kopfschmerzen wie weggefegt, als ob der Wind sie mit sich fortgenommen hätte.

Felix griff nach meiner Hand. »Bei eins!«

Ich nickte und er begann zu zählen: »Drei … zwei … eins!« Dann ließ er meine Hand los und sprang kopfüber in den See.

Ich zögerte kurz, bevor ich ihm mit einem weitaus weniger eleganten Poklatscher folgte.

Kaltes Wasser und Dunkelheit umschlossen mich. Mit kräftigen Zügen beförderte ich mich zurück an die Wasseroberfläche. Als ich auftauchte, war Felix nur ein paar Meter von mir entfernt. Der Mondschein spiegelte sich in seinem Gesicht wider, sodass es sich deutlich von der Schwärze des Sees absetzte.

Ich schwamm zu ihm hinüber und wie auf ein geheimes Kommando hin fingen wir zu kraulen an. Seite an Seite durchpflügten wir den nächtlichen See – ohne ein Wort zu sprechen. Nur das gleichmäßige Plätschern war zu hören, als unsere Arme im ruhigen, kraftvollen Rhythmus ins Wasser tauchten.

Etwas später lagen wir rücklings auf dem Holzsteg und träumten uns, jeder für sich, woandershin und doch in dieselbe Richtung. Hinüber über den See, weit über die Stadtgrenzen hinaus, in eine andere Welt oder möglicherweise genau an den Ort, an dem wir uns gerade befanden.

Felix streckte die Hand nach mir aus. Strich mit den Fingerspitzen sanft über meinen Oberarm. Es war ein vertrautes Gefühl, und doch schwang etwas Neues darin mit, das meine Haut zum Kribbeln brachte.

»Du zitterst ja. Ist dir kalt?« Felix richtete sich auf. »Soll ich dich wärmen?«

Plötzlich spürte ich einen dicken Kloß im Hals. Bestimmt klang meine Stimme deshalb so fremd, als ich erwiderte: »Ich weiß nicht, ob das gut wäre …«

Felix schwieg, schaute mich nur unverwandt an, mit einem Blick, den ich nicht kannte. Da war so ein Blitzen in seinen Augen. Er lachte leise auf, bevor er sich zu mir hinabbeugte und mir spielerisch in die Schulter biss.

Eine jähe Woge der Zuneigung durchströmte mich, so heftig, dass mir der Atem stockte und mein Herz für ein paar Schläge aussetzte.

Ich stützte mich auf, machte ein ernstes Gesicht, denn die Heftigkeit meiner Gefühle überraschte und verwirrte mich.

War das noch Freundschaft, die ich für Felix empfand? Oder Liebe? Und wenn ja, wann war aus Vertrautheit Zuneigung erwacht? Oder bildete ich mir das alles nur ein, weil ich Angst hatte, Felix zu verlieren? Aber warum kam er mir plötzlich so fremd vor? Wieso schämte ich mich mit einem Mal meiner nassen Unterwäsche?

»Felix, was …«, krächzte ich. Aber er bremste mich. Behutsam umfasste er meinen Hinterkopf und kam mit seinem Gesicht so dicht an meins, dass ich seinen Atem spüren konnte.

»Leni«, raunte er mit einer Stimme, die mir durch und durch ging. »Bist du meine Freundin?«

Ich formte mit den Lippen ein Ja, aber einen Laut brachte ich nicht hervor.

Felix' Mund wanderte zu meinem linken Ohrläppchen, küsste es sanft, bevor seine Lippen über meine Wange strichen. Nur ein Hauch, wie eine Feder – zart und doch so voller Leidenschaft, dass ich das Gefühl hatte, innerlich zu verbrennen.

Oh Gott, ja, ich war seine Freundin. Aber anders als noch vor ein paar Tagen, Stunden, Minuten. Zum ersten Mal, seit ich Felix kannte, wollte ich ihn spüren. Sehnte mich körperlich nach ihm. Nicht als meinen allerbesten Freund, meinen Kumpel. Ich war bereit, auch wenn ich keine Ahnung hatte, wie der nächste Schritt aussehen würde.

Aber Felix wusste, wie das ging. Wonach ich verlangte. Was er wollte. Seine Lippen fanden meine und seine Zunge bahnte sich einen Weg in meinen Mund. So zärtlich, so unfassbar liebevoll, dass mir die Luft wegblieb. Ich war wie paralysiert. Unfähig, mich zu bewegen, lag ich einfach nur da und genoss diesen Kuss und Felix' Nähe mit jeder Faser meines Körpers.

Genauso plötzlich, wie er mich geküsst hatte, löste er sich wieder von mir und sah mich eindringlich an. »Du hast mich schon als achtjährigen Jungen total umgehauen. Als du auf einmal vor unserer Tür standest und unbedingt in mein Baumhaus wolltest. Wie du mich angeschaut hast, dein Lachen mit dieser breiten Zahnlücke, die unzähligen Sommersprossen und deine Fröhlichkeit. Weißt du …« Er hielt kurz inne, fasste meine Hand, führte sie an seinen Mund und küsste sie. So viel tiefe Zuneigung steckte in dieser Geste, dass es meinem Herzen einen Stich versetzte. »… du hast mich mit deiner lockeren Art einfach von den Socken gehauen. Es war so ein unvermittelter Schlag, so mitten rein in die Magengrube. Ich fühlte mich mickrig und groß zugleich. Und da habe ich es gespürt: Du bist meine Rettung.«

»Warum … hast du nie etwas gesagt?«, stammelte ich.

Für den Bruchteil einer Sekunde schlich sich ein Hauch von Wehmut in Felix' Miene. »Ich wollte mich doch nicht verlieben. Niemals.«

»Und jetzt ist es trotzdem passiert?«, fragte ich beklommen.

Felix schmunzelte. »Nein, ich bin nicht verliebt. Ich liebe dich, Leni. Schon immer. Das ist ein großer Unterschied.«

»Felix …«

Sein Name hatte sich in ein Flüstern verwandelt. Noch bevor ich ihn ganz ausgesprochen hatte, riss er mich in seine Arme und küsste mich. Und dieses Mal blieb ich nicht wie angewurzelt liegen. Ich schmiegte mich in seine Umarmung und tauchte hinein in diesen Kuss, so tief, dass ich glaubte, unsere Seelen würden sich berühren. Felix presste mich an sich, als ob er mich nie wieder loslassen wollte, fuhr mit den Händen durch meine Haare, küsste meine Wangen, meinen Hals, fand meinen Mund … bis ich schließlich nach Atem ringend den Kopf zurückbog und in seine unglaublich blauen Augen sah.

Eine Weile schwiegen wir, unsere Blicke fest ineinander verflochten, tief und innig, so wunderbar vertraut und gleichzeitig so fremd. Und ich konnte mich nicht sattsehen an ihm.

Plötzlich stahl sich ein Lächeln auf meine Lippen. »Meine Zunge ist übrigens noch da«, sagte ich mit gespielter Empörung. »Du hast mich also angelogen.«

Felix zog erstaunt die rechte Braue hoch. »Was?«

»Felix, Felix, kannst du dich denn nicht mehr erinnern?« Ich lachte auf und wuschelte ihm durch das feuchte Haar. »Als wir uns kennenlernten, hast du behauptet, dass man beim Küssen die Zunge des anderen verschlucken würde. Das war ja wohl eine glatte Lüge!« Ich streckte ihm meine zum Beweis entgegen.

Jetzt lachte auch Felix. Erleichtert, frei, übermütig, glücklich – all das lag in diesem Lachen. »Stimmt. Aber nur, weil ich nicht wollte, dass du einen anderen küsst. Wenn schon Zunge weg, dann bitte schön mit mir.«

Seine Augen blitzten vor Vergnügen. Wieder lachten wir. Wie befreit. Alles anders. Noch mal von vorn. Leni und Felix.

»Die Fahrkarten, bitte.«

Ich schreckte auf, wie aus einem tiefen Schlaf gerissen. Zunächst verstand ich nicht, schaute nur reichlich verwirrt in ein dunkles Augenpaar, das irgendwie ausdruckslos auf mich gerichtet war.

»Die Fahrkarten, bitte«, wiederholte der Mann vor mir geduldig, und langsam wurde mir wieder bewusst, wo ich mich befand.

Hektisch sprang ich von meinem Sitz auf. »Entschuldigung, ähm, Moment, bitte. Ich muss an meinen Koffer.«

Der Schaffner nickte und trat einen Schritt zurück, damit ich an die Gepäckablage herankam.

Wenige Minuten später saß ich wieder auf meinem Platz und sah zum Fenster hinaus. Keine halbe Stunde mehr, dann würde ich meiner Tante gegenüberstehen.

Nakshatranam aham shashi –
Unter den Sternen bin ich der Mond!
(Lord Krishna)

3

Das Haus, in dem meine Tante wohnte, hatte sie vor einem Jahr einer älteren alleinstehenden Dame abgekauft. Es hatte ein Reetdach voller Moos, das längst davon hätte befreit werden müssen. Doch meine Tante wollte alles so belassen, damit der urige Charakter erhalten blieb.

Hinter dem Haus lag ein kleiner Innenhof, der von einer mit wildem Efeu berankten halbhohen Mauer umgeben war.

An der rechten Seite des Hofs, mit einer Tür nach vorn und einer zur angrenzenden Wiese, befand sich ein Fachwerkhaus. Ursprünglich hatte es als Viehstall gedient, aber meine Tante und ihr Freund Jamie hatten es inzwischen zu einem Gästehaus ausgebaut.

Zu dem Fachwerkgebäude gehörte ein winziger Kräutergarten, um den sich die Gäste kümmern sollten und aus dem sie sich im Gegenzug nach Herzenslust bedienen konnten. Meine Tante hielt es für eine hervorragende Geschäftsidee, ein Ferienhaus mit eigenem Kräutergarten anzubieten. Ich hatte keine Ahnung, ob die Gäste genauso dachten. Dazu war ich noch nicht lange genug auf der Insel. – Um genau zu sein, seit knapp sechs Stunden.

Nun saß ich also in der hintersten Ecke des Hofs in einem der drei blau-weiß gestreiften Strandkörbe und dachte wieder an Felix.

Ausgerechnet jetzt, dass meine Mutter unbedingt jetzt, wo zwischen mir und Felix alles anders geworden war, auf diese komplett blöde Idee kommen musste. Drei Wochen! Wie sollte ich bloß drei Wochen in dieser Ungewissheit leben?

Nach den Küssen am See hatten wir noch lange eng umschlungen auf dem Steg gelegen. Der Wind war durch die Gipfel der Bäume gefahren. Ein gleichmäßiges Rauschen, beruhigend und beängstigend zugleich. Genauso wie unsere Umarmung, das neue Gefühl zwischen uns.

Wir hatten nur noch wenig gesprochen, nachdem ich Felix mit stockender Stimme gebeichtet hatte, dass ich am nächsten Tag für drei Wochen nach Usedom fahren würde. Zu meiner Tante. Von der ich nichts wusste, außer dass sie dort eine kleine Pension hatte und es meiner Mutter enorm wichtig war, dass ich einen Teil meiner Ferien dort verbrachte.

Ich hatte es Felix längst sagen wollen. Aber unsere Gespräche in den letzten Tagen hatten sich ausschließlich um seine Fußballkarriere gedreht. Das anstehende Spiel, zu dem der Talentscout sich angekündigt hatte. Felix' ganz große Chance. Dagegen war mir mein Problem unwichtig vorgekommen. Außerdem hatte ich ja nicht ahnen können, dass sich plötzlich alles zwischen uns ändern würde.

Oder hatte ich es insgeheim längst gewusst? Gespürt, dass

sich etwas anders angefühlt hatte, und ihm deshalb erst am Tag vor meiner Abreise davon erzählt?

In meinem Kopf schwirrte es. Ein tiefer Seufzer entfuhr mir.

»Alles okay?«, erkundigte sich meine Tante und ich sah überrascht auf. Ich hatte überhaupt nicht bemerkt, dass sie in den Hof getreten war.

Ich nickte. »Klar doch.«

Sie schenkte mir einen skeptischen Blick aus grün gesprenkelten Augen.

Meine Augen, schoss es mir durch den Kopf. Sie waren das Erste an ihr gewesen, das mir vorhin, als sie mir am Bahnhof in Heringsdorf gegenübergestanden hatte, aufgefallen war. Die gleichen Augen, die gleichen blond gelockten Haare, die nie so saßen, wie ich es mir wünschte, und die ich deshalb meist zum Zopf zusammengebunden trug. Selbst die vielen winzigen Sommersprossen im Gesicht und auf den Armen, über die ich alles andere als glücklich war, hatte sie mit mir gemein.

Meine Tante Clara sah mir weitaus ähnlicher als meine eigene Mutter, die zwar auch hellblondes Haar hatte, aber sich weder mit störrischen Locken noch mit unzähligen Sommersprossen herumplagen musste. Außerdem war meine Mutter ein gutes Stück größer und kräftiger als Clara und ich. Nicht dass sie dick wäre – um Himmels willen, eine Frau mit der Selbstbeherrschung meiner Mutter konnte überhaupt nicht dick werden –, aber Clara wirkte im Vergleich zu ihr beinahe zierlich.

»Hast du Lust, zum Strand zu gehen? Ich meine, etwas außerhalb, wo nicht so viel Sommerferientrubel herrscht?«

Ich zuckte mit den Schultern, was so viel wie *von mir aus* bedeuten sollte.

Eigentlich wollte ich allein sein, mit meinen Gedanken rund um Felix und dem dazugehörigen Gefühlschaos. Andererseits mochte ich meine Tante nicht vor den Kopf stoßen, denn sie war mir von der ersten Sekunde an sympathisch gewesen. Ihre lockere Art und dieser leicht englische Akzent, der sich fraglos im Laufe der letzten Jahre in England in ihr Deutsch eingeschlichen hatte … Clara war ganz anders als meine Mutter und das gefiel mir.

Meine Tante strahlte vor Freude. »Ich sag nur schnell Bodo Bescheid, damit er ein Auge aufs Haus hat. Dann können wir los.«

Ich hatte zwar keine Ahnung, wer Bodo war und warum er ein Auge aufs Haus haben sollte, war mir aber sicher, es gleich von Clara zu erfahren, denn sie redete gern und viel.

Ich hatte mich nicht getäuscht. Wir waren kaum hundert Meter den Bürgersteig entlang Richtung Strand gegangen, da wusste ich schon, dass es sich bei Bodo um einen supernetten Frührentner aus dem Mehrfamilienhaus nebenan handelte, der immer die Stellung in Claras Pension hielt, wenn sie einmal unvorhergesehen wegmusste.

Die Worte sprudelten nur so aus ihr heraus. Sie erzählte mir, warum sie und Jamie sich ausgerechnet auf Usedom niedergelassen hatten und wie sie auf einmal diese ältere Dame kennengelernt hatte.

»Ich war total verzweifelt, weil einfach nichts Passendes zu finden war. Alles, was direkt am Wasser lag, war viel zu teuer für uns. Dann traf ich Frau Melchior, und der Zufall wollte es, dass sie ganz genau das richtige Haus für mich hatte.«

Meine Tante blieb stehen, streckte in einer überschwänglichen Geste die Arme zur Seite aus und rief: »Ich hätte die ganze Welt umarmen können, als ich Frau Melchior am nächsten Tag besuchte. Ich habe mich auf der Stelle in ihr Haus verliebt.«

Ich musste grinsen. Claras übermütige Art wirkte fast ansteckend auf mich.

»Es ist schön, dich lächeln zu sehen«, fand sie. »Ich dachte schon, du hättest Kummer.«

»Vielleicht«, erwiderte ich leise und hob unentschlossen die Schultern. Ich war mir nicht sicher, ob ich ihr von Felix und mir erzählen sollte, schließlich kannten wir uns kaum.

Plötzlich machte meine Tante einen Schritt auf mich zu. Es sah beinahe so aus, als wollte sie mich umarmen, was mir bei aller Sympathie dann doch ein wenig übertrieben vorgekommen wäre.

Im letzten Moment schien sie aber selbst zu merken, dass das keine gute Idee war, und ließ die Arme wieder sinken. »Magst du darüber reden?«

Ich atmete tief durch, hatte aber keine Antwort auf ihre Frage. Einerseits hätte ich gern mit jemandem über die Sache mit Felix gesprochen und gefragt, ob das vernünftig war, was wir getan hatten. Andererseits ging das nur Felix und mich etwas an. Außerdem käme ich mir Clara gegenüber ziemlich blöd vor, wenn sie erfahren würde, dass ich mit siebzehn das erste Mal einen Jungen geküsst hatte. So richtig. Da konnte sie mich doch nur für total verklemmt halten. Es reichte schon, dass mich Geena ständig damit aufzog.

Leni, wenn du so weitermachst, endest du noch als Nonne im Kloster, war Geenas Lieblingsspruch.

»Entschuldige. Ich wollte dir nicht zu nahe treten. Es geht mich ja auch nichts an«, sagte Clara.

Ich winkte ab. »Nein, nein. Es ist nur … ich kann nicht darüber reden. Noch nicht. Ich muss mir erst selbst über einige Dinge klar werden.«

»Das verstehe ich.«

Wir schwiegen eine Weile, jeder mit seinen eigenen Gedanken beschäftigt, bis Clara schließlich betont heiter ausrief: »Was hältst du von einer Planänderung, Leni?«

Ich sah sie fragend an. »Planänderung?«

Clara nickte. »Eigentlich wollte ich heute Abend mit dir und Jamie ins *Kartoffelhaus* schick essen gehen. Quasi zur Begrüßung. Doch jetzt habe ich viel mehr Lust auf Lagerfeuer, Stockbrot und Rotwein.«

»Und wo gibt es das alles?«

Claras grüne Augen funkelten vergnügt. »Wo immer du willst. Aber für heute schlage ich vor, wir kaufen alles im Supermarkt ein, und wenn Jamie später nach Hause kommt, macht er uns ein gemütliches Feuerchen auf der Wiese hinterm Gästehaus.«

Ich stutzte. »Geht das denn? Ich meine, könnt ihr da einfach ein Lagerfeuer machen? Muss man sich das nicht erst genehmigen lassen?«

Oh Mann, ich klinge ja fast schon wie meine Mutter!, stellte ich erschrocken fest.

Aber selbst wenn ich Clara in diesem Moment wie meine Spießermutter in jung vorgekommen sein mochte, ließ sie sich nichts anmerken.

»Kein Problem. Die Wiese gehört uns und ich meinte auch echt nur ein Feuerchen. Nichts in Osterfeuergröße oder so.«

Sie zwinkerte mir zu und ich blinzelte zurück und kam mir nicht einmal albern dabei vor.

Wir saßen ums knisternde Lagerfeuer herum und hielten lange, mit Teig umwickelte Stöcke in die Flammen. Inzwischen war es dunkel geworden und wir hatten uns in Decken eingekuschelt. Nicht weil es kalt war, sondern aus Gemütlichkeit. Jamies blonder Labrador Sammy lag dicht neben mir und nicht nur deshalb fühlte ich mich gerade so richtig sauwohl.

Damit hätte ich nicht gerechnet!, schoss es mir zum wiederholten Male an diesem Abend durch den Kopf.

»Ich glaube, mein Brot ist fertig«, sagte ich und zog es aus den lodernden Flammen. Prompt verbrannte ich mir die Finger, als ich den Teig von der Stockspitze lösen wollte.

»Verdammt, ist das heiß!«, fluchte ich.

Jamie lachte. »Genau wie Clara, die ist auch immer sooo ungeduldig.«

Clara schüttelte empört den Kopf. »Das ist doch gar nicht wahr!«

»Stimmt!« Jamie grinste noch eine Spur breiter. »Du bist noch *viel* ungeduldiger.«

Und schon war wieder ein schneller, leicht spöttischer, aber dennoch liebevoller Schlagabtausch zwischen den beiden entbrannt, wie ich ihn an diesem Abend häufiger erlebt hatte. Die zwei schienen sich blind zu verstehen und über den gleichen trockenen Humor zu verfügen. Clara zog Jamie ständig mit seinem katastrophalen Deutsch auf, während er sich über ihre hektische und leicht schusselige Art lustig machte. Zwischen ihnen war eine enge Verbundenheit spürbar, die ich bei meinen eigenen Eltern so noch nie bemerkt hatte.

Ich wusste nicht, wie mein Vater und meine Mutter sich kennengelernt hatten. Sie hatten mir nie davon erzählt und ich hatte auch nicht danach gefragt. Ich hatte sie nicht als Liebespaar mit romantischer Vergangenheit wahrgenommen. Für mich waren sie lediglich verheiratet und Eltern eines gemeinsamen Kindes.

Von Jamie und Clara hatte ich schon nach wenigen Minuten am Lagerfeuer erfahren, wo sie sich das erste Mal begegnet waren.

»In einem Club in London«, erzählte Clara und sah Jamie dabei so verliebt an, als ob es gestern gewesen wäre. »Erst wollte ich nichts mit ihm zu tun haben. Ich meine, ich war Kunststudentin und habe mich in der entsprechenden Szene aufgehalten.«

»Alles schrecklich langweilige Typen, die den ganzen Tag nur Wein trinkend herumhingen und laberten, laberten, laberten …«, fiel Jamie ihr augenzwinkernd ins Wort.

»Von wegen.« Clara hob drohend die Hand. »Das waren alles Intellektuelle.«

»Stümper!«

»Stimmt doch gar nicht. Die waren total gut drauf und supertolerant.«

»Nur auf Boxer standen die nicht«, erinnerte Jamie sie. »Oder warum haben die jedes Mal den Tisch verlassen, sobald ich aufgetaucht bin?«

Clara winkte ab. »Oh nein, nicht schon wieder das, Jamie. Keiner hatte etwas gegen dich und schon mal gar nicht, weil du Profiboxer warst.«

Jamie zog eine alberne Grimasse. »Klar, die hatten Angst vor mir.«

Bevor Clara etwas erwidern konnte, fragte ich: »Und wie ist dann letztendlich aus euch ein Paar geworden?«

Jamie zog Clara an sich und küsste sie mitten auf den Mund, bevor er mit weicher Stimme erklärte: *»It's a kind of magic.«*

»London war bunt und schillernd und unglaublich spannend«, fügte Clara hinzu, ohne den Blick von Jamie abzuwenden. »Doch das größte Abenteuer, nein, mein eigentliches Leben fing erst an, als ich mich in Jamie verliebt habe.«

Wow!, mehr konnte ich nicht denken.

»Ich wäre mit ihr bis ans Ende der Welt gegangen«, sagte Jamie. »Aber dann war ich doch ziemlich froh, dass ihre Wahl auf Usedom fiel. Und hier habe ich nun auch meinen Traumjob als Leiter eines Boxcamps verwirklichen können.«

Clara gab Jamie einen Kuss auf die Nasenspitze und wandte sich wieder an mich. »Aber jetzt erzähl du doch mal. Wie sieht dein Leben aus?«

Nachdenklich kraulte ich Sammy den Hals, während sich mein Blick in der flirrenden Luft über dem Lagerfeuer verfing.

»Ich denke, nicht so spannend wie eures.«

Dabei wollte ich es belassen. Und Clara und Jamie waren feinfühlig genug, um dies zu akzeptieren.

Um kurz vor zwölf erhob Jamie sich schließlich. Er streckte sich und meinte: »*Ladies,* ihr müsst nun leider auf mich verzichten. Ich muss morgen früh aus den Federn und außerdem wollen diese hinterhältigen Mücken mir mein süßes englisches Blut aussaugen.«

Er beugte sich zu mir herunter und umarmte mich. »Schlaf gut, Leni – und noch einmal, herzlich willkommen!«

Dann warf er Clara eine Kusshand zu und verschwand

Richtung Haus. Sammy wirkte einen Moment hin- und hergerissen, rappelte sich jedoch ebenfalls auf und trabte schwerfällig seinem Herrchen nach.

Clara und ich blieben noch eine Weile sitzen. Wir unterhielten uns über ihr abgebrochenes Kunststudium, und Clara sagte dazu, dass sie nichts in ihrem Leben bereuen würde.

Eigentlich war dies das Stichwort, um sie nach dem Streit zwischen ihr und meiner Mutter zu fragen und warum sie mich zu sich nach Usedom eingeladen hatte. Aber irgendwie hatte ich das Gefühl, dass dies nicht der richtige Augenblick war – und außerdem spürte ich auf einmal, wie sehr mir die Müdigkeit in den Knochen steckte.

»Sei nicht böse, aber ich muss auch ins Bett.«

Clara schüttelte den Kopf. »Unsinn. Ich bin doch nicht böse. Außerdem ist es wirklich ganz schön spät geworden.«

»Und kalt«, fügte ich hinzu. Das Feuer war inzwischen heruntergebrannt und trotz der Decken fröstelte es mich.

Während Clara die letzten glimmenden Überreste mit einem Eimer Wasser übergoss, wollte ich die Decken zusammenlegen und mit ins Haus nehmen.

Doch Clara winkte ab. »Lass einfach alles liegen. Das erledige ich morgen.«

»Aber dann werden sie ganz nass sein. Sie fühlen sich jetzt schon ziemlich klamm an.«

Clara sah mich an. In der Dunkelheit konnte ich ihr Gesicht kaum erkennen, doch ihre Stimme klang so, als ob sie lächelte.

»Ich weiß, das ist unvernünftig. Aber, Leni, vernünftig können wir auch noch morgen sein … oder übermorgen oder irgendwann mal wieder.«

Der Spruch gefiel mir, und als ich mich kurze Zeit später unter meine warme Bettdecke kuschelte und meine Gedanken sofort wieder bei Felix waren, schossen mir ihre Worte noch einmal in den Kopf: Vernünftig können wir irgendwann mal wieder sein!

Wie schön ist alles erste Kennenlernen
und seine Melodie gesetzt aus Sternen.

4

Ausgelassen zog mich Sammy über die Brücke zum Strand hinunter, wo ich stehen blieb und die frische, salzige Ostseeluft einatmete. Ich ließ meinen Blick über das weite Meer schweifen. Die weißen Kronen auf den Wellen sahen aus wie kleine schneebedeckte Berge, die ins Tanzen geraten waren. In der Ferne entdeckte ich die Lichter eines Schiffes, das Richtung Polen tuckerte.

Der Strand war beinahe menschenleer. Ich bemerkte nur einen Mann mit Hund, der wohl wie ich die frühe Stunde nutzte, um außerhalb des Hundestrands ein paar Meter am Meer entlangzugehen. Etwas weiter entfernt war noch ein einzelner Jogger.

Ich bückte mich, um Jamies Labradorrüden von der Leine zu lassen. Kaum hatte ich mich aufgerichtet, war Sammy schon ins Wasser gehechtet, um übermütig nach den Wellen zu schnappen. Jamie hatte mich zwar gebeten, darauf zu achten, dass Sammy nicht zu viel Salzwasser schluckte, aber der Hund sah so glücklich aus, dass ich ihm den Spaß nicht verderben mochte.

Schmunzelnd schaute ich ihm eine Weile zu, bevor ich mir die Schuhe auszog, die Hosenbeine hochkrempelte und ein paar Schritte ins Meer wagte.

Brrr, das Wasser war eiskalt. Kaum zu glauben, dass ich in den letzten Tagen darin gebadet hatte.

Ich blickte zum Himmel, der milchig grau zugezogen war. Nichts deutete darauf hin, dass sich daran heute noch etwas ändern würde.

Auch gut, dachte ich, dann komme ich endlich mal dazu, ein wenig zu shoppen und in den vielen Geschäften entlang der Promenade herumzustöbern. Die Ansichtskarten an Felix und meine Eltern waren auch längst überfällig, nachdem ich nun schon eine ganze Woche auf Usedom war.

Felix.

Bei dem Gedanken an ihn zog sich mein Magen kurz zusammen. Ich hätte einfach alles dafür gegeben, wenn er jetzt neben mir am Strand gestanden hätte.

Erst gestern Abend hatten wir lange miteinander telefoniert, doch ich vermisste ihn schon wieder so sehr, dass es wehtat. Felix hatte mir aufgeregt von seinem dreitägigen Aufenthalt in Hamburg erzählt. Davon, dass er sich nun noch besser vorstellen konnte, zum Hamburger SV zu gehen. Sie wollten ihn für ihre A-Junioren-Bundesligamannschaft verpflichten, aber nach wie vor war nichts entschieden.

Wir hatten geplaudert, gelacht, herumgealbert und uns gegenseitig auf den neuesten Stand gebracht … aber nicht ein einziges Wort darüber verloren, was sich zwischen uns verändert hatte. So als wäre dieser Abend am See überhaupt nicht passiert.

Mit einem Mal preschte Sammy wie angestochen an mir vorbei. Ich wandte den Kopf und entdeckte einen weiteren Jogger, der wie aus dem Nichts aufgetaucht zu sein schien. Und bevor ich auch nur reagieren konnte, umkreiste Sammy den dunkelhaarigen Typen wild kläffend.

»Sammy!«, schrie ich. »Spinnst du?! Komm sofort hierher!«

Doch der Labrador hatte bereits zum Sprung angesetzt. Der Jogger schwankte ein wenig zur Seite, machte einen wackligen Schritt nach links, und als Sammy ein weiteres Mal an ihm hochsprang, fiel er der Länge nach ins Wasser.

»Oh nein!«, rief ich erschrocken.

Sammy schien über die Folgen seines Übermuts ebenfalls beunruhigt zu sein, denn er trottete mit eingeklemmtem Schwanz zu mir herüber und ließ sich artig anleinen.

Inzwischen war der Jogger wieder auf die Beine gekommen. Er tappte aus dem Wasser und schaute erst fassungslos an sich herunter und dann ebenso fassungslos zu mir.

»Alles in Ordnung?«, fragte ich kleinlaut. Mir war das Ganze so peinlich, dass ich einen knallroten Kopf bekommen hatte. Hilflos machte ich ein paar Schritte auf den Typen zu, hob entschuldigend die Hand und schaute unvermittelt in zwei tiefbraune Augen.

Wir sahen uns für den Bruchteil einer Sekunde an, dieser fremde Junge und ich, und brachen dann fast gleichzeitig in Gelächter aus.

Er hatte ein bezauberndes Lachen, tief und rau. Das dunkle Haar klebte ihm am Kopf und Meerwasser tropfte von seiner Nasenspitze. Dennoch funkelten mich seine Augen freundlich an. Und irgendwie hatte ich auf einmal das Gefühl, ihn zu kennen. Ich wusste nicht, warum, aber wir standen einfach da und lachten, und es kam mir so vertraut vor, als hätten wir schon oft miteinander gelacht.

Doch dann zerrte Sammy an seiner Leine und riss mich unsanft aus diesem seltsamen Moment.

Der dunkelhaarige Typ nickte mir kurz zu, bevor er, pitschnass wie er war, weiterlief, so als ob nichts geschehen sei.

Ich starrte ihm hinterher und konnte nur verwundert den Kopf schütteln. Gleichzeitig zermarterte ich mir das Hirn, woher ich ihn bloß kannte. Oder an wen er mich erinnerte. Dieser Blick. Sein Lachen ... Mir wollte beim besten Willen nicht einfallen, wo ich das schon mal gesehen hatte.

Eine frische Brise kam auf. Fröstelnd zog ich die Schultern hoch und setzte meinen Weg fort.

Ein paar Schritte weiter bückte ich mich nach einer schmalen Planke, die von den Wellen an Land gespült worden war. Ich ließ Sammy erneut von der Leine und warf das Holzstück weit über den Strand. Der Labrador stürzte schwanzwedelnd hinterher, um mir das Brett wenige Sekunden später direkt vor die Füße zu werfen.

»Gut gemacht, Sammy«, lobte ich ihn und strich ihm über den Kopf.

Ich bückte mich und warf die Planke ein zweites Mal, um sie gleich darauf erneut vor den Füßen liegen zu haben. Immer wieder warf ich das Holz, bis mir der Arm allmählich lahm wurde.

»Na gut, ein allerletztes Mal«, kündigte ich an und holte weit aus.

Wie aufgezogen preschte Sammy los. Haarscharf an einem

älteren Mann mit heller Steppweste vorbei, der erst Sammy wütend nachschaute und dann zu mir herüberblickte.

»Oh, Entschuldigung. Ich habe Sie gar nicht gesehen!«, rief ich ihm zu.

Das Gesicht des Mannes lief bei meinen Worten hochrot an. »Das ist ja wohl unerhört!«, brüllte er mich an. »Hunde sind in der Saison am Strand verboten. Strengstens!«

Während Sammy mir brav das Holzstück zurückbrachte, verdunkelte sich die Gesichtsfarbe des Mannes nur noch mehr. Schnell leinte ich Jamies Hund an, doch der cholerische Alte wollte mich nicht so einfach davonkommen lassen. Er baute sich vor mir auf und stemmte energisch die Hände in die Hüften. Ich war voll und ganz damit beschäftigt, Sammy davon abzuhalten, an dem Kerl hochzuspringen, und hörte kaum zu, was der Mann von sich gab. Irgendetwas von einer Anzeige, die er machen wollte, und dass ich ihm gefälligst meinen Namen nennen sollte.

Der hatte eindeutig den Schuss nicht gehört! So ein Drama, nur weil ich es gewagt hatte, ein paar Meter mit Sammy am Strand spazieren zu gehen.

»Was regen Sie sich eigentlich so auf?«, erwiderte ich. »Es ist ja nichts passiert. Der Strand ist fast menschenleer und außerdem war ich sowieso gerade dabei zu gehen. Sie können sich also wieder entspannen.«

Für den Bruchteil einer Sekunde zeichnete sich Überraschung auf seinem Gesicht ab. Ich verzog den Mund zu einem spöttischen Lächeln und wandte mich zum Gehen. Doch der Kerl hatte blitzschnell mein Handgelenk gepackt und hielt es fest umklammert. Ich war total perplex. Wie konnte er es wagen, mich anzufassen?!

Mit eisiger Stimme zischte ich: »Lassen Sie mich sofort los! Sie ticken ja wohl nicht mehr richtig!«

Ohne darauf zu reagieren, wühlte der Mann mit der freien Hand in seiner Jackentasche, und ich zuckte erschrocken zusammen. Für einen Moment fürchtete ich tatsächlich, er würde eine Waffe hervorziehen. Aber dann sah ich, dass es nur ein Handy war.

»Ich werde jetzt die Polizei verständigen«, drohte er mir und fuchtelte mit dem Ding vor meiner Nase herum.

»Sie sind ja total irre!«, schrie ich und versuchte, seine Hand abzuschütteln. Aber sein Griff war eisern.

Er grinste selbstgefällig. »Die Polizei wird sich freuen. Da kommt einiges zusammen. Unbefugtes Entfernen vom Hundestrand, Beleidi…«

»Don't touch her!«, schnitt ihm eine männliche Stimme das Wort ab. »Nimm deine dreckigen Finger von dem Mädchen. Sofort!«

Mein Blick schnellte zur Seite, und ich erkannte den Jogger, den Sammy vorhin so begeistert angesprungen hatte. Er stand dicht neben mir, mit einem ruhigen, konzentrierten Ausdruck im Gesicht.

»Misch dich da nicht ein«, knurrte der Kerl und verstärkte den Druck um mein Handgelenk noch ein wenig, sodass mir ein schmerzhaftes *Aua* entfuhr.

»Ich glaube, du hast mich nicht richtig verstanden.« Die Hand des Joggers schnellte hervor und packte den Kerl unsanft am Nacken. Der Mann schrie laut auf und ließ mich schlagartig los.

Ich sprang zur Seite, brachte mit wenigen Schritten Abstand zwischen die beiden Männer und Sammy und mich.

Einem ersten Impuls folgend, wollte ich wegrennen. Einfach nur weg. Aber dann blieb ich stehen und drehte mich um. Ich sah gerade noch, wie der jüngere den älteren Mann in die Knie zwang.

»Verdammt, du tust mir weh!«, jammerte der.

»Ich habe dich gewarnt«, sagte der Junge ruhig. Dann löste er so abrupt seinen Griff, dass der ältere Kerl vornüber in den Sand fiel.

Er blieb regungslos liegen, und ich fürchtete, er hätte sich ernsthaft verletzt.

Den dunkelhaarigen Jogger schien das nicht zu stören. Er stand nur da und starrte auf den Mann hinunter. Sein Blick war leer, so als wäre er mit seinen Gedanken ganz woanders.

Über uns verdunkelte sich der Himmel und eine kräftige Windböe kam auf. Vom Meer schoben die Wellen ihre Wassermassen bedrohlich nahe an uns heran.

Ein Schauer überlief mich. »Tu was. Er kann doch da nicht liegen bleiben!«, rief ich dem Jungen zu.

Langsam drehte er den Kopf. Er schaute mir direkt in die Augen. Seine dunkle Iris bohrte sich in meine, und ich hatte auf einmal das Gefühl, hypnotisiert zu werden. Wie gelähmt stand ich da und hoffte, er würde etwas sagen, irgendetwas unternehmen. Doch er musterte mich nur. Seine Mundwinkel umspielte ein unergründliches Lächeln.

Schließlich zuckte er mit den Schultern. »Manche Typen kapieren es eben erst, wenn sie Scheiße fressen«, sagte er mit leicht englischem Akzent.

In diesem Moment kam der Mann wieder auf die Beine.

»Das hat Konsequenzen«, zischte er, ohne einen von uns anzuschauen. Dann stampfte er wild fluchend davon.

Ich atmete erleichtert auf. Öffnete den Mund, brachte jedoch kein Wort heraus.

Plötzlich war der dunkelhaarige Junge dicht neben mir. »Du und dein verrückter Hund, ihr solltet jetzt besser abhauen. Der Typ ruft bestimmt die Polizei.«

Er legte mir die Hand auf die Schulter und etwas in mir zog sich zusammen. Vielleicht vor Aufregung, vielleicht vor Überraschung, ich wusste es nicht.

»Alles okay?«, fragte er mich.

Ich schaute zu ihm auf. Meine Zunge fühlte sich an wie gelähmt.

»Ist alles okay mit dir?«, wiederholte er seine Frage.

Das wüsste ich auch gern, dachte ich.

Clara rannte wie angestochen durchs Zimmer. Vor Sammy, der zusammengerollt auf seiner Decke lag, blieb sie stehen. »Und du? Du bist mir vielleicht ein schöner Wachhund!«, schimpfte sie.

Sammy hob den Kopf und blickte sie unschuldig aus braunen Knopfaugen an.

»Bestimmt hat er die Situation falsch eingeschätzt. Er ist doch erst ein Jahr alt, quasi noch ein *Hundekind*«, versuchte ich, ihn zu verteidigen. »Sammy hat das Ganze garantiert für ein Spiel gehalten.«

Clara schlug sich mit der flachen Hand vor die Stirn. »Hallo? Da hält ein wildfremder Mistkerl dich fest, bedroht und beschimpft dich, und Sammy sitzt fröhlich daneben, ohne dich zu beschützen?«

Ich zuckte mit den Schultern. »Ist ja nichts passiert.«

Aber Clara war echt sauer auf Sammy. »Na warte, die

nächste Zeit sind frische Pansen für unseren Mister Superwachhund gestrichen. Da kannst du Gift drauf nehmen!« Drohend hielt sie ihm den Zeigefinger unter die Nase, den er daraufhin begeistert abschleckte.

Clara schüttelte den Kopf und wischte sich den Finger an ihrer Jeans ab. »Ich bin sauer auf dich, du blöder Hund, begreif das doch endlich!«

Sammy legte den Kopf schief und meine Tante gab es endgültig auf.

»Jetzt beschreib mir diesen cholerischen Scheißkerl noch einmal ganz genau«, wandte sie sich wieder an mich. »Vielleicht kenne ich ihn ja.«

»Wie gesagt«, winkte ich ab. »Es ist ja nichts passiert. Wahrscheinlich hatte er einfach was gegen Touristen. Ich hätte den Hundestrand eben nicht verlassen sollen. Passiert mir kein zweites Mal.«

»Blödsinn!«, ereiferte sich Clara. »Diese Einheimischen sollen sich bloß nicht so ins Hemd machen. Als ob denen der Strand gehören würde! Was bilden die sich denn eigentlich ein, einem vorzuschreiben, wo man mit seinem Hund auftauchen darf und wo nicht! Das ist doch totaler … völliger … na, *Bullshit* eben.«

Ich konnte ein Grinsen nicht unterdrücken, als vom Flur her Jamies raue Stimme erklang. »*Darling,* du sollst doch nicht fluchen …«

Dann betrat er die Küche, zog meine Tante mit einem Ruck an sich und küsste sie so leidenschaftlich, dass ich vor Verlegenheit nicht wusste, wo ich hinschauen sollte. Ich wählte die Tür, durch die Jamie gekommen war, und schnappte überrascht nach Luft. Im Rahmen stand der dunkelhaarige

Junge vom Strand. Sein Blick wanderte von Jamie und Clara zu Sammy und blieb schließlich belustigt an mir hängen.

Mein Puls dröhnte mir in den Ohren. Was hatte der hier zu suchen?

Ich schloss für einen Moment die Augen, um mich zu sammeln, und sagte dann mit frostiger Stimme: »Was willst du denn hier?«

Er grinste. »Wow, ich dachte, hier wird jeder so begrüßt.« Er deutete mit dem Kopf auf Clara und Jamie. Ich lief in Sekundenschnelle dunkelrot an und kam mir total bescheuert vor.

»Marc, oh Gott, Marc!«, rief Clara da, machte sich von Jamie los und schmiss sich dem dunkelhaarigen Typen in die Arme. »Marc ... wie ... was ... wann ...?«, stammelte sie und schmatzte ihm abwechselnd auf die rechte und die linke Wange.

»Na, das nenne ich doch mal eine Begrüßung!«, erklärte Marc, als Clara sich von ihm löste, und bedachte mich mit einem spöttischen Seitenblick.

Meine Tante lachte auf und zerrte ihn am Ärmel zu mir herüber. Mir stockte der Atem, als er direkt vor mir stand, noch immer mit diesem Lächeln in den Mundwinkeln. Keine Ahnung, warum, aber plötzlich hatte ich das Gefühl, keine Luft mehr zu bekommen.

»Marc, das ist Leni, die Tochter meiner Schwester, du weißt doch ...«

»Er weiß!«, fiel Jamie ihr ins Wort. Dann wandte er sich an mich. »Und das ist mein Neffe Marc McCourtney. Er ist heute Morgen ganz früh auf Usedom angekommen. Eigentlich wollte ich Claras verblüfftes Gesicht sofort sehen, aber dieser Bewegungsjunkie hier«, er deutete mit einem Grinsen auf

Marc, »musste nach der langen Reise erst mal eine Runde am Strand joggen gehen …«

»Hi, Leni, alles klar mit deinem Hund?«, fragte Marc.

Ich schluckte schwer, den Kopf wie leer gefegt.

»Es ist Jamies Hund. Und er hat Pansenverbot«, entfuhr es mir, und gleich darauf hätte ich mir am liebsten auf die Zunge gebissen. Selten hatte ich einen größeren Schwachsinn von mir gegeben.

Marc hob amüsiert die Brauen. »So, so, Pansenverbot hat er also.«

Ich atmete geräuschvoll aus und kam mir von Sekunde zu Sekunde blöder vor. Wenn ich mich doch nur in Luft auflösen könnte!

»Redet ihr etwa von Sammy?«, wollte Jamie wissen, dem es endlich gelungen war, seinen Hund in den Hof hinauszubefördern.

Marc nickte. Dabei erforschte er mein Gesicht, als wollte er keine Regung verpassen.

»Das heißt, ihr beiden kennt euch bereits?«, wunderte sich Clara.

Diesmal nickte ich, ließ Marc dabei aber nicht aus den Augen. »Er ist derjenige, von dem ich dir eben erzählt habe.«

»Wie jetzt, Marc soll der Arsch sein, der dich am Strand so blöd angemacht hat?« Clara schüttelte ungläubig den Kopf.

»Arsch? Angemacht? Wovon redest du eigentlich?«, fragte Jamie.

In drei Sätzen und wild gestikulierend berichtete Clara ihm von meiner unschönen Begegnung am Strand.

Misstrauisch runzelte Jamie die Stirn und drehte sich zu Marc um. »Das kann doch nur ein Irrtum sein, oder?«

Marc hob kurz die Schultern. »Was soll ich sagen, es war alles ganz genau so, wie Clara es geschildert hat. Außer der winzigen Tatsache, dass ich nicht der *Arsch* war, sondern derjenige, der sie vor ihm gerettet hat«, erklärte er selbstzufrieden.

Ich schluckte schwer und wollte etwas erwidern. Klarstellen, dass ich das so überhaupt nicht gemeint hatte, aber Clara kam mir zuvor. Sie lachte erleichtert auf. »Dein Glück, mein Großer, sonst hätte ich dich nämlich meine steinharte Rechte spüren lassen müssen.« Sie ballte die Hände zu Fäusten und tänzelte wie ein Boxer um ihn herum.

Jamie fiel in ihr Lachen ein, während Marc mich erheitert angrinste. In seinem Blick lag so viel Arroganz, dass ich langsam echt wütend wurde. Was bildete sich dieser Typ eigentlich ein? Von wegen, mein Retter! Ich wäre mit dem Kerl schon allein fertiggeworden! Überhaupt kam mir Marcs brutales Eingreifen inzwischen ziemlich übertrieben vor … Na ja, wenigstens wusste ich jetzt, warum er mir so bekannt vorgekommen war. Wobei ich mir nicht vorstellen konnte, dass Jamies braune Augen einen jemals so kalt und unbarmherzig fixieren konnten wie Marcs.

»Ich habe dich nicht um deine Hilfe gebeten«, fuhr ich ihn an.

Er schaute erstaunt. »So, hast du nicht?«

In aller Seelenruhe zog er eine Kaugummipackung aus seiner Jeans hervor.

»Nein, das … das habe ich nicht«, stammelte ich.

»Tatsächlich?«, sagte er und steckte sich einen Streifen in den Mund. »Wie interessant.«

Ich verschränkte die Arme vor der Brust und nickte. »So ist es.«

Sein Lächeln sollte mich provozieren. Das war eindeutig. Aber den Gefallen würde ich ihm nicht tun.

Ich kniff die Augen zusammen. »Hat es dir übrigens Spaß gemacht, den Mann so heftig anzugreifen? Ist das deine Art, Konflikte zu lösen?«

Er ging nicht auf meine Frage ein. Sah mich nur weiter mit diesem dreisten Blick an.

»Aber, Leni, es war doch nur gut, dass Marc in der Nähe war und dir geholfen hat«, versuchte Clara, mich zu beschwichtigen, während sie irritiert zwischen Marc und mir hin und her schaute. »Wer weiß, was sonst noch geschehen wäre?«

Ich hob hilflos die Arme, ließ sie wieder fallen, öffnete den Mund und brachte keinen Ton heraus. Ohne ein weiteres Wort ging ich nach oben in mein Zimmer und hatte das Gefühl, mich noch nie so lächerlich gemacht zu haben.

Als ich mich der Länge nach aufs Bett schmiss, vermisste ich Felix wie nie zuvor in meinem Leben.

Ohne die Nacht würden wir nichts von den Sternen wissen.
(Sprichwort)

5

Am nächsten Morgen wurde ich von der Sonne geweckt. Ich öffnete die Augen und betrachtete eine Weile das Schauspiel der silbern schimmernden Staubpartikel, die langsam durchs Zimmer schwebten. Ich lag einfach nur da und dachte an nichts. – Bis mich lautes Gekläff aus dem Bett trieb.

Ich betrat den kleinen Balkon, der zu meinem Zimmer gehörte, und lehnte mich über die Brüstung. Was Sammy wohl so in Aufregung versetzte?

Jamies Labrador sprang bellend um jemanden herum. Aber von meiner Position aus konnte ich nicht weit genug in den Innenhof blicken, um zu erkennen, um wen es sich handelte. Ich stellte mich auf die Zehenspitzen und beugte mich noch weiter vor.

»Pass auf, dass du nicht runterfällst«, erklang eine Stimme neben mir.

Erschrocken zuckte ich zusammen und hätte nun wirklich

beinahe das Gleichgewicht verloren. Für eine Sekunde schloss ich die Augen, um mich zu sammeln. Dann bedachte ich Marc mit einem finsteren Blick. Er stand nur wenige Schritte von mir entfernt auf einem zweiten Balkon, der lediglich durch eine dünne Trennwand von meinem abgegrenzt war.

»Nette Frisur«, sagte er. Dabei musterte er mich von oben bis unten, und mir wurde peinlichst bewusst, dass ich nur in Slip und kurzem Top vor ihm stand.

Wütend stampfte ich ins Zimmer zurück und knallte die Balkontür zu. Hätte Clara mir nicht sagen können, dass dieser Marc direkt im Zimmer nebenan schlief und wir uns quasi einen Balkon teilten?!

Ich ging zum Schrank und schlüpfte in mein weißes Hollister-Shirt und in die graue Adidas-Jogginghose. Dann stürmte ich ins Bad, das im Flur gegenüber meinem Zimmer lag.

Ein Blick in den Spiegel ließ mich kummervoll aufstöhnen. Die blonden Locken standen mir in einem wirren Chaos vom Kopf ab, und die Wimperntusche, die ich mir gestern Abend nicht mehr abgewaschen hatte, zog sich in einer dunklen Schicht bis hinunter zu den Wangenknochen.

Frankensteins Meisterstück!, dachte ich bitter, während ich mich aus den Klamotten pellte und unter die Dusche sprang. Ich spürte den warmen Wasserstrahl auf meiner Haut, schloss die Augen und versuchte, mich zu entspannen.

Denk an was Schönes, verordnete ich mir selbst und sah gleich darauf Felix' Gesicht vor mir.

Doch die erhoffte Wirkung blieb aus. Ganz im Gegenteil, das Herz wurde mir schwer, weil ich plötzlich das Gefühl hatte, es vor Sehnsucht nach ihm nicht länger aushalten zu können.

In Windeseile beendete ich die Dusche, trocknete mich notdürftig ab, zog meine Sachen an und umwickelte das nasse Haar mit einem Handtuch. Dann eilte ich in mein Zimmer zurück. Gerade rechtzeitig, um mein Handy auf der kleinen Kommode neben dem Bett klingeln zu hören.

»Ja?«, krächzte ich atemlos, ohne vorher aufs Display geschaut zu haben. Was ich gleich darauf bereute, denn bei der Anruferin handelte es sich um meine Mutter, die keine Zeit vergeudete, mir vorzuhalten, wie unhöflich es sei, sich lediglich mit Ja zu melden.

»Okay, Mama«, stöhnte ich.

»Leni, du weißt, ich mag diesen genervten Unterton in deiner Stimme nicht.«

Erneut stieß ich einen Seufzer aus, verkniff mir aber einen weiteren Kommentar.

Ich hörte meine Mutter am anderen Ende der Leitung tief Luft holen und sah sie regelrecht vor mir, wie sie kerzengerade am Tisch saß, so, als ob sie einen Stock verschluckt hätte. Das Haar wie immer streng hochgesteckt. Keine Strähne, die es gewagt hätte, sich aus der Frisur zu lösen. Ihr schmales Gesicht dezent, aber perfekt geschminkt.

»Na ja, wie auch immer, ich wollte nur hören, ob es dir gut geht, und dir sagen, dass dein Vater und ich verreisen. Falls du in den nächsten Tagen zu Hause anrufen und dich wundern solltest, dass niemand ans Telefon geht.«

»Verreisen?«

»Ja, ganz richtig. Dein Vater und ich werden nach Schweden fliegen.«

»Was?« Jetzt wunderte ich mich wirklich, denn ich konnte mich nicht erinnern, wann meine Eltern jemals zu zweit in den Urlaub gefahren wären. Und dazu nach Schweden. Das hörte sich für mich nach Abenteuer und Spaß an. Dinge, die so gar nicht zu meiner Mutter passten.

»Was ist denn so außergewöhnlich daran, Leni?«

»Im Prinzip nichts«, antwortete ich. »Außer, dass ihr das noch nie gemacht habt.«

»Wie denn auch?«, erwiderte sie schroff. »Seit deiner Geburt hatten wir dazu ja keine Gelegenheit mehr. Oder sollten wir dich einfach zurücklassen?«

»Zurücklassen. Wie das klingt.«

Erneut hörte ich meine Mutter tief durchatmen, bevor sie versöhnlich erklärte: »Ich möchte nicht mit dir streiten, Leni. Gernot und ich sind nur ein paar Tage weg. Weißt du, ich habe schon als Kind davon geträumt, einmal nach Schweden zu fahren.«

Nein, das wusste ich nicht. Wie denn auch, meine Mutter hatte mir nie etwas von ihren Träumen erzählt. Genauso wenig, wie sie meinen Vater mir gegenüber *Gernot* nannte. Sonst sagte sie immer *dein Vater* oder in seltenen Fällen *Papa*.

»Ist alles in Ordnung bei euch?«, fragte ich deshalb.

Erneut lachte sie und diesmal klang es echt. »Ja! Du musst dir keine Sorgen machen. Wir fliegen Donnerstag und sind die Woche darauf am Freitag wieder zurück. Am Samstag holt dein Vater dich mit dem Auto ab.«

»Okay«, sagte ich gedehnt.

Und bevor ich sie noch fragen konnte, warum sie nicht einfach gemeinsam nach Usedom kämen, war meine Mutter schon dabei, das Telefonat zu beenden. »Ich wünsche dir noch ein paar schöne Tage, Leni. Pass auf dich auf. Und wenn etwas sein sollte: Du kannst uns jederzeit auf dem Handy erreichen.«

»Ja, gut«, murmelte ich noch immer leicht irritiert. »Viel Spaß und grüß Papa von mir.«

»Das mach ich«, versprach sie.

»Tschüss«, sagte ich und wollte auflegen, aber meine Mutter war noch nicht fertig.

»Mach's gut, Schatz – und denk immer daran, ich hab dich lieb.«

Damit legte sie auf, und ich wusste nicht, worüber ich mehr staunen sollte: über den Verlauf des Gesprächs oder die ungewöhnlich sanfte Stimme, mit der sie mir zum Schluss gesagt hatte, dass sie mich lieb hatte.

Eine Weile starrte ich noch etwas verwirrt auf das Display, bevor mir einfiel, warum ich es überhaupt so eilig gehabt hatte, in mein Zimmer zu kommen: Ich wollte Felix anrufen.

Aber ich hatte kein Glück. Felix' Handy klingelte und klingelte, doch er ging nicht ran. Und auch die Mailbox sprang nicht an. Ziemlich enttäuscht legte ich das Telefon zur Seite und schlich ins Badezimmer zurück, um meine Morgentoilette zu beenden.

Als ich kurze Zeit später den kleinen Frühstücksraum betrat, war dieser bis auf den letzten Platz mit Pensionsgästen gefüllt. Nur Clara konnte ich nicht entdecken. Ich ging in die Küche und begrüßte Charlotte, Claras gute Fee, wie meine Tante die rundliche Mittfünfzigerin mit den freundlichen blauen Augen und der einmaligen Begabung, Ordnung und Struktur in Claras Pensionsalltag zu bringen, immer nannte. Sie war gerade dabei, frischen Kaffee aufzubrühen.

»Morgen, Leni, hast du gut geschlafen?«, fragte sie.

Ich nickte. »Wie ein Murmeltier. Ist Clara nicht da?«

Charlotte deutete mit dem Kopf Richtung Innenhof. »Doch, doch. Sie sitzt draußen und trinkt Kaffee.«

Ich wunderte mich, warum meine Tante mitten im größten Frühstücksstress draußen Kaffee trank, behielt es aber für mich. Charlotte hatte schon genug zu tun, da musste ich ihr nicht noch unnötig im Weg herumstehen und Fragen stellen, deren Antworten ich auch selbst herausfinden konnte.

Ich nahm mir im Vorbeigehen ein Croissant aus dem Körbchen und trat in den Hof.

Clara saß im hinteren Strandkorb. Und sie war nicht allein. Ich konnte zwar nur seine Beine sehen, war mir aber sofort sicher, dass Marc neben ihr hockte. Ich blieb wie angewurzelt stehen. Nicht schon wieder dieser Fiesling!

Die beiden hatten mich noch nicht bemerkt, weshalb ich unauffällig zurück ins Haus schleichen wollte. Doch im Türrahmen blieb ich stehen.

»Marc, so geht das nicht! Wie stellst du dir das vor?« Es waren nicht allein die Worte, sondern es war vielmehr der Tonfall, in dem Clara sie ausgesprochen hatte, der mich zum Bleiben veranlasste.

»Ich habe mir jetzt schon eine ganze Weile Gedanken gemacht, was ich mit meinem Leben anfangen will«, hörte ich Marc sagen.

Clara lachte bitter auf. »Und da ist dir nichts Besseres eingefallen?«

Marc knurrte etwas auf Englisch, das ich nicht richtig verstand, woraufhin Claras Stimme eine Oktave höher wurde. »Absoluter Mist ist das, was du da verzapfst, Marc. Du musst endlich nach vorn blicken. Dein Leben in die Hand nehmen … und dir vielleicht auch mal dabei helfen lassen. Aber deinen Frust an anderen abzulassen, ist bestimmt nicht der richtige Weg.«

Marc stöhnte genervt. »Ich dachte, *du* würdest mich wenigstens verstehen. Aber du bist schon genauso drauf wie Jamie. Wenn ich das gewusst hätte …«

»Was dann? Wärst du dann nicht gekommen? Ach, Marc, mach dir doch nichts vor. So wie ich das sehe, hattest du gar keine andere Wahl.«

Wieder murmelte er etwas, was ich nicht verstand, und Clara knallte ihre Tasse auf die kleine hölzerne Ablage des Strandkorbs.

»Warum bist du bloß so verbohrt?«, regte sie sich auf.

»Warum ist die Welt nur so scheißungerecht?!«, erwiderte Marc.

»Hör auf damit. Das passt nicht zu dir. Du bist doch ein Kämpfer«, sagte Clara nun deutlich versöhnlicher.

Ich hätte sonst was dafür gegeben zu erfahren, worum es in der Auseinandersetzung zwischen den beiden überhaupt ging. Gestern war Clara ihm noch freudestrahlend um den Hals gefallen und nun hockte sie mit genau demselben Marc in der hintersten Ecke des Innenhofs und hörte sich alles andere als begeistert an. Die Stimmung zwischen den beiden kam mir hochexplosiv vor.

Das geht dich doch alles gar nichts an, Leni, sagte ich mir im nächsten Moment und schämte mich, weil ich hier halb hinter dem Türrahmen verborgen ihrem Streitgespräch lauschte.

»*My life sucks!* Es kotzt mich einfach nur noch an!«, presste Marc hervor.

Clara stöhnte genervt. »Bitte, Marc, wenn du dich selbst hören könntest … Jamie hat es doch auch geschafft.«

»Geschafft?!«, brauste er auf und ich zuckte zusammen. »Es geht hier nicht um geschafft oder verreckt, Clara, begreifst du das denn nicht?«

Was Clara darauf erwiderte, bekam ich nicht mehr mit. Ich vernahm Schritte hinter mir und fuhr ertappt herum. Charlotte warf einen kurzen Blick in den Innenhof und musterte mich dann kritisch. Es war ihr deutlich anzumerken, dass ihr mein Verhalten absolut nicht gefiel.

»Was machst du denn hier, Leni?«, fragte sie barsch. Ihre sonst so freundlichen Augen blitzten mich empört an.

Ich spürte, wie mir die Röte ins Gesicht schoss. »Ähm … nichts«, stammelte ich. Schnell schob ich mich an ihr vorbei und stürmte die Treppe hinauf.

In meinem Zimmer ließ ich mich zunächst mit dem Rücken gegen die Tür sinken und atmete ein paarmal tief durch, bevor ich anfing, im Raum auf und ab zu laufen. Warum war ich eigentlich so aufgewühlt? Schlug das Herz in meiner Brust wie eine hyperaktive Trommel, weil Charlotte mich beim Lauschen erwischt hatte? Oder war die Neugierde über das Streitgespräch zwischen Clara und Marc daran schuld? Womöglich war es einfach nur die Sorge, Charlotte könnte den beiden davon erzählen. Clara würde bestimmt nicht begeistert darüber sein, aber noch viel weniger wollte ich mir vorstellen, wie der ätzende Marc darauf reagieren würde.

Eine Weile rannte ich noch unruhig im Zimmer hin und her wie ein Tiger im Käfig, der sich mit der Gefangenschaft nicht abfinden kann. Dann nahm ich mein Handy und die Geldbörse von der kleinen weißen Kommode, verstaute beides in meiner Tasche und verließ den Raum.

Als ich kurze Zeit später die hölzerne Pforte hinter mir

zuzog, atmete ich erleichtert auf. Weder Charlotte noch Clara oder Marc hatten meinen Weg gekreuzt.

Den knappen Kilometer bis zum Strand legte ich im Laufschritt zurück, und als ich das Geschrei der Möwen hörte und den Duft des Salzwassers einatmete, beruhigte ich mich langsam wieder.

Was war denn Schlimmes passiert? Charlotte hatte mich ertappt. Na und? Sie konnte nicht wissen, was ich mit angehört hatte. Außerdem: Je länger ich darüber nachdachte, desto klarer wurde mir, dass Charlotte nicht der Typ Mensch war, der sofort zum Petzen zu Clara rannte. Nein, sie würde keinen Ton darüber verlieren, und es war das Beste, wenn ich die ganze Sache einfach abhakte. Genauso wie diesen nervigen Marc. Ich hatte zwar nicht viel mitbekommen, aber ich meinte immerhin gehört zu haben, dass Clara ihn schnellstens wieder loswerden wollte. Also, warum sich weiter Gedanken machen, wenn sich das Problem eh bald in Luft auflöste?

Zwei kleinere Jungs beschwerten sich lautstark, weil ich fast ihre Sandburg zertrampelt hätte.

»Oh, tut mir leid!«, rief ich und machte Anstalten, das Stückchen Sandmauer, das ich platt getreten hatte, wieder aufzuhäufen.

Doch der eine Junge blaffte mich an: »Lass das! Sonst machst du noch mehr kaputt!«

Ich hob entschuldigend die Hand und ging weiter.

Obwohl es nicht einmal zehn Uhr war, war der Strand schon recht voll. Nachdem der gestrige Tag eine kleine Pause vom Hochsommer eingelegt hatte, waren für heute an die dreißig Grad angesagt. Deshalb hatte der *Run* auf die Strandkörbe wohl so früh begonnen.

Ich lief ein paar Meter direkt am Wasser entlang, kehrte dann aber um und stieg die schmalen Holzstufen zur Seebrücke hinauf. Von hier oben hatte man einen herrlichen Ausblick weit über das Meer hinaus und auf den Strand bis hinüber zur Promenade mit den einzigartigen Villen, die in Zeiten der DDR heruntergekommen und verfallen waren. Clara hatte mir erzählt, dass es wohlhabenden Investoren aus der ganzen Welt nach der Wende gelungen war, den Glanz und die Pracht dieser teilweise historischen Gebäude wiederherzustellen. Nur noch wenige kleinere Häuser in zweiter oder dritter Reihe der Promenade erinnerten an die Zeit davor.

Ganz besonders die Villa Magda hatte es mir angetan. Sie schien einem Märchen der Brüder Grimm entsprungen zu sein. Schneeweiß mit zwei Türmchen und einer imposanten zweiflügeligen und reich verzierten Holztür. Sie war mir sofort ins Auge gestochen, als ich das erste Mal die Promenade entlanggegangen war, obwohl sie im Gegensatz zu den stattlichen Villen, die sich links und rechts von ihr befanden, fast mickrig erschien.

Als ich später Clara total begeistert davon erzählte, hatte sie gelacht und gemeint, dass es ihr ganz genauso ergangen sei.

»Ich habe mich gleich in einem der kleinen Turmzimmer sitzen und nach meinem Prinzen Ausschau halten sehen.«

»Und? Ist er gekommen?«, hatte ich schmunzelnd gefragt.

»Natürlich!«, hatte Clara theatralisch ausgerufen. »Jamie ist gleich auf seinem weißen Pferd angeritten gekommen, hat sich unter mein Turmzimmerfensterchen gestellt und mit liebreizender Stimme gerufen: ›Clara, Clara, lass dein goldenes Haar herunter!‹«

Ich hatte gelacht, und Clara hatte daraufhin von mir erfahren wollen, für wen ich meine Haare aus dem Fenster herunterhängen lassen würde.

»Da gäbe es schon jemanden …«, hatte ich geheimnisvoll erwidert und dabei sehnsuchtsvoll an Felix gedacht.

Ich lehnte mich an das Holzgeländer der Seebrücke und kramte mein Handy hervor. Erneut wählte ich Felix' Nummer und diesmal hatte ich Glück. Schon nach dem zweiten Tuten erklang seine vertraute Stimme.

»Leni, ich wollte dich auch gerade anrufen. Hast du es schon mal versucht?«

»Felix«, hauchte ich glückselig ins Telefon.

»Ist etwas passiert?«, fragte er besorgt. »Du hörst dich so komisch an.«

»Nein, nein, alles okay. Ich bin einfach nur froh, dich zu erreichen.«

»Dann ist ja gut. Ich kann mir auch gerade nichts Besseres vorstellen, als deine Stimme zu hören«, fügte er etwas leiser hinzu. Und nach einer kurzen Pause, in der mein Herz wie verrückt gegen meine Rippen dröhnte, sagte er zärtlich: »Außer vielleicht, dich zu küssen.«

Ich atmete tief ein und ließ die Luft zitternd wieder entweichen. »Deswegen habe ich angerufen.«

Felix lachte, und dieses Lachen sorgte dafür, dass sämtliche Anspannung von mir abfiel. »Und wie soll das am Telefon funktionieren?«

»Schlecht!«, erklärte ich. »Darum rufe ich ja auch an. Ich wollte dich fragen, ob du nicht Lust hast hierherzukommen.«

Einen Moment herrschte Stille am anderen Ende der Leitung. Dann hörte ich ihn tief seufzen. »Ich würde wirklich gerne. Aber es geht nicht.«

»Wegen meiner Tante und ihrem Freund brauchst du dir keine Gedanken zu machen. Die sind total locker drauf und haben bestimmt nichts dagegen«, beruhigte ich ihn.

Erneut seufzte er in den Hörer. »Trotzdem kann ich nicht. Ich fahre heute wieder für ein paar Tage nach Hamburg.«

»Warum denn das?«, fragte ich alarmiert.

»Na ja«, druckste Felix herum. »Die vom Hamburger SV haben sich noch mal gemeldet.«

»Und? Nun lass dir doch nicht jedes Wort aus der Nase ziehen!« Ein Eisenring hatte sich plötzlich um mein Herz gelegt und wurde enger und enger.

»Ich kann mir die Chance nicht entgehen lassen«, erwiderte er. Seine Stimme klang schuldbewusst.

»Verstehe …«, flüsterte ich.

Felix sagte nichts. Noch nicht einmal, dass ich mir keine Sorgen machen müsste, weil sich dadurch zwischen uns nichts ändern würde. So, wie er es an dem Abend versprochen hatte, an dem aus uns *mehr* als nur Freunde geworden war.

Ich räusperte mich leise, in der Hoffnung, meine Stimme wieder in den Griff zu bekommen. »Na gut, dann wünsche ich dir viel Spaß in Hamburg«, sagte ich so unverbindlich wie möglich. »Ich muss jetzt auch aufhören. Meine Tante wartet mit dem Frühstück. Mach's gut!«

»Leni, warte! Leg bitte nicht auf!«, rief Felix.

Eine Sekunde zögerte ich, dann murmelte ich: »Was gibt es denn noch?«

»So geht das nicht.«

Ich schwieg.

»Dieses Gespräch läuft vollkommen schief.«

»Findest du?«, erwiderte ich schnippisch.

Doch Felix kannte mich viel zu gut, als dass er mir meine Gleichgültigkeit abgenommen hätte.

»Selbst wenn ich zukünftig beim HSV spielen sollte«, redete er beschwörend auf mich ein, »wird sich nichts daran ändern, dass du der wichtigste Mensch in meinem Leben bist.«

Ich konnte nicht anders, ich lachte bitter auf. »Aha, der wichtigste Mensch also.«

Er stöhnte. »Ja, verdammt, das bist du! Und das weißt du auch ganz genau. Leni, ich ... ich ...«

»Was?«

»Ich hatte nicht vor, es dir am Telefon zu erzählen«, sagte Felix ernst.

Ich schluckte, weil mit einem Mal ein dicker Kloß in meinem Hals steckte.

»Egal, wo ich auch hingehe, ich möchte nicht ohne dich gehen.«

Der Kloß breitete sich aus. Ich konnte nur flüstern. »Aber wie soll das funktionieren?«

»Indem du mit mir nach Hamburg kommst«, antwortete er.

Hochstimmung ist das Gefühl, nach den Sternen greifen zu können, ohne sich auf die Zehenspitzen stellen zu müssen. (Sprichwort)

6

Marc saß am offenen Wohnzimmerfenster und blickte rauchend hinaus. Als ich ihn bemerkte, war es zum Umkehren bereits zu spät. Zumindest, wenn ich mich nicht komplett lächerlich machen wollte, indem ich fluchtartig den Raum verließ.

»Ich kann mir nicht vorstellen, dass meine Tante dir erlaubt hat, im Haus zu rauchen!«, blaffte ich ihn an.

»Kann sein«, erwiderte er. »Aber *mein Onkel* hat ja Gott sei Dank das Sagen hier.«

»Soweit ich weiß«, erklärte ich frostig, »ist dein Onkel Sportler, und ich kann mich auch nicht erinnern, ihn jemals rauchen gesehen zu haben. Also, mach lieber die Kippe aus. Es sei denn, du möchtest schon wieder Ärger riskieren.«

»Schon wieder?« Er schnippte die Zigarette zum Fenster hinaus. »Was meinst du damit?«

Verdammt. Das war mir einfach rausgerutscht. Ich hatte es

gar nicht sagen wollen. Aber dieser Typ, wie er da so selbstherrlich hockte und mich anstarrte, regte mich einfach dermaßen auf.

»Nichts. War nur eine Redensart.« Ich zuckte betont gleichgültig mit den Schultern.

»Aha«, machte er, rutschte vom Fenstersims und kam auf mich zu. Auf so eine bedrohliche Art. Als wäre er ein Raubtier, das gleich zum Sprung ansetzt. Am liebsten hätte ich ihn weggestoßen. Oder wäre fortgelaufen. Aber ich tat keins von beidem. Blieb einfach nur regungslos stehen, als ob meine Füße mit dem Boden verwachsen wären, und ließ zu, dass seine Augen sich in meine bohrten.

So dicht vor mir, dass ich seinen nach Qualm stinkenden Atem auf meiner Haut spüren konnte, hielt er inne und sagte mit rauer Stimme: »*Sweetie,* du solltest dich lieber nicht in meine Angelegenheiten mischen und deinen kleinen Kopf mit Dingen belasten, die dich einen *fucking bullshit* angehen. Klar?!«

»Super Umgangssprache!«, brachte ich hervor.

»Standard!«, ranzte er zurück.

Dann war er weg.

Leise fluchend verließ auch ich den Raum und machte mich auf die Suche nach Clara.

Ich fand sie im Kräutergarten. »Dieser Marc ist so ein blasierter Arsch!«, platzte ich sofort heraus.

Clara war verblüfft. »Redest du von *unserem* Marc?«

Hallo? Von wem denn sonst?! Ich blickte sie vielsagend an.

»Aber warum denn das?«

»Er war eben ziemlich ... *ätzend* zu mir.«

Claras grüne Augen waren unverwandt auf mich gerichtet,

und ich hatte das untrügliche Gefühl, dass sie mich nicht verstand.

»Mag sein, dass Marc manchmal etwas *sperrig* ist und es einem nicht immer leichtfällt, wenn man den Umgang mit ihm nicht gewohnt ist. Das führt schon mal zu Unsicherheiten.«

»Wie bitte?« Ich traute meinen Ohren nicht. Clara war ja wohl völlig auf dem Holzweg!

»Ich weiß«, fügte sie nun auch noch schmunzelnd hinzu, »er ist ein verdammt gut aussehender Kerl.«

»Findest du?«, fragte ich.

Clara nickte und stellte dann ganz sachlich fest: »Marc ist schön.«

Ich schwieg vollkommen perplex und versuchte, mir Marc ins Gedächtnis zu rufen. Seine Lippen, die immer ein überhebliches Lächeln umspielte, die gerade schmale Nase mit dieser feinen Narbe, die schräg über ihren Rücken lief. Die dunklen Augen, die mich an ein in die Ecke gedrängtes wildes Tier erinnerten … Das markante Gesicht, das von braunem Haar umrahmt war … Und plötzlich wurde mir klar, was Clara meinte: Marc sah tatsächlich gut aus. Und das war wohl auch der Grund, warum meine Tante glaubte, dass seine Gegenwart mich verunsicherte.

Ich holte tief Luft. »Dieser Typ könnte das letzte männliche Wesen auf diesem Planeten sein, ich würde ihn nicht eines Blickes würdigen«, stellte ich klar.

Und dann sagte ich etwas, was ich gleich darauf bereute: »Und wenn ich das richtig verstanden habe, bist du auch froh, wenn er so schnell wie möglich wieder von hier verschwindet.«

Clara sah mich überrascht an und ich konnte ihrem Blick nicht standhalten.

»Ich habe euer Gespräch heute Morgen mitbekommen«, brachte ich leise hervor, unsicher, wie Clara reagieren würde. Als sie daraufhin schwieg, hob ich den Kopf und fügte fast ein wenig trotzig hinzu: »Ich wollte das nicht. Es ist einfach passiert. Ich habe auch nur ein paar Sätze aufgeschnappt. Aber auf jeden Fall glaube ich, herausgehört zu haben, dass du nicht gerade glücklich über sein plötzliches Auftauchen bist.«

»Da hast du dich getäuscht, Leni.« Ein trauriger Ausdruck huschte über ihr Gesicht.

»Wirklich?«, flüsterte ich.

Clara nickte. »Ich bin froh, dass er hier ist.«

»Aber …«

Sie hob die Hände und fiel mir ins Wort. »Marc hat zurzeit eine Menge Probleme zu Hause in England. Jamie hat ihm deshalb zigmal angeboten, dass er hierherkommen und in seinem Camp trainieren kann. Aber er wollte nicht.«

»Trainieren?« Jetzt verstand ich überhaupt nichts mehr.

Clara lächelte schmal. »Marc ist Profiboxer. Genauso wie Jamie es einmal war. Ich dachte, das hätte ich gestern bereits erwähnt.«

Ich schüttelte den Kopf und war insgeheim froh, mich nicht weiter mit ihm angelegt zu haben. Womöglich hätte er mir sonst noch eine schlagkräftige Kostprobe seines Könnens gegeben.

Clara wischte sich mit dem Handrücken die Schweißperlen von der Stirn und seufzte leise. »Marc ist sogar sehr erfolgreich gewesen. Bis …«

Sie stockte, atmete tief durch und deutete mit dem Kopf auf das Ferienhaus. »Ich denke, wir sollten unser Gespräch lieber woanders fortsetzen. Das Haus ist seit heute Morgen für zwei Wochen an ein älteres Ehepaar vermietet. Die Frau kam mir extrem neugierig vor.«

»Und warum kümmerst du dich dann um den Kräutergarten? Ich dachte, das sollten die Feriengäste übernehmen?«

Jetzt grinste Clara. Das Grinsen breitete sich langsam über ihr ganzes Gesicht aus, und als es ihre Augen erreichte, da wusste ich, dass sie mir nichts mehr übel nahm.

»Meine *super Geschäftsidee* scheint leider bei meinen Gästen nicht so gut anzukommen. Jedenfalls habe ich noch nicht ein einziges Mal an jemanden vermietet, der Interesse an der Pflege des Kräutergartens hatte«, gestand sie. Und mit gesenkter Stimme fügte sie hinzu: »Aber sag bloß Jamie nichts davon, sonst kann ich mich wochenlang deswegen von ihm aufziehen lassen.« Damit hakte sie sich bei mir unter und zog mich mit zum Haupthaus.

In der Diele blieb sie auf einmal abrupt stehen. »Mir fällt gerade ein, dass ich noch ein wichtiges Telefonat führen muss. Können wir später weiterreden?«

Ich nickte, und Clara drückte mir einen schnellen Kuss auf die Wange, bevor sie durch die Tür mit dem *Privat*-Schild verschwand.

Aus *später* wurde aber erst einmal nichts, weil wir weder am selben noch am darauffolgenden Tag dazu Gelegenheit bekamen. Drei Doppel- und zwei Einzelzimmer im Haupthaus mussten für Neubelegungen geputzt und hergerichtet werden. Dann meldete sich am nächsten Morgen auch noch Charlotte krank, weil sie sich zu Hause bei der Gartenarbeit so tief in den Finger geschnitten hatte, dass die Wunde mit drei Stichen genäht werden musste.

Clara war ordentlich am Rotieren, lehnte aber meine Hilfe konsequent ab. »Nein, Leni, das kommt überhaupt nicht infrage. Du bist hier, um Urlaub zu machen, und nicht zum Arbeiten. Schlimm genug, dass ich mich nur so wenig um dich kümmern kann und du die meiste Zeit auf dich gestellt bist.«

Ich erklärte ihr, dass es mir überhaupt nichts ausmachen würde, ihr zu helfen. Ich sogar froh darüber sei. Doch Clara blieb bei ihrem Entschluss.

»Bodo kommt später und hilft mir ein wenig und du machst dir gefälligst einen schönen Tag und genießt deine Ferien.«

Damit war die Sache für Clara erledigt, und ich trottete ergeben zurück in mein Zimmer, packte meine Badetasche und verließ kurz darauf das Haus.

Der Strand war wie tags zuvor bereits morgens proppenvoll. Zu voll, fand ich und schlug den Weg rechts der Seebrücke ein. Dort, wo der Sandstrand schmaler wurde und in eine Steilküste überging, hielten sich erfahrungsgemäß nur noch wenige Badegäste auf.

Ich suchte mir einen Platz knapp unterhalb der Dünen und breitete meine Decke aus. Dann schlüpfte ich aus meinen Shorts und dem knallroten Shirt und setzte mich im Bikini auf die Decke.

Eigentlich hatte ich lesen wollen, aber mein Blick verlor sich in den Weiten des Meeres, und ich versank in Tagträumen, die sich einzig und allein um Felix drehten.

Ich malte mir aus, wie er neben mir auf der Decke saß und meine von der Sonne ganz warme Schulter küsste. Seine Lippen wanderten langsam meinen Hals hoch und fanden schließlich meinen Mund.

Sanft tastete er sich vor, und als seine Zungenspitze die

meine berührte, durchzuckte mich ein Stromschlag. Ich presste mich an ihn, legte meine Hände in seinen Nacken und kraulte seine Haare mit den Fingerspitzen.

Ich seufzte sehnsuchtsvoll.

Längst hielt ich die Augen geschlossen und hatte meine Arme um mich geschlungen, als ob es Felix' Hände wären, die mir über den Rücken, die Schultern und durch die Locken strichen.

Da hörte ich plötzlich wie aus unendlich weiter Ferne ein Räuspern und öffnete erschrocken die Lider.

Direkt vor meiner Decke stand Marc.

Ich biss mir auf die Lippe und starrte ihn mit hochrotem Kopf an.

Er musste wohl gerade beim Joggen gewesen sein, als er mich entdeckt hatte. Mein Hirn arbeitete langsam, und alles, worauf ich mich konzentrieren konnte, war der dunkle Schweißfleck auf seiner Brust. Er blickte auf mich herab, und als ich in sein Gesicht sah, lächelte er. Sein übliches sarkastisches Lächeln, wie ich es auch nicht anders erwartet hatte, aber es schwang noch etwas anderes darin mit.

Das Herz klopfte mir bis zum Hals. Ich sprang auf und wollte ihm klarmachen, dass er kein Recht hatte, so auf mich herabzusehen. Doch dadurch wurde meine Position nicht wesentlich besser, denn Marc war gut eineinhalb Köpfe größer als ich.

»Was grinst du so dämlich?«, zischte ich wütend.

»Oh, Verzeihung«, sagte er amüsiert. »Ich habe dich *stöhnen* gehört und dachte, du brauchst mal wieder Hilfe.«

Ich verengte die Augen zu Schlitzen. »Und da würde ich ausgerechnet nach dir rufen, oder was? Träum weiter! Du bist wirklich der Letzte, von dem ich Hilfe annehmen würde. Du … du … Ach, lass mich doch in Ruhe!« Ich keuchte, weil ich ihm die Worte nur so entgegengeschleudert hatte.

»Bist du jetzt fertig?«, fragte Marc mich seelenruhig.

Ich verschränkte die Arme vor der Brust und schaute ihn finster an.

»Gut«, fuhr er unbeirrt fort. »Dann bin ich jetzt wohl an der Reihe.« Damit umfasste er meine Oberarme und zog mich mit einem heftigen Ruck an sich.

Ehe ich reagieren konnte, hatte er sich schon zu mir heruntergebeugt und seinen Mund auf meinen gepresst. Ich kniff krampfhaft die Lippen zusammen, aber Marc durchbrach sie mit seiner Zunge und umfasste gleichzeitig mit festem Griff meinen Hinterkopf.

Sein Kuss war unnachgiebig und grob und ich ließ ihn vollkommen gelähmt über mich ergehen. Als Marc seinen Griff etwas lockerte, erwachte ich endlich aus meiner Schockstarre und löste mich energisch von ihm. Stolpernd schwankte ich ein paar Schritte rückwärts.

»Wie … was …«, stammelte ich. »Was bildest du dir eigentlich ein, du …« Meine Stimme kippte gefährlich. Ich schüttelte ungläubig den Kopf, während sein Blick auf meinem Gesicht brannte.

Marc lachte. »Was ist? Ich dachte, das wäre genau das, wovon du geträumt hast«, erwiderte er.

Ich starrte ihn fassungslos an und er grinste machomäßig. Und dann explodierte etwas in meinem Kopf. Ich baute mich direkt vor ihm auf, hob die Hand und schlug ihm mit aller Kraft auf die linke Wange.

»Mach das nie wieder!«, fauchte ich hasserfüllt.

Marcs Miene verdunkelte sich. Zwischen seinen Brauen erschien eine tiefe Falte und seine dunklen Augen verengten sich. Plötzlich hatte ich Angst. Ich suchte nach Worten, die mein Handeln irgendwie abmildern konnten, fand aber keine.

Barsch stieß Marc mich beiseite und joggte hinauf in die Dünen. Ich stand wie betäubt da und sah ihm so lange nach, bis er im angrenzenden Küstenwald verschwand. Dann sank ich langsam in die Knie.

Mit zittrigen Händen durchsuchte ich meine Tasche nach meinem Handy, fand es schließlich und wählte Felix' Nummer.

Aber da war nur die blecherne Frauenstimme, die verkündete, dass der Teilnehmer momentan nicht erreichbar war. Ich fühlte einen stechenden Schmerz in der Brust. Verdammt, Felix, warum bist du nicht für mich da, wenn ich dich so dringend brauche?

Mein nächster Gedanke galt Geena. Atemlos wählte ich ihren Namen aus der Kontaktliste und hoffte inständig, dass wenigstens sie ans Telefon ging.

Ich hatte nicht umsonst gehofft, nach dem dritten Freizeichen war meine Freundin an ihrem Handy.

»Hey, Süße! Das ist ja ein Zufall, ich wollte dich auch gerade anklingeln. Wie ist es auf der Insel? Kommst du schon um vor lauter Langeweile, so ganz ohne deine beste Freundin?«, plapperte sie drauflos. »Hier hat übrigens ein total cooler neuer Laden aufgemacht. Shoppen im Stockdunkeln. Unfassbar, sag ich dir. Ich habe heute den halben Vormittag in der Warteschlange verbracht, nur damit ich …«

»Geena, bitte, ich muss dir was erzählen!«, fiel ich ihr ins Wort. »Es ist wichtig!«

»Was ist passiert?«

»So viel, ich meine, ich weiß gar nicht, wo ich anfangen soll ... Felix und ich, wir haben uns am Abend nach seinem Spiel geküsst. Wir sind zusammen. Irgendwie jedenfalls ... Ach, verdammt ... ich weiß auch nicht ...«

»Längst überfällig«, erklärte Geena trocken.

»Wie meinst du das?«

Geena lachte auf. »Leni, jetzt mal ehrlich. Das mit dir und Felix, das war vorhersehbar. Ich meine, ihr passt quasi wie Arsch auf Eimer. Ich habe mich nur gewundert, dass ihr so lange gebraucht habt, um das endlich zu schnallen. Aber dann ist ja jetzt alles bestens.«

»Eben nicht«, keuchte ich. »Gerade hat mich ein anderer geküsst.«

Stille am Ende der Leitung. Bestimmt glaubte Geena, sich verhört zu haben, bevor sie verblüfft ausrief: »Was?«

»Geena, ich bin total durcheinander. Ich will nichts von dem Typen. Ich bin in Felix verliebt, ehrlich! Marc ist so arrogant und überhaupt nicht mein Fall ... Weißt du, seine Art ist total zum Kotzen.«

»Heilige Scheiße«, krächzte Geena. »Jetzt sag nicht, du hast dich in ihn verknallt?!«

Ich schluckte schwer. »Blödsinn. Ich habe dir doch gerade gesagt, dass ich in Felix verliebt bin. Jetzt hör mir erst mal zu.« Schnell erzählte ich Geena, was sich gerade am Strand abgespielt und dass nicht ich Marc, sondern er mich geküsst hatte.

Geena sagte gleich noch einmal *Heilige Scheiße* und dann eine Weile nichts mehr.

»Bist du noch dran?«, erkundigte ich mich schließlich.

Ich hörte sie tief durchatmen. »Klar, und nach dem ersten

Schock nun auch wieder mit Stimme. Okay, Süße, Felix und du, das ist wie Romeo und Julia – nur mit Happy End. Das ist schon mal klar. Dieser Marc, so wie du ihn gerade beschrieben hast, klingt nach verdammt gut aussehendem Scheißkerl, den du ab sofort bitte aus deinem Hirn radierst. Du musst mir hoch und heilig versprechen, ihm aus dem Weg zu gehen, Leni, hörst du?! Ich lass mir doch mein lang erhofftes Traumpaar nicht von so einem Usedomer Sunnyboy kaputt machen.«

»Er ist Engländer, und ich kann ihm nicht aus dem Weg gehen, weil er im Zimmer direkt neben mir wohnt und dazu auch noch der Neffe von Jamie, dem Freund meiner Tante, ist.«

»Heilige Scheiße!«, entfuhr es Geena zum dritten Mal.

Eine knappe Stunde später verließ ich den Strand.

Ich liebte Geena. Ich konnte immer auf sie zählen und sie war einfach eine super Freundin. Doch in diesem Fall hatte auch sie mir nicht wirklich weiterhelfen können.

Hast du Marc irgendwie zu diesem Kuss animiert? Denkt er, du stehst auf ihn? Oder ist er einfach nur so überzeugt von sich, dass er meint, jedes weibliche Wesen würde allein bei seinem Anblick dahinschmelzen?

Fragen über Fragen, die ich Geena allesamt nicht hatte beantworten können.

Und so schwirrte mir am Ende unseres Telefonats noch mehr der Kopf, auch wenn das sicher nicht Geenas Absicht gewesen war.

Irgendwann hatte ich dann schließlich so etwas wie einen Entschluss gefasst, hatte mit fahrigen Händen meine Sachen in meine Strandtasche gestopft und war zur Pension zurückgegangen.

Das Frühstück war zu Ende und ich fand Clara mit einer Tasse Kräutertee im Innenhof. Sie saß im hinteren Strandkorb und hatte die Beine weit von sich gestreckt. Als ich den Hof betrat, beugte sie sich ein wenig vor und lächelte mir entgegen. »Leni, bist du schon wieder zurück oder warst du noch gar nicht weg?«

Ich ließ mich neben sie in den Korb sinken. »Ich war nur kurz am Strand, aber da ist es mir zu voll.«

Clara nickte und verzog den Mund. »Tja, einerseits bin ich ja froh, dass wir so viele Feriengäste auf der Insel haben. Andererseits kann es echt nervig sein. Ich hasse diese überfüllten Strände. Rechts von der Seebrücke, da, wo es immer felsiger wird, kann man es gut aushalten, weil sich kaum ein Badegast dorthin verirrt.«

»Da war ich«, erwiderte ich mit bemüht ruhiger Stimme. »Aber ich war nicht allein.«

Clara hob erstaunt die Augenbrauen. »Mit wem warst du denn dort?«

»Mit Marc!«

»Aha!« Clara blickte mich erwartungsvoll an.

»Er hat mich geküsst«, sagte ich unvermittelt.

Hatte ich eine heftige, wenn nicht sogar empörte oder wütende Reaktion von meiner Tante erwartet, so wurde ich eines Besseren belehrt. Sie lehnte sich im Strandkorb zurück und schwieg.

Das brachte das Fass für mich zum Überlaufen.

»Gegen meinen Willen, Clara! Er hat mich einfach gepackt und brutal geküsst!«, brach es so plötzlich aus mir hervor, dass

Clara erschrocken zusammenzuckte und der heiße Tee in ihrer Tasse überschwappte.

»Aua, verflixt!«, rief sie, weil sich die kochend heiße Flüssigkeit über ihre Hände ergossen hatte.

Sie sprang auf und knallte die Tasse auf den Beistelltisch. Dann wischte sie sich die Hände an ihrer Jeans trocken und betrachtete sie einen Moment mit vor Schmerz verzogenem Gesicht.

»Mist«, murmelte sie. »Das gibt bestimmt Brandblasen.«

Schuldbewusst rannte ich in die Küche, schnappte mir zwei saubere Geschirrtücher und hielt sie unter eiskaltes Wasser. Als ich in den Innenhof zurückkam, saß Clara wieder im Strandkorb. Ich hockte mich neben sie und umwickelte ihre Hände mit den feuchten Tüchern.

Clara lächelte mich dankbar an. »Ich bin schrecklich tollpatschig. Ich weiß.«

Ich schüttelte den Kopf. »Es war mein Fehler. Wenn ich nicht plötzlich so rumgeschrien hätte, dann …«

»Leni, *ich* bin die blöde Kuh von uns beiden. Nicht du!«, erklärte sie ernst. »Ich habe dein Verhalten offensichtlich ganz falsch gedeutet.«

»Mein Verhalten?«

Clara nickte. »Marc hat mich gestern Abend auf deine *Zickigkeit,* wie er es ausgedrückt hat, angesprochen, und ich war der Meinung, dass das alles nur Show sei, weil du dich insgeheim ein wenig in ihn *verguckt* hättest«, räumte sie ein.

»Das hast du zu ihm gesagt?« Ich war fassungslos. Daran änderte auch ihr bekümmerter Gesichtsausdruck nichts. Wie konnte sie nur?!

»Es tut mir leid, wenn ich dir damit Schwierigkeiten bereitet habe«, murmelte sie. »Jamie hat auch gemeint, ich sollte mich lieber raushalten. Aber …«

»Wie jetzt, Jamie weiß auch davon?«, fiel ich ihr ins Wort.

»Er war ja bei dem Gespräch dabei«, gab sie kleinlaut zu.

Ich verschränkte empört die Arme vor der Brust. »Wie darf ich mir das denn vorstellen? Da habt ihr drei nett zusammengesessen und euch mächtig über die angeblich unsterblich verliebte Zicke amüsiert, oder was?!«

Clara schüttelte wild den Kopf. »Nein, nein, wir haben über Marcs Entschluss gesprochen, den Boxsport aufzugeben, und ganz nebenbei meinte er dann, dass er sich dein Verhalten ihm gegenüber nicht erklären könnte. Er war so gefrustet, noch immer so fertig wegen …«

»Verstehe«, platzte ich dazwischen. »Und weil der *arme Marc* am Boden zerstört war, hast du gedacht, du könntest ihn mit so einer Schwachsinnsbehauptung wieder aufbauen. Na super!«

Clara starrte auf ihre umwickelten Hände. »Nein, so war das nicht, Leni. Ich habe ihm klipp und klar gesagt, dass er die Finger von dir lassen soll. Das musst du mir glauben.«

»Nur zur Info, wo war ich eigentlich bei eurem netten Pläuschchen?«, stichelte ich weiter.

»Es war kein nettes Pläuschchen«, erwiderte Clara, schwieg dann aber.

»So, war es das nicht? Was hat euer entzückender *Marciboy* denn für ein schrecklich schlimmes Problem, dass du ihn auch noch in Schutz nehmen musst? Hat er sich beim Boxen die Nase gebrochen?« Ich winkte ab. »Blödsinn, seine Nase ist ja *sooo* schön. Dann hat er wohl einem anderen den Zinken verbogen und schämt sich jetzt deswegen, was?!«

Clara blickte wieder auf, und der Ausdruck in ihren Augen sagte mir, dass ich gerade weit übers Ziel hinausgeschossen war. Obwohl ich nicht verstand, was ich Schlimmes gesagt hatte, ahnte ich doch, dass ich sie verletzt hatte.

»Marc hat jemanden getötet, Leni. Damit kommt er nicht klar«, sagte sie mit fast tonloser Stimme.

Mein Rücken versteifte sich. »Getötet? Wie … wie das denn?«, krächzte ich fassungslos.

Da bemerkte ich, dass sie weinte. Stumm rannen ihr die Tränen über die Wangen und ich biss mir auf die Lippen. Ich wollte etwas sagen, sie trösten. Sie in den Arm nehmen und ihr beruhigend über den Rücken streichen, aber vor allem musste ich erfahren, was Marc so weit gebracht hatte, zum Mörder zu werden.

»Clara«, sagte ich vorsichtig und legte meine Hand auf ihre Schulter. »Wie ist das passiert?«

Clara schluckte schwer. »Es … war ein Unfall«, begann sie stockend zu erzählen. »Marcs Sparringpartner ist nach einem Schlag von ihm unglücklich gestürzt. Er war sofort tot. Marc war vollkommen unschuldig daran, aber seitdem ist sein Leben komplett aus den Fugen geraten. Er fühlt sich schuldig, hat nie wieder geboxt, weil er …« Sie brach ab und es überkam mich heiß und kalt, so sehr hatten mich ihre Worte entsetzt.

»Das ist ja schrecklich«, war das Einzige, was ich hervorbringen konnte.

Clara blickte starr vor sich hin. »Henry war Marcs bester Freund.«

»Henry? Ist das der … Tote?«

Clara nickte. »Die beiden sind zusammen aufgewachsen. Henry war weniger talentiert als Marc, aber er war glücklich und zufrieden damit, Marcs Sparringpartner zu sein. Marc hat schon so viel Mist hinter sich. Sein Vater war ein unglaublich jähzorniger Mann und seine Mutter ist viel zu früh gestorben … Der Boxsport hat ihm unendlich gutgetan. Und dann passiert so etwas …«

»Schrecklich«, wiederholte ich noch einmal. »Aber wenn es doch ein Unfall war …«

»Er denkt, er sei wie sein Vater.«

»Und das bedeutet?«

Sie sog die Luft scharf zwischen den Zähnen ein. »Er hält sich für eine Gefahr. Meint, dass er irgendwann ebenso krankhaft brutal wie sein Vater enden wird. Schon deshalb will er nicht mehr in den Boxring steigen. Vielleicht ist das auch gut, aber wenn er wenigstens eine Perspektive …« Sie brach ab, und ich spürte, dass sie nicht weiter darüber reden wollte. Obwohl mich die Neugier fast zerfraß, drängte ich sie nicht.

Eine ganze Weile sprach keiner von uns ein Wort. Schließlich begann Clara, die Handtücher von ihren Händen zu wickeln. »Sieht ja gar nicht so schlimm aus«, stellte sie bemüht heiter fest.

»Es tut mir echt leid, Clara. Ich wollte dir nicht wehtun«, murmelte ich.

Sie lächelte mich betrübt an. »Das weiß ich, Leni«, sagte sie und nahm mich in den Arm. Ich schmiegte mich ganz fest an sie, so wie ich es als kleines Kind immer bei meiner Mutter gemacht hatte, wenn ich Kummer hatte, und ich spürte, wie mir das Herz ein wenig leichter wurde.

»Es ist schon fast ein Jahr her«, flüsterte Clara in mein Haar. »Aber er kriegt es einfach nicht verarbeitet. Weißt du, Marc ist wie ein Sohn für uns. Und das Gefühl, ihm einfach nicht helfen zu können, ist furchtbar. Dabei zusehen zu müssen, wie er sich immer tiefer in die Scheiße reitet.«

Ich löste mich aus der Umarmung und rutschte ein Stückchen von ihr ab, sodass ich ihr direkt ins Gesicht blicken konnte. »Warum, was hat Marc denn im letzten Jahr gemacht? Ich meine …« Ich brachte meinen Satz nicht zu Ende, weil mir die Frage plötzlich so banal vorkam, als hätte ich mich erkundigt, was es heute zum Mittagessen geben würde.

Clara lachte traurig auf. »Daran gearbeitet, sein Leben zu zerstören.«

Erinnerungen sind wie kleine Sterne, die tröstend in das Dunkel unserer Trauer leuchten.
(Sprichwort)

7

Es war weit nach Mitternacht. Ich lag im Bett und konnte nicht schlafen. Zu viele Gedanken gingen mir noch im Kopf herum. Lose Fäden, die ich nicht miteinander verknüpfen konnte. Ich dachte an Felix. Den ganzen Tag über hatte ich ihn nicht erreicht, und er hatte auch nicht zurückgerufen, obwohl er doch gesehen haben musste, dass ich es mehrfach versucht hatte. Mittlerweile glaubte ich, dass er mir meine Reaktion auf seinen Vorschlag, mit ihm nach Hamburg zu gehen, übel nahm. Mir war die Idee so verrückt vorgekommen, dass ich spontan losgelacht hatte. Felix hatte krampfhaft versucht, sich nichts anmerken zu lassen. Eigentlich kannte ich ihn doch gut genug. Warum hatte ich den gekränkten Unterton in seiner Stimme überhört, als er schließlich kurz angebunden vorschlug, dass wir später, wenn ich aus Usedom zurück sei, in Ruhe darüber sprechen sollten.

Ich hatte ihn verletzt, obwohl gerade er der letzte Mensch

auf Erden war, dem ich wehtun wollte. Aber sein Vorschlag hatte mich nun mal überrumpelt.

Wie sollte das denn auch funktionieren? Ich war siebzehn und Felix nur knapp ein Jahr älter. Wovon sollten wir leben, wo wohnen und was war mit der Schule? – Mal ganz davon abgesehen, dass meine Eltern mich mit hundertprozentiger Sicherheit nicht einfach so nach Hamburg gehen lassen würden. Felix' Idee hörte sich mehr als spannend an und war gleichzeitig unmöglich in die Tat umzusetzen. Das musste ihm doch auch klar sein!

Seufzend knipste ich die Nachttischlampe an und betrachtete eine Weile die weiß getünchte Wand, bevor ich die Bettdecke zur Seite schlug und aufstand.

Unentschlossen lief ich im Zimmer umher, löschte schließlich das Licht wieder und trat auf den schmalen Balkon hinaus.

Die Nacht war tiefschwarz und der Himmel von Sternen übersät. Gebannt schaute ich nach oben und mit einem Mal – völlig unerwartet – sah ich Marcs Gesicht so deutlich, als stünde er direkt vor mir. Sein Blick, der mich wie ein Pfeil durchbohrt hatte, der überhebliche Klang in seiner Stimme, der brutale Kuss, der mir noch immer auf den Lippen brannte. Allein der Gedanke daran jagte einen eiskalten Stoß in meinen Bauch. Ich konnte es noch immer nicht glauben, dass er mich geküsst hatte. So grob und besitzergreifend. Und erst sein fassungsloser Gesichtsausdruck nach der Ohrfeige … Clara hatte mit ihrer blödsinnigen Vermutung, ich könnte an Marc interessiert sein, wirklich ganze Arbeit geleistet.

»Ihr passt gut zusammen«, erklang plötzlich eine Stimme in der Dunkelheit.

Der Schreck peitschte mir durch die Adern, noch bevor mein Hirn realisierte, wer da gesprochen hatte.

Pfeifend schoss der Atem aus mir heraus. »Wer … wer ist da?«, krächzte ich.

»Herrgott! Dein schlechtes Gewissen oder was glaubst du?!«

Marc! Der hat mir gerade noch gefehlt!, war das Einzige, was ich denken konnte.

Seit unserer unschönen Begegnung am Strand war ich ihm zum Glück nicht mehr über den Weg gelaufen. Beim Abendessen hatte er sich nicht sehen lassen, und Clara hatte sich schon um ihn gesorgt, aber nun war er wohl wieder da.

Ich wagte einen vorsichtigen Blick nach links, konnte aber in der Dunkelheit nur schemenhaft seine Umrisse ausmachen – und die Glut seiner Zigarette. Klar, daher kam der rauchige Geruch, der mir die ganze Zeit über hier draußen in der Nase gebrannt hatte.

»Was ist, hat es dir etwa die Sprache verschlagen oder redest du nicht mehr mit mir?«

Ich atmete tief durch. Bleib ruhig, Leni, ermahnte ich mich. Ignorier einfach sein Gepolter und sei freundlich und unverbindlich. Marc hat eine Scheißzeit hinter sich und benimmt sich deshalb wie ein Vollidiot. Das weißt du doch inzwischen. Was ist so schlimm daran, einfach nur nett zu sein?

»Du rauchst ja schon wieder«, sagte ich betont normal.

Marc lachte kurz auf. »Und du zickst mich schon wieder an.«

Okay, das war jetzt wohl der passende Augenblick, um ein paar grundlegende Dinge zwischen uns zu klären.

»Marc, es tut mir leid, aber du deutest mein Verhalten

komplett falsch. Nimm's mir nicht übel, aber ich bin weder an dir noch an deinen überfallartigen Küssen interessiert.«

Gut, das wäre geklärt, dachte ich zufrieden, aber als das Schweigen links von mir immer ungemütlicher wurde, fügte ich hinzu: »Was ist, hat dich jetzt der Schlag getroffen?«

Erneut hörte ich ihn leise auflachen. »Das würde dich wohl freuen, was?«

In der nächsten Sekunde schnipste er seine glühende Zigarette in den Innenhof. Mir lag schon ein vorwurfsvoller Kommentar auf den Lippen. Aber ich schluckte ihn hinunter. Zusammen mit meiner Antwort auf seine Frage, die heute Morgen noch aus tiefstem Herzen Ja gelautet hätte.

Stattdessen machte ich ihm einen Vorschlag. »Am besten vergessen wir den ganzen Blödsinn, der da zwischen uns gelaufen ist, und fangen noch mal von vorn an, ja?«

»Wow! Was sind das denn für neue Töne aus deinem zickigen Mündchen?! Nicht schlecht«, machte er sich über mich lustig.

Ich schnaubte laut. »Meine Güte, jetzt mach es mir doch nicht so schwer. Wir vergessen das Ganze und gut ist. Okay?!«

»Wie, das *Ganze?* Du sprichst in Rätseln.«

Ich biss mir auf die Unterlippe und verdrehte die Augen. Für verbohrte englische Obermachos musste man wohl ein wenig deutlicher werden.

»Na, eben alles. Diese albernen Streitereien zwischen uns, den Kuss, die Ohrfeige und natürlich auch das, was Clara da für einen Quatsch hineininterpretiert hat. Ich bin nur noch ein paar Tage auf Usedom. Können wir in dieser Zeit nicht einigermaßen entspannt miteinander umgehen? Das muss doch drin sein. Wir sind ja beide keine kleinen Kinder mehr.«

Obwohl ich mir da bei ihm nicht so sicher war. Aber das behielt ich lieber für mich.

Marc räusperte sich, und dann wiederholte er den Satz, der mich vorhin vor Schreck fast über die Balkonbrüstung hatte stürzen lassen. »Ihr passt gut zusammen.«

»Wer?«, fragte ich.

»Du und Clara. Ihr seid beide eindeutig nicht von diesem Planeten.«

Hallo? Wie sollte ich das jetzt wieder verstehen? War das ein Kompliment oder die nächste Frechheit?

»Wie meinst du das?«

Aber auf eine Antwort wartete ich vergebens. Marc verließ den Balkon, was ich allerdings erst begriff, als die Tür schnappend hinter ihm ins Schloss fiel.

Na super. So viel zu der ausgestreckten Hand, die ich ihm hingehalten hatte. Was für ein oberblöder Vollidiot! Schlimme Zeiten hin oder her, der Typ konnte mir zehnmal den Buckel runterrutschen und von mir aus am besten auf der Stelle dorthin zurückkehren, wo es richtig schön beschissen für ihn war.

Wütend stampfte ich in mein Zimmer zurück und schlug die Tür mit einem Knall zu.

Was für eine peinliche Nummer, ärgerte ich mich weiter. Geena hatte recht, Marc war durch und durch ein zwar gut aussehender, aber rücksichtsloser Machoarsch! Und ich würde einen Teufel tun, zukünftig auch nur ein einziges Wort mit ihm zu wechseln.

Ärgerlich kroch ich in mein Bett zurück und zog mir die Decke bis zum Kinn. Luft – ja, ganz genau! Nur noch nach widerlichem Qualm stinkende Luft würde Marc McCourtney ab sofort für mich sein.

Ein penetrantes Klopfen an meiner Zimmertür riss mich aus dem Schlaf. Als ich die Augen öffnete, wurde ich von stechenden Kopfschmerzen überwältigt. Meine Kehle brannte und meine Zunge fühlte sich eklig pelzig an. Ich versuchte, mich vorsichtig aufzusetzen, was das Dröhnen in meinem Kopf nur noch verstärkte. Ächzend ließ ich mich wieder ins Kissen zurücksinken und blieb regungslos liegen.

Lasst mich in Ruhe. Ich will schlafen.

Doch wer auch immer vor meiner Tür stand und meinte, mich mitten in der Nacht aus dem Tiefschlaf reißen zu müssen, er wollte einfach nicht damit aufhören. Das Klopfen wurde energischer und schallte dermaßen hinterhältig in meinem Kopf wider, dass ich aufgab.

Mühselig richtete ich mich auf und warf einen verkniffenen Blick auf die Uhr.

Halb zehn! Unfassbar! Ich war doch eben erst eingeschlafen.

»Verdammt«, fluchte ich und schleppte mich zur Tür. »Ich komme ja schon.«

Mit jedem hätte ich gerechnet – selbst mit Felix, der plötzlich seine Meinung geändert hatte und nun doch nach Usedom gekommen war, um mich zu überraschen. Marc hatte ich bestimmt nicht auf dem Zettel!

Aber der Typ, der groß und stark wie ein Baum vor mir stand und mich mit einer Mischung aus Spott und Verlegenheit angrinste, war eindeutig Marc.

»Wow, du siehst ja echt fertig aus!«

»Danke fürs Kompliment, Blödmann!«, knurrte ich.

Um Marcs Mundwinkel herum zuckte es ein wenig. Und als er die Hand hob, befürchtete ich für einen Moment, dass mein Gesicht gleich mit seiner Faust Bekanntschaft machen würde, doch er berührte nur vorsichtig mit den Fingerspitzen mein Haar. Dennoch wich ich erschrocken zurück. Der wird doch nicht …?

»Sorry.« Er ließ die Hand schnell wieder sinken. »Ich wollte dir nicht zu nahe treten.«

Ich schloss kurz die Augen und hielt mir mit der linken Hand die Stirn, während ich mit der rechten den Türgriff umklammerte.

»Was willst du?«, fragte ich genervt. »Mich weiter beleidigen? Dann komm bitte später wieder, wenn ich eine Kopfschmerztablette genommen habe und in der Lage bin, meine Ohren auf Durchzug zu stellen.«

Marc schaute mich mit ausdrucksloser Miene an.

»Oder noch besser, bleib weg! Am besten für immer!«, fügte ich sicherheitshalber hinzu.

Aber den Gefallen wollte er mir nicht tun. Ganz im Gegenteil.

»Leni, ich möchte mich bei dir entschuldigen«, sagte er mit einer Stimme, die mir völlig fremd war. Sie klang freundlich, warm und auch auf die eine oder andere Weise aufrichtig. Sie konnte unmöglich aus Marcs Mund gekommen sein. Meine Kopfschmerzen mussten Halluzinationen bei mir verursachen. Oder so eine Art akustische Sinnestäuschung.

»Klar doch«, erwiderte ich und verzog mein Gesicht. »Und ich bin Jennifer Lopez.«

Er schmunzelte – kein bisschen zynisch oder überheblich, einfach nur nett. »Mir soll's recht sein. Obwohl ich dich eindeutig attraktiver finde.«

Okay, ich musste vergangene Nacht auf den Kopf gefallen sein. Eine andere Erklärung konnte es nicht geben. Marc

McCourtney konnte nicht nett lächelnd vor mir stehen und sich erst bei mir entschuldigen und mir dann auch noch ein Kompliment machen. UNMÖGLICH!

»Würdest du jetzt bitte wieder abhauen?«, stöhnte ich und war schon dabei, die Tür zuzuschieben.

Marc schüttelte den Kopf. »Noch nicht. Erst musst du mir zuhören.«

Ich zuckte ratlos mit den Schultern. Es kam selten vor, dass ich so vollkommen ohne Plan war. »Ich kapiere absolut nicht, was du von mir willst. Was soll das Ganze hier? Was für eine Show ziehst du jetzt wieder mit mir ab?«

»Keine Show, Leni. Ich meine es aufrichtig«, erwiderte er leise. »Ich mag dich. Vielleicht habe ich mich deshalb wie ein Vollidiot benommen. Es tut mir wirklich leid.«

Ich schluckte schwer und wollte etwas sagen. Aber mit einem Mal war es, als hätte ich niemals ein Hirn besessen. Und einen Mund, der sprechen konnte, schon mal gar nicht. Es gab in meinem Innern nur so ein verrücktes Herz, und obwohl ich mir die größte Mühe gab, ruhig und gleichmäßig zu atmen, dröhnte es wie ein Presslufthammer in meiner Brust.

»Fuck!« Marcs Stimme war nur ein heiseres Flüstern. Dann zog er mich kurz in seine Arme, und ehe ich ihn von mir schubsen oder anschreien konnte, war seine Umarmung bereits wieder Geschichte, und er hatte auf dem Absatz kehrtgemacht.

Langsam schloss ich die Tür hinter ihm und blieb so lange mit dem Rücken dagegengelehnt, bis seine Schritte auf dem Flur verklungen waren. Noch immer pochte mein Herz wild und mein Kopf schmerzte. Doch der kurze Augenblick in Marcs Armen hatte einen Strudel von Gefühlen in mir in Gang gesetzt.

Nicht für Marc, sondern für meinen allerbesten Freund, den ich so wahnsinnig vermisste.

Felix.

Nur seinetwegen jagte ein Stich durch mein Herz.

So viel Gefühl.

So viel Sehnsucht.

Nach Felix.

Nicht nach Marc.

Anders konnte es nicht sein.

Denk mit dem Herzen.
(Sprichwort der Hopi)

8

Für den Rest des Tages bekam ich Marc nicht mehr zu Gesicht. Keine Ahnung, ob er sich vor Scham in irgendeine dunkle Ecke verkrochen hatte oder befürchtete, im Falle eines Zusammentreffens einem hysterischen Lachanfall zu erliegen, weil er noch immer mein verdattertes Gesicht vor Augen hatte. Ich neigte eindeutig zur zweiten Version, weil ich nach intensivem Nachgrübeln und fast einstündigem Telefonat mit Geena zu dem Entschluss gekommen war, dass Marcs Worte nicht aufrichtig gewesen sein konnten.

Ich hielt es allerdings so wie er – aus welchen Gründen auch immer –, machte mich quasi unsichtbar und hatte beschlossen, mein Zimmer nur zu verlassen, wenn es sich absolut nicht mehr vermeiden ließ.

Nach einer kurzen Morgentoilette verbrachte ich den Rest des Vormittags nahezu lückenlos auf dem Bett. Kämpfte gegen meine Kopfschmerzen an, indem ich versuchte, sie zu ignorieren und auch sonst alles andere aus meinem Hirn zu verbannen, was schmerzte oder unangenehm war. Und sowohl Marc als auch Felix gehörten in diese Kategorie.

Dennoch musste ich unbedingt mit Felix reden, um zu hören, dass alles gut zwischen uns war. Aber es gelang mir einfach nicht, ihn zu erreichen.

Bis zum Mittag hatte ich bestimmt sechs Nachrichten auf seiner Mailbox und vier auf dem Anrufbeantworter bei ihm zu Hause hinterlassen. Wenn er sich daraufhin nicht bald bei mir meldete, musste ich akzeptieren, dass er es einfach nicht wollte.

Weil er von mir enttäuscht war? Oder vielleicht sogar stinkwütend?

Ich wusste es nicht. Es fühlte sich jedenfalls so schlecht an, dass bald nicht nur mein Kopf schmerzte, sondern auch mein Magen sich mehr und mehr kummervoll verkrampfte.

So kannte ich Felix überhaupt nicht. Er war kein nachtragender Typ. Wenn ich ganz ehrlich war, dann konnte ich mir beim besten Willen nicht vorstellen, dass er schmollte, weil ich bei seinem Vorschlag nicht sofort begeistert in die Luft gesprungen war.

Er musste doch wissen, dass ich so etwas nicht einfach mal am Telefon entscheiden konnte – zumal er meine Mutter verdammt gut kannte. Es musste also einen anderen Grund geben, warum ich nichts von ihm hörte.

Vielleicht war ihm etwas passiert? Felix hatte erst vor Kurzem seinen Führerschein gemacht. Womöglich hatte er sich das Auto seines Vaters ausgeliehen und war damit nach Usedom gefahren, weil er mich überraschen wollte. Weil ich ihn darum gebeten hatte. Weil unser letztes Telefonat so komisch gewesen war und er darunter genauso litt wie ich.

Verflucht, hatte Clara mir nicht erst vorgestern erzählt, dass es auf dieser B 110 ständig zu schweren Autounfällen kam und dass die Straße deshalb auch *Todesstrecke* genannt wurde?

Ich sprang vom Bett auf und wollte runter zu Clara laufen – sie musste mitbekommen haben, wenn es gestern oder vergangene Nacht einen Unfall gegeben hatte –, als mein Handy klingelte.

Atemlos schoss ich herum und sprintete zurück. »Felix? Bist du es?«, keuchte ich aufgeregt.

Kurze Pause. Dann ertönte eine helle Stimme: »Ich habe auch ein Handy, weißt du, Leni?!«

Ich war zu perplex, um gleich zu begreifen, dass es Celina war, die Tochter von Felix' Trainer und irgendwie auch eine Bekannte von Felix und mir. – Obwohl, vermutlich war sie weitaus mehr an Felix als an mir interessiert.

»Leni? Alles gut bei dir?«, riss mich Celina aus meinen Überlegungen.

»Celina. Ja, klar doch«, erwiderte ich und versuchte, das Zittern zu unterdrücken, das von meinem ganzen Körper Besitz ergriffen hatte.

»Du klingst so komisch. Oder ist es wegen Felix? Weißt du es schon?«

»Was ist passiert?« Ich hörte mich fremd an. Ganz hohl und leer. »Hatte … hatte er einen Unfall?«

»Unfall? Wie kommst du denn darauf?«

Ich schluckte schwer und das Blut rauschte mir in den Ohren. Antworten konnte ich nicht.

»Von einem Unfall weiß ich nichts«, redete Celina weiter. »Aber ehrlich gesagt kann ich mir das auch nicht vorstellen, dann hätte mein Vater bestimmt schon was gehört. Er steht ja in engem Kontakt zu Felix' Vater.«

»Warum?« Mehr wollte mir dazu einfach nicht einfallen.

Celina klang nun leicht genervt. »Sag mal, was ist denn mit dir los? Du bist ja echt komisch drauf. Immerhin ist mein Vater nicht ganz unbeteiligt an Felix' Karriere. Da ist es doch wohl klar, dass er gerne wissen möchte, wie es für ihn in Hamburg so läuft, oder was verstehst du daran nicht?«

Hamburg? Karriere? In meinem Kopf überschlugen sich die Gedanken. Aber Celina ließ mir keine Zeit, sie zu ordnen.

»Ist ja auch egal. Ich rufe nur an, weil ich wissen wollte, wann du zurückkommst. Der Verein möchte für Felix 'ne Abschiedsparty im Clubhaus machen. Ich dachte mir, du willst bestimmt dabei sein, und vielleicht hast du ja auch eine Idee für 'n richtig geiles Geschenk. Ich meine, du kennst Felix schließlich am besten und weißt genau, worauf er so steht. Ich dachte jetzt nicht unbedingt an irgendwelche Fußballklamotten, die bekommt er ohnehin alle von seinem neuen Verein. Eher was Persönliches. Eben etwas, das ihn immer an uns erinnert. Verstehst du?«

Nein! Ich verstehe überhaupt nichts!, wollte ich ins Handy rufen. Oder nein, komplett falsch: Endlich verstand ich! Und zwar, dass Felix sich entschieden hatte. Für Hamburg und gegen mich. Nur leider war er zu feige, mir das zu sagen. Deshalb sprang immer seine Mailbox an. Darum reagierte er nicht auf meine Nachrichten.

»Ich lass mir was einfallen«, versprach ich leise, bemüht, mir nicht anmerken zu lassen, wie sehr mich ihre Worte getroffen hatten. Celina konnte nicht ahnen, wie es schmerzte, weil sie nicht wusste, dass Felix nicht mehr *nur* mein bester

Freund war, sondern derjenige, in den ich verliebt war. Und er in mich. Zumindest hatte ich das bis eben gedacht. Noch vor ein paar Tagen hatte er mir gesagt, dass er nur mit mir oder gar nicht nach Hamburg gehen würde.

Pah, so eine Heuchelei hätte ich ihm wirklich nicht zugetraut! So weit war es dann wohl doch nicht her gewesen mit seiner Liebe zu mir. Sollte ich mich wirklich so in meinem allerbesten Freund getäuscht haben?

»Supi. Und wann kommst du zurück?«

»Nächsten Samstag«, erwiderte ich knapp.

Ich hörte Celina seufzen. »Das ist jetzt blöd … Wir wollten schon am Freitag was für ihn organisieren. Da ist er auf jeden Fall in Berlin, hat sein Vater gesagt. Danach erst mal 'ne Weile nicht. Tja, dann kannst du wohl nicht dabei sein, es sei denn, du kommst früher zurück.«

»Das geht nicht!«, erklärte ich. »Meine Eltern sind in Schweden und können mich vorher nicht abholen.«

»Wie schade«, hörte ich Celina säuseln, weit entfernt von echtem Bedauern.

»Ich muss aufhören. Meine Tante ruft mich. Tschau!« Bevor Celina etwas erwidern konnte, hatte ich das Telefonat beendet und hastig Geenas Nummer gewählt.

»Hey, Leni! Jetzt sag bloß nicht, dieser Super-Marc hat dir schon wieder Liebeserklärungen gemacht oder ist über dich hergefallen und hat dich abgeschleckt«, kicherte sie in ihrer gewohnt flapsigen Art ins Telefon.

»Unsinn!«, blaffte ich sie an, heftiger als gewollt.

»Auweia, was ist denn nun wieder passiert? Du hörst dich echt übel an.«

»Celina hat mich gerade angerufen und …«

»Welche Celina?«, fiel mir Geena ins Wort.

»Diese Blonde aus Felix' Verein. Du weißt doch, die meistens in diesen endpeinlichen weißen Stiefeletten herumläuft. Die Tochter vom Trainer.«

»Ach, die Tante, die Felix immer hinterherhechelt wie ein Dackel der Leberwurst!«

Plötzlich musste ich lachen – Geena mit ihren Sprüchen, die immer, wirklich immer so was von zutreffend waren.

»Genau, *die* Tante meine ich.«

»Und was wollte sie von dir? Ich wusste gar nicht, dass du mit der irgendwas am Hut hast.«

Ich fuhr mir durchs Haar. »Hab ich auch nicht. Sie wollte mich nur zu Felix' *Abschiedsparty* einladen und sich nach einem Geschenk für ihn erkundigen. Er geht nämlich tatsächlich nach Hamburg. Angeblich schon in ein paar Tagen!«

»Blödsinn!«, sagte Geena entschieden. »Du wärst hundertpro die Erste, die davon erfahren würde. Dieser eifersüchtigen Schnalle würde ich an deiner Stelle kein einziges Wort glauben.«

»Und warum kann ich Felix dann nicht erreichen? Da stimmt doch was nicht!«

Geena seufzte tief. »Okay, ich muss jetzt noch mal schnell in diesen Dunkelkammerladen und ein paar Klamotten umtauschen, die dort hammergeil an mir ausgesehen haben, bei Tageslicht jedoch zum Wegkreischen sind, und anschließend fahre ich bei Felix vorbei. Sobald ich ihn erwischt oder sonst wie Näheres herausgefunden habe, melde ich mich bei dir. Bis dahin bewahrst du Ruhe und siehst vor allen Dingen zu, dass du diesem englischen Supermacho aus dem Weg gehst. Paletti oder paletti?!«

»Okay«, murmelte ich – Lichtjahre von *paletti* entfernt. Nur mehr konnte auch meine Freundin nicht für mich tun. Das war mir schon klar.

Wir verabschiedeten uns mit Telefonküsschen und beendeten das Gespräch.

Danach hatte ich das Bedürfnis nach Luft. Viel frischer Luft. Ich ging zur Balkontür und zog sie weit auf.

Unten im Hof spielten zwei kleine Kinder. Ein Mädchen und ein Junge, vielleicht acht, neun Jahre alt. Ich starrte sie an. Fassungslos. Ich konnte nicht anders, auf einmal brach alles aus mir heraus, weil mir die beiden dort unten so unbeschwert und glücklich vorkamen. Sie lachten und spielten und waren einander so vertraut, wie Felix und ich es einmal gewesen waren.

Der Schmerz überkam mich wie eine Flutwelle. Er bohrte sich in meinen Magen, stach in mein Herz und schien mich mit gehässiger Stimme auszulachen. Ich biss mir in die Hand, damit ich nicht laut hinausschrie, was unbedingt hinauswollte.

»Leni?«

Ich warf die offene Balkontür zu. Es war mir egal, ob Clara da unten mitbekommen hatte, dass ich sie gehört hatte. Sollte sie doch denken, was sie wollte.

Ich tigerte durchs Zimmer und blieb schließlich vor der Kommode direkt neben der Tür stehen. Sie stellte den einzigen pompösen Stilbruch in dem sonst modern und schlicht gehaltenen Raum dar – dunkelrot lackiertes Holz, verziert mit knallbunten Blumen und schweren Messingbeschlägen.

Ich starrte die rote Kommode an, als wäre sie der Grund für all meine Probleme. Sie war so auffällig, verlockend, schön und auch irgendwie spannend. – Genau das Gegenteil von mir.

Wütend trat ich dagegen. Einmal, zweimal. Immer fester ließ ich meine Wut an dem blöden Ding aus. Mein nackter Fuß schmerzte, aber das war nichts im Vergleich zu dem Schmerz in meinem Herzen.

Felix, verdammt, du hättest es mir sagen müssen! Mich wenigstens vorwarnen! Das bist du mir schuldig!

Erst wenn du alle Sterne am Himmel auf einmal gesehen hast, weißt du, wie groß meine Liebe ist.
(Sprichwort)

9

»Leni?« Es klopfte an der Tür. »Alles okay bei dir?«

Ich hielt inne.

»Bitte mach auf!« Claras Stimme war von besorgt auf energisch umgeschlagen. »Ich kann auch den Zweitschlüssel holen.«

»Musst du nicht.« Ich öffnete die Tür und schenkte ihr das unbeschwerteste Lächeln, zu dem ich imstande war. Es verunglückte zu einer gequälten Grimasse. Das konnte ich deutlich in Claras Augen erkennen.

»Was ist los? Geht es dir nicht gut?«, fragte sie und trat ins Zimmer.

Ich hielt mir kurz die Stirn und murmelte: »Kopfschmerzen.«

Clara strich mir sacht eine Haarsträhne aus dem Gesicht. »Ist es etwas Ernstes?«

»Na, hör mal«, regte ich mich auf. Ich wusste selbst, wie

empört sich meine Stimme anhörte, aber ich konnte mich einfach nicht länger verstellen. »Kopfschmerzen eben. Was weiß ich denn, ob daraus was Ernstes werden kann?!«

Clara hob die Brauen. »Hat es wieder Probleme mit Marc gegeben?«

Marc. Marc. Marc. Drehte sich bei meiner Tante eigentlich alles nur um Marc? Es gab auch noch andere männliche Wesen, die sich wie die letzten Arschlöcher verhalten konnten.

Clara schien meine Missbilligung zu spüren, denn sie lächelte entschuldigend. »Sorry, Leni, ich will dich mit meinen Fragen nicht nerven oder mich gar als deine Mutter aufspielen, aber du machst einen ziemlich verstörten Eindruck auf mich.«

Ich zuckte mit den Schultern und verschränkte die Arme vor der Brust. »Es sind nur Kopfschmerzen.«

»Okay«, erwiderte Clara gedehnt. »Dann bringe ich dir jetzt eine Tablette und eine Tasse Kräutertee.«

Clara würde keine Ruhe geben. Das war eindeutig. »Ich komme gleich runter«, gab ich mich geschlagen. »Lass mich nur noch kurz unter die Dusche springen.«

Sie musterte mich skeptisch, aber schließlich nickte sie und zog ab.

Ich war noch immer völlig neben der Spur, als ich kurze Zeit später in Claras Küche tappte. Auf dem Herd brodelte ein Topf mit verführerisch duftender Suppe.

Clara rührte um und achtete darauf, dass nichts anbrannte. Als sie mich bemerkte, machte sie die Gasflamme aus und drehte sich zu mir um.

»Charlotte ist wieder da. Sie hat gestern Abend ihre legendäre Gemüsesuppe gekocht. Ich dachte, die könnte dir jetzt guttun, und habe etwas davon aufgewärmt. Was meinst du, hast du Lust darauf?«

Statt einer Antwort knurrte mein Magen so unüberhörbar, dass Clara laut loslachte. »Da habe ich ja voll ins Schwarze getroffen.«

Sie nahm den Topf vom Herd und trug ihn zu dem großen Küchentisch rüber, an dem normalerweise bis zu zwölf Leute Platz hatten. Doch um die Mittagszeit stapelte sich hier das Geschirr der Frühstücksgäste. Heute lagen noch zusätzlich unzählige Prospekte auf der Tischplatte verteilt, sodass nur am äußersten Ende eine Ecke frei war.

Ich setzte mich und sah Clara dabei zu, wie sie einen Teller füllte und ihn vorsichtig zu mir herüberbalancierte.

»Isst du nichts?«, fragte ich.

Clara schüttelte den Kopf. »Hab schon.«

Ich rührte die Suppe um und pustete hinein. »Tut mir leid wegen vorhin …«

Ich ließ den Satz unbeendet. Aber Clara schien sowieso mal wieder ihre ganz eigene Theorie zu haben. Und wie immer hatte diese etwas mit ihrem Lieblingsthema zu tun: Marc.

Sie warf ihre langen Locken über die Schulter und rückte mit ihrem Stuhl nahe an mich heran. »Der Stress zwischen euch muss ein Ende haben, Leni. Das sieht Jamie übrigens genauso. Ich meine, da besuchst du uns zum ersten Mal und bist total gefrustet wegen Marc. Außerdem hoffen Jamie und ich, dass er hier bei uns auf Usedom bleibt.«

Mir doch egal.

Ich nahm einen Löffel Suppe und verbrannte mir prompt die Zunge.

»Und was soll er hier anfangen?«, fragte ich, obwohl es mir ja eigentlich völlig schnuppe war, was Marc mit sich und seinem Leben anfing.

Clara atmete tief durch, streckte sich und verschränkte die Hände hinter dem Kopf. »Jamie hofft, dass er beim Boxen bleibt. Und wenn schon nicht als Profiboxer, dann eben als Trainer in seinem Camp.«

»Ach so«, murmelte ich gedankenverloren.

»Leni, ich wünsche mir so sehr, dass du und vielleicht auch irgendwann einmal deine Mutter … deine Eltern regelmäßig zu uns nach Usedom kommen«, redete sie weiter auf mich ein. »Und es wäre schrecklich, wenn Marcs Anwesenheit dich davon abhalten würde.«

Ich pustete in die Suppe. Mir war sehr bewusst, dass Clara mich beobachtete und auf eine Antwort wartete.

Ich hätte ihr sagen können, es wäre mir völlig egal, ob Marc sich hier aufhielte oder in China Reissäcke durch die Gegend schleppte. Doch ich mochte mich weder mit Marc noch mit Felix und dem ganzen dazugehörigen Gefühlschaos weiter beschäftigen. Am liebsten wollte ich nichts davon hören, nicht darüber reden und auch nicht daran denken – eben einfach nichts. Funkstille auf allen Kanälen.

Und deshalb stellte ich Clara eine Frage, die ihr offenbar gar nicht gefiel. Jedenfalls zuckte sie merklich zusammen.

»Was ist eigentlich damals zwischen dir und meiner Mutter vorgefallen? Und warum wolltest du unbedingt, dass ich einen Teil meiner Ferien bei dir verbringe?«

Clara presste die Lippen fest aufeinander und schwieg. Es war ihr anzusehen, dass sie nicht gern über diese Sache sprechen wollte.

»Warum bist du nach England abgehauen?«, hakte ich dennoch nach. »Und warum hast du dich all die Jahre nicht bei uns gemeldet?«

»Leni, bitte, das ist nicht so einfach zu erklären …« In ihren Augen lag ein gequälter Ausdruck.

Ich ließ den Löffel in die Suppe sinken. »Du versuchst, über mich wieder Kontakt zu deiner Familie zu bekommen, richtig?«

»Mag sein«, antwortete Clara tonlos.

Ich hatte da wohl einen wunden Punkt getroffen. Natürlich konnte ich sie verstehen. Aber eigentlich wollte ich nicht die Sehnsüchte meiner Tante ausbaden. Und außerdem, wenn ich nicht nach Usedom *gemusst* hätte, dann wäre es nicht zu dieser absolut schrecklichen Situation zwischen Felix und mir gekommen. – Und Marc hätte ich auch nicht begegnen müssen.

»Na toll«, knurrte ich. »Und ich werde einfach vor vollendete Tatsachen gestellt, ohne vorher gefragt zu werden.«

Abrupt stand Clara vom Tisch auf und begann, das saubere Geschirr in die Schränke zu räumen. Als ob ich mich mit einem Mal in Luft aufgelöst hätte. Super! Aber genau genommen hatte dieser Tag ja schon mit einem miesen Gefühl begonnen. War wohl klar, dass er dann nur so weitergehen konnte.

Ich schob den Teller von mir und stand ebenfalls auf.

Im Türrahmen hielt Clara mich zurück. »Leni, warte bitte …«

Als ich mich zu ihr umdrehte, sah ich einen kleinen verbitterten Zug um ihren Mundwinkel. Es war genau die Regung, die meinen Ärger schlagartig verpuffen ließ und in mir den Wunsch weckte, meine Tante in den Arm zu nehmen.

Ich hatte kein Recht, meinen Frust an ihr abzulassen. Clara hatte sich wirklich sehr um mich bemüht, und dass ich ihr wichtig war, daran zweifelte ich nicht eine Sekunde. Was auch immer zwischen ihr und meiner Mutter vorgefallen war, dass Clara sich nach all den Jahren nach ihrer Familie sehnte, konnte ich ihr nicht zum Vorwurf machen.

»Entschuldige bitte«, murmelte ich und senkte den Kopf. »Ich hab es nicht so gemeint.«

Clara war sofort bei mir und legte mir die Hand unters Kinn. Als ich aufschaute, hatte sie Tränen in den Augen. »*Mir* tut es leid. Ich hatte mir alles so schön vorgestellt und dann … dann …«

»… entpuppt sich deine Nichte als launische Superzicke mit Dauermigräne.« Ich grinste sie versöhnlich an.

Clara grinste zurück und da rollte ihr auch schon die erste dicke Träne über das Sommersprossengesicht.

»Ist dir eigentlich bewusst, wie oft wir in den letzten Tagen ›Es tut mir leid‹ zueinander gesagt haben?«

Ich zuckte mit den Schultern. »Ich hab nicht mitgezählt, aber schon ziemlich oft.«

Sie zog mich in die Arme. »Dann jetzt ein allerletztes Mal. Großes Insulanerehrenwort«, schnaufte sie beinahe feierlich in mein Haar. »Es tut mir leid, dass ich Dinge sehe, die es nicht gibt, und dich damit in diese komplett doofe Situation gebracht habe. Und dass du so wenig von mir hast. Und dass du denkst, ich würde dich nur benutzen, um wieder den Kontakt zu meiner Schwester herzustellen. Ganz so ist es nicht, glaub mir.«

Ich löste mich aus ihrer Umarmung und schaute sie verwundert an. »Wie ist es denn?«

Aber Clara ging nicht auf meine Frage ein. Sie wischte sich mit beiden Händen die Tränen von den Wangen und lächelte mich an. Ganz weich und lieb. »Aber was ich dir eigentlich schon vorhin sagen wollte, Jamie hat den Vorschlag gemacht, dass wir heute Abend alle miteinander ausgehen sollten. Wir dachten an die *Himmel & Meer Lounge* an der Promenade. Da ist heute Abend Karaoke.«

»Karaoke?« Ich starrte Clara entsetzt an. Wollte sie mich allen Ernstes in irgend so eine peinliche Karaokebar schleppen?!

»Glaub mir, Leni, das wird ein Megaspaß!«, freute sich Clara.

Mein Gott. Dieser Tag würde also wirklich und wahrhaftig genauso mies enden, wie er begonnen hatte.

Liebe ist, wenn Sterne durch deine Seele ziehen.
(Sprichwort)

10

Das Publikum applaudierte begeistert, obwohl der dunkelhaarige Typ, der vorn auf der Kante der Bühne saß und lässig die Beine baumeln ließ, noch keinen einzigen Ton von sich gegeben hatte.

Ich klatschte weder euphorisch in die Hände noch konnte ich die Begeisterung der Leute um mich herum teilen. Ich kochte vor Wut und blickte Marc finster entgegen.

Bis zu diesem Zeitpunkt war der Abend eigentlich ganz okay verlaufen. Clara, Jamie und ich hatten gegen acht die *Himmel & Meer Lounge* betreten, und ich hatte nicht anders gekonnt, als mich beeindruckt umzuschauen.

»Das ist ja klasse hier«, entfuhr es mir.

Clara strahlte übers ganze Gesicht. »Sag ich doch.«

Dann hatte Jamie uns zu einer kleinen Sitzgruppe geführt, die aus einem Naturholztisch und vier gemütlichen Korbstühlen bestand und direkt vor der Bühne platziert war.

Wir waren in die bequemen Stühle gesunken, und während

ich noch die Kois in dem gigantischen Wasserbecken bestaunte, hatte Jamie bereits drei Cocktails für uns bestellt.

Ein älterer Mann betrat die Bühne, setzte sich ans Klavier und fing an zu spielen. Über das Stimmengewirr der vielen Menschen in der Lounge hinweg schwebte die Melodie leicht wie ein Windhauch durch den Raum. Fast zu schwach, um wirklich gehört zu werden. Dennoch hüllte sie mich ein wie eine warme, weiche Decke. Ich starrte wie gebannt zu dem Klavierspieler und er erwiderte meinen Blick mit einem Lächeln.

Plötzlich nahm er seine Hände von den Tasten und beugte sich ein wenig vor, sodass er ins Mikrofon sprechen konnte. »Was willst du hören, Mädchen?«, fragte er mich.

Ich war zu perplex, um gleich zu antworten. Zumal ich das Gefühl hatte, dass auf einmal sämtliche Augenpaare im Raum auf mich gerichtet waren.

Bevor das Ganze in eine wahrhaft peinliche Nummer ausarten konnte, weil ich unter akutem Sprachverlust litt, rief Jamie: »Was, bei dem es einem so richtig warm ums Herz wird!«

Der Pianist lachte. »Du möchtest also was zum Träumen für deine Ladys hören?«

Jamie nickte, und der Mann begann, mit den Fingern über die Tasten zu wandern. Es war eine langsame Melodie, die ich nicht kannte. Clara und Jamie scheinbar schon, denn sie bekamen ganz verträumte Gesichtsausdrücke.

»Unser Lied, *honey*«, raunte Jamie und schaute Clara dabei verliebt an.

Die Spannung zwischen den beiden war spürbar, knisterte quasi über ihren Köpfen. Genau in dem Moment, als ich dachte, dass ich mich lieber mal kurz aufs Klo verabschieden sollte, weil die zwei sich bestimmt gleich abküssen würden, nahm ich einen hochgewachsenen Typen in Jeans und blauem T-Shirt wahr, der auf unseren Tisch zusteuerte. Sein braunes Haar fiel ihm locker in die Stirn, und die dunklen Augen darunter blitzten vergnügt in Richtung Clara und Jamie, die nun eng umschlungen waren und die Welt um sich herum vergessen zu haben schienen.

Marc.

»Du Arme«, sagte er. »Erst schleppen sie dich zum Karaoke und dann musst du ihnen auch noch den ganzen Abend beim Knutschen zusehen.«

Ich wurde blass. »Was willst du denn schon wieder hier?«

Er grinste schief. »Oh ja, danke, Leni, ich freue mich auch, dich zu sehen.«

Es stellte sich heraus, dass Clara mit ihrer Ankündigung, dass *wir alle* an diesem Abend in die *Himmel & Meer Lounge* gehen würden, natürlich auch Marc gemeint hatte. Um beim geselligen Karaokeabend alle Missverständnisse aus dem Weg zu schaffen, sozusagen.

Ich wusste nicht, wem ich lieber den Hals umgedreht hätte. Clara für ihre unfassbar blöde Idee. Jamie für den Spruch, *was sich neckt, das liebt sich – heißt es nicht so im Deutschen?* Oder Marc für sein ätzendes Dauergrinsen.

Nun saß ich also hier und wünschte mich nach Feuerland, während Marc dabei war, seine kurz zuvor gemachte Androhung in die Tat umzusetzen und den heutigen Karaokeabend zu eröffnen.

Nicht aus Spaß oder so. Der Kerl litt wirklich dermaßen an Selbstüberschätzung, dass er das erste Lied des Abends singen wollte. Natürlich nicht mit Begleitung vom Band. Ach was, für unser englisches Naturtalent musste selbstverständlich der Klavierspieler herhalten!

»Er singt toll. Du wirst staunen, Leni«, flüsterte mir Clara gerade voller Vorfreude zu, als Marc sich das Mikrofon griff und sagte: »Ein romantisches Lied. Dafür brauche ich eine Partnerin.«

An einem Tisch hinter uns rief eine weibliche Stimme fröhlich: »Nimm mich, Süßer!«, und in der Lounge brach heiteres Gelächter aus.

Marc schenkte der Frau ein entschuldigendes Lächeln und deutete dann mit dem Mikro auf unseren Tisch. »Sorry, aber da vorn sitzt meine Wunschpartnerin für dieses Lied.«

Ich erstarrte. Er wollte doch nicht … Er konnte doch nicht … Er meinte doch nicht … mich?!

Angestrengt blickte ich auf meine Hände und wünschte mir jetzt, ich wäre nicht nur auf Feuerland, sondern noch besser tot und unter der Erde.

Jamie verpasste mir unterm Tisch einen auffordernden Fußtritt und ich zischte wütend: »Vergiss es! Eher erschieß ich mich!«

Er lachte rau. »*Jesus*, bitte nicht! Clara, dann musst du wohl.«

Claras Kopf schien zwischen ihren Schultern zu verschwinden, als sie murmelte: »Du weißt doch, wie grausam es sich anhört, wenn ich singe.«

Da sprang zu Claras und meiner unendlichen Erleichterung am Nachbartisch eine junge Frau auf. Die vier, fünf Schritte zur Bühne legte sie in einem beachtlichen Kurzsprint zurück, und bevor Marc es kapiert zu haben schien, saß sie neben ihm auf der Bühne und schmiegte ihren brünetten Kopf an seinen Oberarm.

»Da bin ich«, kicherte sie albern ins Mikrofon, das man ihr beim Betreten der Bühne gereicht hatte. »Was singen wir?«

Jamie beugte sich belustigt zu uns herüber. »So wie die ihn anhimmelt, möchte sie bestimmt nicht nur mit unserem Marciboy *singen.*«

Clara grinste. Und ich schnaubte verächtlich und schaute bemüht gleichgültig zur Bühne.

Die Frau trug ein knappes Top, eine knallenge schwarze Hose und High Heels und hatte die Haare hochgesteckt. Ein paar Strähnen fielen ihr in Locken ins Gesicht. Sie sah wirklich unheimlich gut aus. Unwillkürlich blickte ich an mir hinunter. Graues Schlabbershirt, Bluejeans und blaue Converse.

Na ja, was soll's, sagte ich mir, du bist eben eher der natürliche Typ. Und außerdem, wen interessiert es?! Schließlich gibt es niemanden hier, dem du gefallen willst.

Trotzdem musste ich zugeben, dass Marc und diese Frau dort vorn auf der Bühne ein wahnsinnig hübsches Paar abgaben – und blöderweise, warum auch immer, versetzte mir genau *das* einen kurzen heftigen Stich.

Auch dem Publikum schien zu gefallen, was es da zu sehen bekam, denn es herrschte mit einem Mal eine spannungsvolle, beinahe magische Stille.

Na ja, noch haben sie nicht angefangen zu singen, dachte ich. Bestimmt brauchen wir gleich alle Ohropax!

Marc nickte dem Pianisten zu, und nachdem der einige Akkorde gespielt hatte, setzte Marc schließlich ein.

»Tonight you're mine completely … you give your love so sweetly …«

Wäre ich nicht dabei gewesen, ich hätte nicht geglaubt, was ich da hörte. Dieser raumfüllende Bariton, der mich so in seinen Bann schlug, dass ich Marc wie elektrisiert anstarrte, katapultierte mich in eine andere Welt. Es war mir nicht einmal mehr möglich zu atmen.

Marc saß auf der Bühne und sang mit so einer warmen und klaren Stimme, noch dazu ein Lied, das so tief, tief unter die Haut ging, dass ich alles um mich herum ausblendete.

Während er sang, bewegte er sich kaum, nur hin und wieder unterstrich er ein Wort oder eine Zeile mit einer schlichten Handbewegung.

Die Brünette setzte ein und er schaute sie an. Obwohl auch sie eine echte Überraschung für mich war, weil sie jede einzelne Note traf und mit voller Hingabe füllte, klebte mein Blick an Marc.

Er schaute ins Publikum und dann trafen sich unsere Blicke. Seine Augen versenkten sich in meine. Er sah mich an und sang: *»Tonight the light of love is in your eyes … But will you love me tomorrow?«*, und es fühlte sich so an, als ob er *mir* diese Frage stellte.

Ich wollte wegschauen, aber seine Augen und seine Stimme hielten mich gefangen. Er lächelte, und ich hatte das Gefühl, wahnsinnig zu werden, wenn er nicht bald aufhörte, mich so anzusehen.

Ein prickelnder Schauer jagte mir über den Rücken, gleichzeitig schnürte mir irgendetwas die Luft ab.

Okay, Leni, tief durchatmen. Das ist nur Marc. Marc, der verfluchte Zyniker, der andauernd nur ätzend zu dir ist. Komm also wieder runter, Mädchen!

Aber es nützte nichts. Solange Marc sang und mich dabei

mit seinem Blick gefangen hielt, war ich nicht in der Lage, mich von ihm zu lösen.

Endlich endete das Lied und sofort erfüllte tosender Applaus den Raum. Einige der Zuschauer riefen immer wieder: »Zugabe! Zugabe!«

Marc schien wie aus einem Traum zu erwachen, lächelte dem Publikum fast ein wenig schüchtern zu und bedankte sich dann mit Küssen auf beiden Wangen bei seiner Gesangspartnerin, woraufhin diese euphorisch ins Mikro rief: »Leute, dieser Typ sieht nicht nur hammermäßig aus, er singt auch noch hammermäßig! Verdammte Axt, ich bin total begeistert! Willst du mich heiraten?«

Die Leute lachten und tobten. Dennoch ließ Marc sich nicht zu einer Zugabe hinreißen. Er hielt der Brünetten galant den Arm hin und führte sie zu ihrem Tisch zurück, wo sie von ihren albern herumkichernden Freundinnen in Empfang genommen wurde. Schon fingen alle drei an, Marc aufs Übelste anzuhimmeln und anzubaggern. Es war einfach nur noch lächerlich!

Ein paarmal erklangen noch Zugaberufe, doch als eine ältere Frau mit schulterlangem knallrotem Haar die Bühne betrat und ankündigte, dass sie sich an einem Tina-Turner-Song probieren wollte, hörten die Rufe schließlich auf.

Marcs Gesangspartnerin ließ sich dermaßen aufreizend auf ihren Stuhl sinken und versuchte so vehement, Marc zu einem Drink zu überreden, dass ich wegschauen musste, weil ich es einfach nicht mehr ertragen konnte, weil es so peinlich war, weil es so … ach, keine Ahnung, warum.

Doch Marc schien kein Interesse zu haben, denn er kam an unseren Tisch zurück.

»*Unbelievable!* Das war *music!*«, rief Jamie und klopfte Marc begeistert auf die Schulter.

Ich sagte nichts. Mir fehlten noch immer die Worte. Und als Marc sich nach vorn beugte, um sein Getränk vom Tisch zu nehmen, und sein Arm dabei wie zufällig meinen streifte, da überkam es mich heiß und kalt. Meine Wangen begannen zu glühen und tief in mir zog sich etwas auf höchst angenehme und gleichzeitig unbekannte Weise zusammen. Irgendetwas drängte da gerade an die Oberfläche. Etwas, das ich nicht wollte, nicht gebrauchen konnte, weil Marc absolut nicht mein Typ und ich schwer in Felix verliebt war.

Und warum war mein Mund dann so trocken? Warum überschlug sich mein Herz in meiner Brust? Das konnte doch nicht möglich sein. Dieses eine kurze Lied vermochte doch nicht …

Ich schloss die Augen, versuchte, mir über meine chaotischen Empfindungen klar zu werden. Als ich sie wieder öffnete, bemerkte ich, dass Marc mich ansah. Er lächelte und ich wurde noch roter.

Verdammt! Verdammt! Verdammt! Warum musste dieser arrogante Arsch nur so verboten gut aussehen – und dazu auch noch so genial singen können!

Den Rest des Abends erlebte ich wie in Watte gepackt. Clara und Jamie amüsierten sich köstlich über die Karaokedarbietungen der anderen Lounge-Besucher. Ich musste zugeben, dass der eine oder andere Möchtegernsänger wirklich zum Wegschmeißen komisch war. Dennoch konnte ich mir nur mühsam ein Lächeln abringen. Irgendetwas war geschehen. Auf eine komische Art und Weise hatte sich Marc noch fester in meinen Gedanken verankert und Felix zur Randfigur werden lassen.

Ich mochte das Gefühl nicht. Es machte mir Angst, weil ich es nicht verstand. Dennoch war es da. Einfach da.

Marc verhielt sich ebenso zurückhaltend wie ich. Zwar gelang es ihm weitaus besser, sich in die Unterhaltung einzubringen, doch locker und entspannt wirkte er dabei nicht gerade.

Um kurz vor elf konnten auch Claras lebhafte Erzählungen und Jamies witzige Kommentare nichts mehr daran ändern, dass die Stimmung zwischen uns kurz vorm Erfrierungstod stand.

»Okay«, meinte Clara etwas enttäuscht. »Vielleicht war es doch keine gute Idee hierherzukommen, wo Leni schon den ganzen Tag so schlimme Kopfschmerzen hat.«

Das brachte mich auf eine Idee. Die Chance, endlich hier wegzukommen, war einfach zum Greifen nah.

»Ja, meine Kopfschmerzen sind wirklich unerträglich. Seid ihr sehr böse, wenn ich mich schon auf den Heimweg mache?«

Clara schüttelte den Kopf. »Natürlich nicht. Aber du gehst bestimmt nicht ohne Begleitung.« Sie schaute sich nach der Bedienung um. »Können wir zahlen?«

»Quatsch, Clara, bleibt ruhig noch. Nur weil ich Kopfschmerzen habe, müsst ihr euch doch nicht den Abend verderben lassen.«

»Kannst du Leni nicht zur Pension bringen?« Jamie wandte sich an Marc. »Und wenn du Lust hast, kommst du danach einfach wieder zurück.«

Mir wurde schlecht. Alles. Alles! Nur das nicht!

Doch die Sache war bereits beschlossen, und obwohl ich hoch und heilig versicherte, dass ich prima allein gehen konnte und keinen Aufpasser brauchte, stieß ich bei den beiden auf taube Ohren.

So verabschiedete ich mich kurze Zeit später von Clara mit einem Kuss auf die Wange, drückte Jamie kurz und steuerte mit einem mehr als mulmigen Gefühl im Magen auf den Ausgang zu.

Auch der dunkelste Brunnen
spiegelt das Licht der Sterne.
(Aus Bulgarien)

11

Ich drückte die Tür auf und trat hinaus in die frische Luft.

Ich wollte nicht mit Marc allein sein. Ich mochte überhaupt nicht mit Marc zusammen sein. Und dennoch war da so ein aufgeregtes Kribbeln in meinem Körper, das sich einfach nicht unterdrücken ließ.

Leni, ein Lied. Ein einziges Lied und du drehst so am Rad. Das gibt es ja gar nicht!

Ich verließ vor Marc die Lounge und schlug den Weg Richtung Pension ein. Doch Marc hielt mich am Arm zurück. »Was hältst du von ein paar Metern unten am Strand?«, fragte er mich.

»Nichts!«, antwortete ich. »Ich habe Kopfschmerzen und möchte nur noch ins Bett.«

»Bei Kopfschmerzen ist frische Seeluft das perfekte Gegenmittel.«

»Nein! Ich gehe jetzt auf direktem Weg in die Pension und

dann ins Bett!«, erklärte ich und war festen Willens, mich nicht davon abbringen zu lassen.

Doch Marc tat so, als hörte er meinen Einwand nicht. Er nahm einfach nur meine Hand und zog mich mit sich Richtung Seebrücke. Keine Gewaltanwendung war notwendig. Keine Wunderkügelchen, die mich wehr- und willenlos werden ließen. Ein tiefer Blick aus seinen dunklen Augen reichte aus, damit ich ihm folgte.

Und nun standen wir unten am Strand. Neben uns die Seebrücke, vor uns das tiefschwarze Meer, über uns die Sterne. Und Marc hielt noch immer seine Finger mit meinen verschlungen.

»Leni …«, er lächelte mich an, strich mit dem Daumen langsam über meinen Handrücken. »Du bist so wunderschön.«

Unsinn!, schoss es mir durch den Kopf. Ich war bestimmt nicht wunderschön. Geena war wunderschön. Oder die Tante eben in der Lounge, die mit ihm gesungen hatte. Denen gelang es mühelos, jedes männliche Wesen mit einem Wimpernaufschlag dahinschmelzen zu lassen. Aber ich, ich war doch einfach nur der unscheinbare Kumpeltyp, mit dem man über seine Probleme reden oder einen lustigen Abend verbringen konnte.

Nur wie Marc mich jetzt ansah – unentwegt –, schien er tatsächlich zu meinen, was er gerade gesagt hatte.

Ich spürte seine freie Hand wie zufällig über meine Hüfte streichen und gleich darauf überlief mich eine Gänsehaut. Mein Pulsschlag verdoppelte sich und dann hörte ich eine höhnische Stimme rufen: *Du willst doch wohl nicht auf so einen Kitsch reinfallen?!*

Nur, von wollen oder nicht wollen konnte längst keine

Rede mehr sein. Ich fühlte mich wie ferngesteuert. Vielleicht lag es daran, dass mir plötzlich so heiß war. Und dass mir mit einem Mal auffiel, was für tolle lange Wimpern Marc hatte. Und was für große sanfte Hände.

»Lass uns ein paar Meter gehen ...«, schlug er vor.

Ich nickte und wir liefen schweigend ein Stückchen am Wasser entlang.

Die Wellen rauschten. Der Sand erhellte mit seinem strahlenden Weiß die Nacht. Ich war voll und ganz damit beschäftigt, einfach nur einen Fuß vor den anderen zu setzen, als Marc auf einmal stehen blieb. Er wandte sich mir zu und ich blickte auf. Ohne zu zögern, schob er die Hand in meinen Nacken und zog mich an sich. Der erste Kuss war vorsichtig. Fragend sah er mir in die Augen. Er las meine Antwort in ihnen und schon der zweite Kuss fiel wesentlich leidenschaftlicher aus.

Ich wollte es. Ich wollte das hier und jetzt. Ich wollte ihn spüren. Ganz nah bei mir haben.

Marcs Hände wanderten unter mein Shirt, langsam den Rücken hinauf. Es fühlte sich warm und schön an.

Wie selbstverständlich glitten nun auch meine Hände unter sein T-Shirt. Als ob sie so etwas ständig tun würden.

Mir wurde noch wärmer. Marcs Atem beschleunigte sich und wir küssten uns immer weiter. Immer drängender.

Was machst du da, du blöde Kuh?, rief die Stimme in mir entsetzt.

Ich ignorierte sie. Schmiegte mich dichter an Marc und hörte ihn flüstern: »Weißt du eigentlich, dass du mich total verrückt machst, Leni?«

Nein, das wusste ich nicht. Aber es freute mich. Ja, verdammt noch mal, jetzt gerade in diesem Augenblick freute es mich.

Ich küsste ihn, konnte nicht aufhören damit und streichelte dabei über seine warme, samtweiche Haut.

Leni, hör auf damit. Morgen wirst du es bereuen!, brüllte es in mir aus Leibeskräften.

Was interessiert mich morgen!, gab ich ärgerlich zurück.

Ineinander verschlungen, entfernten wir uns ein paar Schritte vom Wasser. Dort, wo die Brandung uns nicht mehr erreichen konnte, sanken wir, ohne uns loszulassen, in den kühlen Sand.

Marcs Hände wanderten nun noch begieriger über meinen Körper. Ich war wie berauscht, schloss die Lider, spürte, wie er mein Shirt hochschob, und dann seine Lippen auf meinem nackten Bauch.

Ich stöhnte leise, konnte es nicht verhindern, hörte auch ihn stöhnen. Meine Hände zerrten an seinem Shirt. Wollten seinen Körper davon befreien. Er machte sich ein wenig rund, damit ich es ihm über den Kopf streifen konnte, und zog mir im Gegenzug meins aus.

Ich strich über seine durchtrainierten Bauchmuskeln. Was für ein Körper!, dachte ich.

Er küsste mich wieder. Und wieder. Seine Hand schob sich unter meinen BH und streichelte sanft meine Brust.

Er löste sich kurz von meinen Lippen, rollte sich halb auf mich und ich spürte seine Erregung an meinem Oberschenkel. Über mir war sein Gesicht, die Augen hielt er geschlossen, den Mund leicht geöffnet.

Es war gut, es tat gut, ich wollte es.

Dann öffneten Marcs Finger den Reißverschluss meiner

Jeans, und das war ganz genau der Moment, in dem die Stimme in mir aus Leibeskräften *STOPP!!!* schrie.

Marcs Gesicht sank in meine Halsgrube. Er atmete schwer. Das Bild von Felix schob sich vor mein inneres Auge; ich versuchte, es wegzuzwinkern, aber es gelang mir nicht. Ich machte mich steif. Dann spürte ich Tränen.

Marc hob den Kopf und sah mich an.

»Weinst du?«, keuchte er.

»Es … es ist …« Ich schniefte. Ich wollte ihn nicht verletzen, aber weiter sollte er auch nicht machen.

Marc versuchte ein Lächeln. »Der Boden ist aber auch scheißhart.«

Ich lachte unter Tränen – und war ihm einfach nur dankbar. Er hatte verstanden.

Langsam rappelte Marc sich vom Boden hoch, hob mein Shirt auf, reichte es mir und zog sich dann seins über. Schließlich setzte er sich wieder neben mich in den Sand und legte seinen Arm um mich.

So blieben wir eine Weile, blickten aufs dunkle Meer hinaus und hingen unseren Gedanken nach.

Gratuliere, gerade noch mal die Kurve gekriegt!, rief die Stimme in meinem Kopf erleichtert.

Als wir an der Pension ankamen, blieben wir noch einige Minuten im Vorgarten stehen.

Marc strich mir eine Haarlocke aus dem Gesicht und sah mich nachdenklich an.

»Leni, ich …«

Ich legte ihm den Zeigefinger auf den Mund. »Alles ist gut, Marc.«

Er lächelte und küsste mich sanft auf die Nasenspitze.

»Will you still love me tomorrow?«, sang er leise und meine Knie wurden weich.

Doch bevor die schrille Stimme in meinem Kopf erneut loslegen konnte, löste ich mich von ihm, legte den Kopf in den Nacken und sah in den Himmel.

»Der ganz helle Stern da oben«, erklärte ich betont sachlich, »das ist Sirius.«

Marc folgte meinem Blick. »Sirius? Ein schöner Name für einen Stern«, fand er.

Ich nickte und wollte ins Haus gehen, doch Marc hielt mich zurück. »Was ist das Besondere an ihm?«

Ich zuckte mit den Schultern. »Keine Ahnung. Er ist eben auffallend hell. Deshalb kann man ihn immer sehen und sich vielleicht auch an ihm orientieren.«

»Kennst du dich gut mit Sternen aus?«

»Nicht wirklich. Mein Vater ist der Astronomie-Experte in unserer Familie. Er hat mir Sirius gezeigt.«

Marc schaute noch einmal nach oben, dann hakte er mich unter und wir schlenderten nebeneinander zur Haustür.

Beim Reingehen sagte er leise: »Danke für den schönen Abend, Leni – und für den Stern.«

Vor unseren Zimmertüren winkten wir uns lächelnd zu, bevor jeder hinter seiner verschwand.

Ich lag noch lange wach und starrte in die Dunkelheit. Wie einen Film ließ ich den Abend vor mir Revue passieren. Hörte Marc singen. Spürte seine Küsse und Hände auf meiner Haut. Versank in seinen dunklen Augen, die mich ansahen, voller Begehren.

Da war ein ungewohntes, ein sehr zärtliches Gefühl, wenn ich nun an Marc dachte.

Aber eigentlich sollte ich doch für jemand ganz anderen so empfinden, schoss es mir durch den Kopf und die Erkenntnis traf mich wie ein Schlag in die Magengrube. War ich die ganze Zeit über wie in Trance durch den Abend gewandelt und hatte mich von der romantischen Stimmung und Marcs Worten verzaubern lassen, so wurde mir nun, wo ich langsam wieder zu Verstand kam, die ganze Tragweite meines Handelns bewusst.

Felix, ich war doch in Felix verliebt! *Wir* waren füreinander bestimmt. Schon immer!

Wie konnte ich ihm das nur antun?

Welcher Stern ist wohl der richtige?
Finde ihn und du wirst glücklich sein.

12

Der nächste Morgen war sonnig warm und machte es mir leicht, aus den Federn zu kommen. Obwohl ich nur wenig geschlafen hatte, fühlte ich mich frisch und ausgeruht. Außerdem hatte ich einen Entschluss gefasst und diesen wollte ich gleich in die Tat umsetzen. Dieses Gefühlschaos musste ein Ende haben. Auf der Stelle!

Tick mal wieder klar, Leni, du dummes Huhn, sagte ich mir.

Ich nahm mein Handy vom Nachtschränkchen und wählte Felix' Nummer.

Wieder einmal sprang sofort seine Mailbox an. Aber ich war nicht enttäuscht, schließlich hatte ich nichts anderes erwartet. Ein kleines bisschen war ich sogar erleichtert, ihn nicht persönlich an die Strippe zu bekommen.

»Hi, Felix. Ich hoffe jetzt mal, dass du dein Handy nicht irgendwo verloren oder es dir vielleicht sogar klauen lassen hast.

Es wäre mir nämlich ziemlich peinlich, wenn meine Nachricht für dich von irgend so einem miesen Handyabzocker abgehört würde. Aber das Risiko gehe ich jetzt mal ein, denn ich muss dir unbedingt etwas sagen: Ich … ich, ja verdammt, ich glaube, ich bin in dich verliebt. Und nicht erst seit neulich am See, sondern schon lange Zeit davor. Nur irgendwie habe ich das nicht geschnallt. Aber was ich dir eigentlich sagen wollte, ist, egal, was auch passiert, ob du nun tatsächlich beim HSV unterschrieben hast oder sonst wo, es wird nichts daran ändern, dass ich mit dir zusammen sein möchte. Und ich bin mir ganz sicher, dass wir einen Weg finden werden. Ich vertraue dir. Und dass du mich nicht zurückrufst und überhaupt gerade alles ganz komisch ist, dafür gibt es bestimmt einen guten Grund.« Ich machte eine kurze Pause. Suchte nach den richtigen zuversichtlichen Worten. »Noch ein paar Tage, dann bin ich wieder in Berlin und wir werden alles klären können, davon bin ich fest überzeugt. Und wenn du vorher diese Nachricht abhörst, weil eben doch keiner dein Handy geklaut hat, sondern du nur dein Aufladekabel mal wieder nicht findest – was ja nicht das erste Mal wäre«, unwillkürlich musste ich schmunzeln, »dann wäre es toll, wenn du dich bei mir meldest. Ansonsten bis ganz bald – und na ja, vergiss mich nicht. Ach so, wenn Geena dich anruft oder bei dir aufkreuzt, sie weiß von uns. Ich habe es ihr gesagt.«

Ich beendete das Gespräch. Trotz der enormen Gewissensbisse, die tief in mir nagten, war ich einigermaßen zufrieden mit dem, was ich Felix auf die Mailbox gesprochen hatte. Nun war ich mir wirklich sicher, dass die gestrige Knutscherei mit Marc keine Bedeutung gehabt hatte, dass ich nur aus lauter Sehnsucht nach Felix schwach geworden war. Ich war verwirrt gewesen, hatte zu dem Zeitpunkt nicht gewusst, was mit Felix los war, was aus uns werden würde. Und in der ganzen Verwirrung hatte Marc einfach die richtigen Knöpfe gedrückt. Es war ein einmaliger Ausrutscher, von dem Felix niemals erfahren durfte.

Natürlich bohrte und rumorte es in mir. Schließlich hatte ich Felix noch nie etwas verheimlicht.

Aber eigentlich sind wir bis jetzt nicht wirklich zusammen, versuchte ich, mich selbst zu rechtfertigen, und Felix hat mir in den letzten Tagen auch nicht gerade das Gefühl gegeben, dass ich seinen Worten von der großen Liebe glauben kann.

Mit einem Seufzen legte ich das Handy wieder auf das Nachtschränkchen zurück und wollte ins Bad gehen, als es an meiner Tür klopfte.

»Kommst du mit joggen?« Marc grinste mich schief an – und alle Klarheit und Entschlusskraft zerplatzte in mir wie eine Seifenblase. Auch wenn ich es nicht wollte, das Herz dröhnte mir bei seinem Anblick wie verrückt in der Brust und meine bescheuerten Knie wurden so weich wie Butter.

Marc legte die Hand kurz auf meine. Als sich unsere Finger berührten, hatte ich das Gefühl, einen leichten Stromstoß zu bekommen.

»Was ist, magst du keinen Sport?«

Verlegen zog ich meine Hand zurück. Ich blinzelte, ungefähr so schnell, wie mein Herz schlug.

Marcs Lippen verzogen sich zu einem Lächeln, während er leicht den Kopf schüttelte. »Leni, ich habe es gestern Abend schon kapiert. Das mit uns war eine einmalige Sache und hatte nichts zu bedeuten, richtig?«

Seine Stimme klang kein bisschen nach Enttäuschung. Als

ob die Sache ihm wirklich nicht wichtig genug wäre, um sich darüber weitere Gedanken zu machen.

Ich hätte erleichtert sein müssen. Eigentlich. Doch da war mein dummes Herz, das wie wild schlug, und noch immer dieses Knistern zwischen uns. Marc stand so nahe vor mir, mit seinen braunen Augen, die eine Hand lässig am Türrahmen, und obwohl ich Minuten zuvor fest davon überzeugt gewesen war, mich nach Felix und niemand anderem zu sehnen, hätte ich am liebsten die Hand ausgestreckt, um ihn zu berühren.

Leni, du bist komplett durchgeknallt!, schrie wieder diese Stimme in mir. *Schluss jetzt damit! Werd mal wieder normal! Und denk daran, was du gerade beschlossen hast: Felix, nicht Marc!*

»Also, kommst du nun mit, oder was?«

Ich kaute auf der Unterlippe herum und Marc bedachte mich mit einem sonderbaren Blick.

»Ähm … ja, ich meine, klar komme ich mit«, stammelte ich, lachte nervös und errötete.

Oh Mann, das gibt es ja gar nicht! Reiß dich zusammen. Das ist echt albern.

Marc grinste. »Okay. Dann hüpf mal schnell in deine Laufklamotten, damit wir loskönnen. Heute wird's nämlich verdammt heiß.«

Er lebte mir die *Normalität* zwischen uns perfekt vor. Und was er konnte, das musste doch wohl auch mir gelingen?

»Was hältst du davon, wenn wir uns Badesachen unterziehen und anschließend zur Abkühlung ins Meer springen?«, fragte ich bemüht locker.

Marc nickte, offensichtlich mehr als einverstanden mit meinem Vorschlag. »Na, dann schlüpf ich noch mal schnell in mein Tigertangabadehöschen.«

»Untersteh dich!«, rief ich.

»Warum?« Er tat unschuldig. »Ich dachte, *german girls* stehen auf so was?!«

Spöttisch verzog ich den Mund. »Ich warte unten auf dich.«

Seite an Seite liefen wir Richtung Strand und schlugen dann den Weg rechts zur Promenade ein. Doch trotz der noch frühen Sonntagmorgenstunde kamen uns ständig Fußgänger oder Radfahrer entgegen, sodass wir jedes Mal ausweichen mussten und nur kurze Strecken nebeneinander laufen konnten.

Nach einem knappen Kilometer meinte Marc schließlich, dass wir besser unten am Strand weiterjoggen sollten.

»Das nervt«, fand er und ich konnte ihm nur zustimmen.

Ein paar Meter weiter führte auch schon ein schmaler Holzweg durch die Dünen zum Wasser.

Marc war ein geübter Jogger, der trotz seiner Größe und Statur leichtfüßig durch den tiefen Sand vorwärtskam. Ich hingegen hatte ganz schön mit dem weichen Untergrund zu kämpfen.

»Ist das anstrengend«, keuchte ich, noch bevor wir das Meer erreicht hatten.

Marc blieb stehen und blickte mich erstaunt an. Auf seinem Gesicht war nicht der Hauch von Anstrengung erkennbar, während ich bestimmt in den prächtigsten Rottönen glühte.

»Ich dachte, du bist sportlich?!«

Ich stemmte erschöpft die Hände in die Seiten und ließ mich mit dem Oberkörper vornübersinken. »Wie kommst du denn darauf?«

Er zuckte die Achseln. »Du siehst so aus.«

»Findest du?«, wunderte ich mich und schaute an mir hinunter. Sah meine etwas zu kurz geratenen, aber schlanken Beine, die in schwarzen Sportleggings steckten. Und dazu das eng anliegende Laufshirt, das meine schmale Taille betonte und den nicht gerade üppigen Busen optisch größer erscheinen ließ.

Ein gutes Shirt, schoss es mir ziemlich zufrieden durch den Kopf.

Als ich wieder aufsah, begegnete ich Marcs Blick. Anscheinend hatte er mich gerade ebenso gemustert wie ich mich selbst.

Ob er auch gedacht hat, dass mein Shirt eine gute Wahl gewesen ist?, überlegte ich und schüttelte gleich darauf den Kopf. Was scherte es mich, was Marc über meine Figur oder Klamotten dachte?

Ehe meine Gedankengänge noch konfusere Windungen nehmen konnten, beschloss ich, das Thema zu wechseln.

»Sag mal, wie kommt es eigentlich, dass du so gut Deutsch sprichst? Ich meine, viel besser als Jamie, der schon fast zwei Jahre hier lebt.«

Marc grinste schief. »Daran ist Clara schuld.«

»Clara? Wie das denn?«

Marc verzog gespielt gequält den Mund. »Sie hat mich schon als kleinen Jungen *gezwungen*, immer mit ihr Deutsch zu sprechen.«

»Du Armer«, bemitleidete ich ihn.

Marc grinste noch breiter. Aber dann wollte er wissen: »Was ist jetzt, du Sportskanone, laufen wir weiter oder artet das Ganze hier in ein nettes Plauderstündchen aus?«

Ich stöhnte: »Wenn's unbedingt sein muss«, und trabte los. Doch nach geschätzten fünfhundert Metern war ich endgültig mit meinen Kräften am Ende. Außerdem brannte die Sonne inzwischen unerbittlich vom Himmel.

»Ich kann nicht mehr«, erklärte ich entschieden, blieb stehen, zog meine Turnschuhe und Socken aus und tappte ins Wasser. »Boah, tut das gut. Lauf ruhig weiter, wenn du willst. Ich bleibe hier.«

Marc zögerte einen Moment, aber dann schüttelte er den Kopf. »Schon okay. Ist heute vielleicht wirklich ein bisschen zu heiß zum Joggen.« Damit entledigte er sich seiner Klamotten und stürmte an mir vorbei ins Wasser.

Ich bekam jede Menge Spritzer ab und lief quietschend zurück an Land. In Windeseile zog ich mein Laufshirt und meine Leggings aus und watete durch das immer tiefer werdende Wasser hinter Marc her.

Kurze Zeit später ließen wir uns nebeneinander der Länge nach in den Sand sinken, und nachdem wir ein bisschen belangloses Zeugs ausgetauscht hatten, begann Marc plötzlich, von England zu erzählen.

»Ich werde bald wieder zurückgehen«, meinte er. »Jamie will zwar unbedingt, dass ich auf Usedom bleibe und in seinem Camp trainiere und arbeite, aber das ist keine Alternative für mich. Ich liebe mein Land und kann mir nicht vorstellen, woanders zu leben.«

»Ich dachte, in England läuft es gerade nicht so gut für dich?«, rutschte es mir heraus.

Marc sah mich misstrauisch an. »Wie kommst du darauf?«

Mist! Ich war wirklich selten doof. Clara hatte mich doch

extra darum gebeten, Marc nicht zu erzählen, was ich von ihr erfahren hatte. Und kaum wechselte ich drei, vier vernünftige Sätze mit ihm, da verplapperte ich mich auch schon.

»Na … weil du doch jetzt hier bist«, stammelte ich und hätte mich für diese hirnlose Erklärung selbst ohrfeigen können.

Aber Marc gab sich überraschenderweise damit zufrieden. Er nickte geistesabwesend und fuhr sich mit den Händen durchs Haar. »Ja, zurzeit habe ich wirklich ein paar Probleme …«

Eine Pause entstand, in der ich verzweifelt nach den richtigen Worten suchte.

»Magst du mir davon erzählen?«, brachte ich schließlich hervor.

Marc sah mich nachdenklich an. Es war eigenartig, einerseits hoffte ich, dass er Nein sagte, andererseits hatte ich das Gefühl, unbedingt mehr über ihn erfahren zu müssen als das, was ich schon von Clara wusste.

»Meine Kindheit war eigentlich die Hölle«, begann er unvermittelt. »Mein Dad hat schon immer gesoffen und mit Alk im Blut war er echt kaum auszuhalten. Ich war neun Jahre alt, als Mum starb. Kurze Zeit später verlor mein Dad seinen Job und hörte nun gar nicht mehr auf zu trinken.« Marcs Augen schienen eine Spur dunkler zu werden. »Vorher hatte ich gedacht, dass mein Leben nicht beschissener werden könnte, aber ich wurde schnell eines Besseren belehrt.«

Er seufzte tief. »In mir brodelte eine unbändige Wut, die von Tag zu Tag schlimmer wurde. In der Schule bekam ich einen Verweis nach dem anderen, weil ich immer wieder in Prügeleien geriet. Bis ich eines Tages einen Typen fast krankenhausreif geschlagen habe, nur weil er mich schief angeguckt hat. Mann, ich war wirklich übel drauf damals ... Und wenn Jamie und Clara nicht plötzlich aufgetaucht wären und meinem Alten erklärt hätten, dass sie sich ab sofort um mich kümmern würden, wäre es mit mir bestimmt voll in die Hose gegangen.«

»Und dein Vater hat dich einfach so zu Jamie und Clara ziehen lassen?«, wunderte ich mich.

Marc lachte bitter auf. »Kein Ding! Der war froh, mich los zu sein.«

Ich biss mir auf die Unterlippe.

»Jamie hat mich dann zum Boxen mitgenommen. Er meinte, es wäre besser, ich würde meine Wut kontrolliert an einem Boxsack statt an meinen Mitschülern auslassen.«

Marc setzte sich auf und schaute eine Weile gedankenversunken aufs Meer hinaus. Als er sich wieder zu mir umwandte, lag da etwas in seinem Blick, das mich trotz der Hitze frösteln ließ.

Kälte.

Eisige Kälte.

Diesen Blick hatte ich schon einmal gesehen. Bei unserem ersten Treffen am Strand, als er den Typen in die Knie gezwungen hatte.

»So hat Jamie mein Talent fürs Boxen entdeckt«, erzählte er weiter. »Er glaubte, dass ich mal ein ganz Großer werden würde ... wenn ich meine Aggressionen in den Griff bekäme.«

»Und? Hast du sie in den Griff bekommen?«

Ich sah Marc schwer schlucken. Statt einer Antwort streichelte er kurz meine Hand. Dann streckte er sich betont lässig und schlug vor, dass wir noch einmal ins Wasser gehen sollten.

»Marc!«, fuhr ich ihn mit leisem Vorwurf in der Stimme an. »Bestimmt habe ich jetzt keine Lust, im Meer herumzuplanschen.«

Er tat cool. Fragte ahnungslos: »Warum nicht?«

Aber ich kaufte ihm seine Coolness nicht ab. Er kam mir vor wie ein großer, starker Mann, der verzweifelt zu verbergen versuchte, wie klein und verletzlich er in Wirklichkeit war – und wie sehr ihn die Schatten der Vergangenheit noch immer quälten. Was er mir gerade erzählt hatte, war mir so fremd, eine Welt, die ich nicht kannte. Die mich einerseits abstieß und auf der anderen Seite faszinierte.

Aus einem plötzlichen Impuls heraus legte ich die Arme um ihn. Und dann geschah es einfach – wir küssten uns schon wieder.

Zunächst zögerlich – aber irgendwann umschlang Marc mich so fest, und sein Kuss wurde immer drängender, dass ich das Gefühl hatte, meine Sinne schwänden dahin, solch eine Leidenschaft entfachte er in mir. Ich hatte ja nicht geahnt – im Leben nicht –, dass ich so etwas empfinden konnte.

Als wir uns schließlich atemlos voneinander lösten, herrschte eine unangenehme Stille zwischen uns. Marc starrte stur vor sich hin, kein Lächeln auf seinen Lippen, während ich beschämt an Felix dachte. Felix, meine Liebe. Derjenige, für den mein Herz schlug. Dem ich eben noch auf die Mailbox gesprochen und ihn meiner Zuneigung versichert hatte. Und nun hatte ich schon wieder in Marcs Armen gelegen. Und es mehr als genossen.

Doch es war nicht nur die Tatsache, dass ich Marc geküsst hatte, die mich zutiefst beunruhigte, vielmehr war es das, was ich dabei empfand. Diese Begierde, die Marc scheinbar wie auf Knopfdruck in mir auslösen konnte. Klick – und auf einmal war wieder alles ganz anders. Abermals anders, und ich musste mir selbst bitter eingestehen, dass ich verrückt nach Marc war. Er zog mich an wie das Licht die Motten, und tief in meinem Innern spürte ich, dass ich mich ihm nicht widersetzen konnte. Die Anziehungskraft, die er auf mich ausübte, kam einer Naturgewalt gleich. Egal, was ich dafür auch riskieren, aufs Spiel setzen müsste, und sei es die tiefe Freundschaft und Liebe zu Felix, ich würde es tun. Immer wieder tun. Weil ich es wollte.

Ich. Wollte. Marc.

Das alles wurde mir in diesem Augenblick klar, während er so finster vor sich hin starrte, dass mir eine Gänsehaut über den Rücken lief.

Von einer Sekunde auf die andere entspannten sich seine Gesichtszüge wieder und er nahm behutsam meine Hand. »Ich hoffe, du bist mir nicht böse …«

Ich schüttelte verwundert den Kopf. »Warum sollte ich dir böse sein?«

»Weil ich dich geküsst habe.« Er räusperte sich. »Schon wieder.«

Erneut schüttelte ich den Kopf. »Bin ich nicht«, murmelte ich.

Er kam mit seinem Gesicht ganz nahe an meins heran und flüsterte: »Ich bin nicht gut für dich, kleine, süße Leni …«

Bevor ich auch nur im Ansatz realisiert hatte, was geschah, hatte er mich von sich gestoßen. Dann sprang er auf, suchte in Windeseile seine Klamotten zusammen und rannte Richtung Dünen davon.

»Marc!«, schrie ich ihm fassungslos hinterher, als ich mich

wieder aufgerappelt hatte. »Bist du eigentlich total bescheuert?!«

Eine Weile blieb ich noch wie angewurzelt stehen und starrte auf das Küstenwaldstück, in dem Marc verschwunden war. Dann zog ich leise vor mich hin fluchend meine Klamotten über. Die Socken stopfte ich in meine Turnschuhe, band die Schnürsenkel zusammen und hängte sie mir über die Schulter. So machte ich mich auf den Weg zurück zur Pension.

Dieser Idiot! Dieser doofe, doofe Idiot!

Ich hatte mich erst wenige Meter vorwärtsbewegt, als sich der Himmel über mir verdunkelte. Dicke schwarze Wolken hatten sich vor die Sonne geschoben und der Wind frischte stürmisch auf. Ich blickte besorgt hinauf und bekam prompt den ersten dicken Tropfen auf dem Nasenrücken ab.

»Na klasse, das hat mir gerade noch gefehlt«, ärgerte ich mich. Kaum hatte ich das gesagt, ging auch schon ein unerwartet heftiger Platzregen auf mich nieder.

Im Tosen der prasselnden Tropfen bemerkte ich Marc erst, als er mich bei der Hand packte und mit sich zog. Hinauf ins abgesperrte Dünengebiet, das wir mit gesenkten Köpfen im Laufschritt durchquerten, um schnell zu den ersten kleineren Ausläufern des dahinterliegenden Küstenwalds zu gelangen. Dorthin, wo das Geflecht aus Bäumen, Ästen und Blättern so dicht war, dass es uns als schützendes Dach vor dem Niederschlag diente.

Als wir atemlos voreinander standen, ließ ich seine Hand nicht los, obwohl er sie mir entziehen wollte.

»Was soll das?«, fuhr er mich an.

Ich verdrehte die Augen. »Diese Frage sollte ich wohl besser *dir* stellen.«

Genervt fuhr sich Marc mit der freien Hand durch das feucht glänzende Haar. »Du weißt doch, im Fehlermachen bin ich der Größte«, presste er hervor.

»Nein, das weiß ich nicht«, entgegnete ich kühl.

Erneut seufzte er. »Jetzt mach es mir doch nicht so schwer, Leni. Das mit uns, ich meine, was zwischen uns passiert ist und was ich zu dir gesagt habe, musst du vergessen.«

»Und warum?«

Seine Gesichtszüge wirkten nun gequält. »Ich hätte mich von dir fernhalten müssen. Genauso wie du es von mir verlangt hast. Dieser Kuss war ein Fehler, und ich wünschte, ich könnte ihn ungeschehen machen.«

»Welchen meinst du, Marc? Den von neulich, die von gestern Abend oder den gerade eben?«

Er schüttelte energisch den Kopf. »Alles. Einfach jeden Moment, in dem wir uns nahegekommen sind. Als du da gerade neben mir gesessen hast, weißt du, ich musste mich so zusammenreißen, damit ich nicht …« Er brach ab. Sah so verzweifelt aus, dass es mir fast das Herz zerriss. Dennoch musste ich es jetzt von ihm hören. Wollte aus seinem Mund hören, dass es ihm ganz genauso erging wie mir.

»Damit du *was* nicht machst?«, bohrte ich nach.

Marc schnaufte. »Ich bin nicht gut für dich, Leni, und das weißt du ganz genau!«

Ich funkelte ihn herausfordernd an. »Nichts weiß ich! Und du scheinbar auch nicht, sonst würdest du nicht so einen Schwachsinn reden.«

Marc setzte zu einer Erwiderung an, aber ich ließ seine Hand los und legte stattdessen meinen Zeigefinger auf seine regennassen Lippen.

»Es ist doch längst zu spät, sich dagegen zu wehren …«, wisperte ich, und ein Teil von mir konnte selbst nicht glauben, was ich da tat.

Marc schloss die Augen. Ich fürchtete schon, er könnte sich mir erneut entziehen, doch da öffneten sich seine Lider wieder, und er bedachte mich mit einem Blick, der die Atmosphäre zwischen uns elektrisierte, sodass sich meine sämtlichen Härchen aufstellten. Dann nahm er meine Hand und küsste zärtlich einen Finger nach dem anderen. So innig, dass ich leise stöhnte.

»Bist du dir sicher?« Seine Stimme war nur noch ein raues Wispern.

Nein!, dachte ich, aber ich nickte.

Und endlich nickte auch Marc.

Seine Hand legte sich um meinen Nacken, gleichzeitig glitt die andere um meine Taille. Er zog mich an sich. »Ganz sicher?«, hauchte er mir ins Ohr, während er mit der Zunge mein Ohrläppchen liebkoste.

Ob ich mir sicher war? Wie konnte ich das sein? Ich hatte nicht die Spur einer Ahnung, was ich da gerade tat. Worauf das hinauslief. Welche Konsequenzen es haben würde. Aber es fühlte sich so unbeschreiblich gut an.

Meine Antwort war ein dunkles Seufzen, weil Marcs Zungenspitze meinen Hals hinabwanderte. Ich war froh, dass seine Hand um meine Taille lag. Ansonsten wäre ich vermutlich hintenübergekippt, so weich und wackelig fühlten sich meine Beine mit einem Mal an.

Am Ausschnitt meines Shirt hielt er kurz inne und zeichnete ihn mit dem Zeigefinger nach. Ich konnte nur sehnsüchtig auf seine Lippen starren, während sich seine Hand unerträglich langsam meinem Busen näherte, der sich heftig hob und senkte. Als seine Fingerspitzen meine Brustwarze umspielten, war es, als hätte mich ein Blitz getroffen. Jede Faser meines Körpers wurde von einem unglaublich erregenden Kribbeln erfasst.

Dann lag endlich sein Mund auf meinem und unsere Zungen fanden sich. Marcs rechte Hand umfasste noch immer meinen Nacken, die andere war nun damit beschäftigt, mein Shirt hochzuschieben. Es glitt zu Boden. Das Bikinioberteil folgte und schließlich auch die Leggings. Sein Mund löste sich von meinem, aber nur damit er mein Dekolleté und meine nackten Schultern mit Hunderten kleiner Küsse überziehen konnte. Voller Verlangen stöhnte ich auf. Und als seine Lippen sanft über meine Brust strichen und seine Zunge die Spitze berührte, stand ich endgültig in Flammen und wollte nur noch eins: dass er über mich kam wie ein Orkan. Wild, tobend und urgewaltig.

Das war das Einzige, an das ich denken wollte. Dass ich noch Jungfrau war und die Pille nicht nahm, schwirrte mir zwar irgendwo im Hinterkopf herum, war aber nicht real genug, als dass es mich von irgendetwas hätte abhalten können.

Ich hatte keine Erfahrung in Sachen Sex. Dennoch handelte ich wie selbstverständlich, weil es sich gut, wunderbar, einfach richtig anfühlte. Meine unerfahrenen Hormone schlugen Purzelbäume, und meine Haut prickelte, wo Marc mich berührte. Und dabei konnte ich nur noch denken: So also fühlt sich Begierde an …

Marcs Hände waren nun damit beschäftigt, mein Bikinihöschen abzustreifen und gleichzeitig über die Rundungen meines Pos zu streicheln. Er atmete schwer, und als meine Finger sich in den weichen Stoff seines Shirts krallten, hatte das Kribbeln sich zu solch einem unerträglichen Maß aufgebäumt, dass ich endlich auch seine Haut spüren wollte … ganz und gar.

Mit einem Ruck zog ich Marc das Shirt nach oben. Er richtete sich etwas auf und half mir dabei, ihn von dem überflüssigen Stoff zu befreien.

Kurz betrachtete ich seinen durchtrainierten Oberkörper, strich über seine festen Bauchmuskeln, dann hauchte ich: »Ich möchte dich, Marc. Jetzt!«

Zum ersten Mal im Leben wollte ich mit jemandem schlafen. Sein Hände spüren und seinen Mund auf meinem Körper, und dabei fühlte ich mich so sicher, als ob ich es schon tausendmal getan hätte.

Ein Blick in seine vor Erregung ganz schwarzen Augen verriet mir, dass es ihm genauso erging.

Dass er mich auch wollte. Mich ebenso begehrte.

Wir küssten uns lange und leidenschaftlich und dann umfasste Marc meine Oberschenkel und hob mich kraftvoll in die Höhe. Ohne dass sich seine Lippen von meinen lösten, trug er mich ein paar Schritte zur Seite. Dort, wo der Untergrund noch etwas sandig war, löste er sich von mir und breitete sein Shirt auf dem Boden aus.

Ich ließ mich darauf nieder und für einen kurzen Augenblick reckte mein Unterbewusstsein seinen warnenden Kopf. Doch ich schenkte ihm keine Beachtung.

Und als er sich zu mir legte und ich sein Gewicht auf meinem Körper spürte, da fühlte es sich einfach nur noch gut an. So himmlisch gut.

So lass uns Abschied nehmen wie zwei Sterne
durch jedes Übermaß von Nacht getrennt,
das eine Nähe ist, die sich an Ferne
erprobt und an dem Fernsten sich erkennt.
(Rainer Maria Rilke)

13

Marc hielt die Augen geschlossen, als schliefe er. Ich konnte nicht aufhören, ihn anzusehen, fuhr ihm immer wieder mit der Hand durch das kurze braune Haar. Plötzlich öffnete er seine Lider, und wir schauten einander an, ohne uns zu bewegen.

Marc sah noch umwerfender aus als sonst – wenn das überhaupt möglich war. Das zerzauste Haar, dieser glühende Blick, mit dem er mich betrachtete, und diese entspannten Gesichtszüge, die ich so noch nie an ihm gesehen hatte … das alles ließ meinen Atem stocken.

»Marc, ich …«, begann ich mit leiser Stimme. Doch er legte mir sanft den Zeigefinger auf den Mund.

»Nicht sprechen, schöne Leni. Lass uns einfach diesen Moment genießen …«

Schöne Leni. Schon wieder hatte er es gesagt. Dabei fühlte ich mich im Vergleich zu ihm geradezu unscheinbar. Aber Marc fand mich schön – wunderschön. Eine warme Welle voller tiefstem Glücksgefühl überkam mich.

Noch immer lagen wir im Dickicht des Küstenwalds. Nebeneinander, eng umschlungen. Längst hatte es aufgehört zu regnen. Das Gewitter war vorübergezogen. Doch in mir tobte der Sturm nach wie vor.

Was ich gerade mit Marc erlebt hatte, war so unbeschreiblich. So … Nein, ich hatte wirklich nicht geahnt, dass ich zu solchen Empfindungen fähig war. Dass so etwas in mir schlummerte.

Klar, mit Geena hatte ich schon zigmal darüber gesprochen, wie es wohl sein würde. Im Gegensatz zu mir war sie diesbezüglich schon um einige Erfahrungen reicher.

Sex kann ziemlich genial sein, wenn es mit dem Richtigen passiert, hatte sie erst neulich mit dem typischen Geena-Grinsen gesagt und mich mal wieder damit aufgezogen, dass es allmählich an der Zeit sei, aus meinem Nonnenleben auszubrechen. Wie immer war ich knallrot angelaufen – ganz besonders, als sie auf Felix und seinen Hammerkörper zu sprechen kam, der doch wie für mich gemacht sei.

Mit ihm solltest du dein erstes Mal erleben, hatte sie gesagt und mir dabei einen auffordernden Knuff gegen den Oberarm verpasst.

Und jetzt war es nicht Felix, sondern Marc. Ein Typ aus England, den ich erst wenige Tage kannte, der meistens total ätzend und arrogant war und der ganz klar über wesentlich mehr Erfahrungen verfügte als ich. – Und dem es mit einem Augenaufschlag gelang, mein Blut zum Kochen zu bringen.

Ich hielt es nicht länger aus – auch wenn ich mich irgendwie dafür schämte, bestimmt hatte Marc es sowieso gespürt. Trotzdem musste ich es ihm sagen. Mit ihm über die Sache reden.

»Marc, ich …«, versuchte ich es erneut. Doch er fiel mir wieder ins Wort. Mit so einer belanglosen Frage, dass ich erst dachte, mich verhört zu haben. »Wie sehen deine Pläne für die kommenden Tage aus?«

»Wie … wie meinst du das?«, stammelte ich, während er sich von mir löste und sich anzuziehen begann.

Er bückte sich nach meinem T-Shirt und reichte es mir. Dabei kam mir sein Gesichtsausdruck so unverbindlich vor. Keine Spur von Zärtlichkeit. Irgendetwas hatte sich verändert. Die Stimmung zwischen uns war gekippt. Keine Magie oder gar knisternde Erotik mehr. Etwas war geschehen – nur wusste ich absolut nicht, was, und schon gar nicht, warum.

»Stehst du bitte auf? Ich brauche mein Shirt.«

Mein Magen verkrampfte sich. Plötzlich schämte ich mich meiner Nacktheit, die mir gerade noch so selbstverständlich vorgekommen war. Hastig zog ich mein T-Shirt über und schlüpfte in das Bikinihöschen.

Ich sollte etwas sagen. Scheiße. Keine Ahnung. Mir fehlten die Worte.

»Bist du so weit?«, fragte er mich, noch immer in diesem unverbindlichen, ja beinahe abweisenden Tonfall.

»Ich weiß nicht«, erwiderte ich leise, während mein Magen sich zu einem noch schmerzhafteren Klumpen zusammenballte.

Er stöhnte ungeduldig. »Was soll das heißen?«

Ich kaute auf meiner Unterlippe herum. Suchte nach den richtigen Worten. Wollte etwas sagen, das sein Gesicht wieder weich und seine Stimme liebevoller werden ließ, und gestand schließlich: »Ich habe so etwas noch nie erlebt, Marc.«

»Wovon redest du?«

Er weiß es nicht, wurde mir klar. Verdammt, er hat keine Ahnung, dass es mein erstes Mal war.

Ich wurde rot. Dunkelrot. Und Marc verdrehte die Augen.

»Du hast es noch nie im Freien gemacht, oder was?«, beantwortete er sich seine Frage schließlich selbst, weil ich verlegen schwieg.

Gemacht. Wie sich das anhörte. So bedeutungslos. *Gemacht* traf doch nicht auf das zu, was Marc und ich gerade zusammen erlebt hatten.

Ich sah ihn an, betrachtete sein wunderschönes Gesicht. Seine Miene war undurchdringlich, seine Augen dunkel, kalt. Meine Brust zog sich zusammen. Ich spürte Tränen aufsteigen.

Bloß nicht heulen, Leni. Das wirst du nicht tun, du selten blödes Huhn.

»Leni, du kannst es mir ruhig sagen. Ist doch alles kein Problem. Wir sollten schon offen zueinander sein, und dass du noch nicht allzu viel Erfahrung hast, habe ich natürlich geschnallt.« Ein überhebliches Lächeln umspielte seine Mundwinkel. Am liebsten hätte ich es ihm aus dem Gesicht geschlagen.

Stattdessen wisperte ich: »Ich habe es noch nie *gemacht*. Weder im Wald, Gebüsch, am Strand noch sonst wo.« Meine Stimme war rau vor mühsam unterdrückten Tränen. Ich senkte den Blick auf meine ineinander verschlungenen Finger und schämte mich so sehr, dass ich kaum noch Luft bekam.

Atme, Leni, atme, sagte ich mir. Bestimmt wird er sich gleich besinnen und bei dir entschuldigen. Vielleicht ist alles nur ein Missverständnis. Womöglich ist ihm gerade eingefallen, dass er ganz dringend fortmuss, und nur deshalb verhält er sich auf einmal so abweisend.

Doch als ich vorsichtig den Blick wieder hob, sah ich, dass er leichenblass war und mich mit offenem Mund anstarrte.

»Das … das war dein erstes Mal?«, flüsterte er.

Ich nickte.

»Du warst noch Jungfrau?«

Erneut nickte ich.

»Und nimmst auch nicht die Pille?«

Als ich ein drittes Mal nickte, schloss er kurz die Augen, schien bis zehn zu zählen, um sich einigermaßen unter Kontrolle zu kriegen, und herrschte mich dann trotzdem an: »*Fuck!* Warum hast du mir das nicht gesagt?«

Ich starrte wieder auf meine Hände. Plötzlich fühlte ich mich sehr einsam.

Wie konnte ich nur so blöd sein? Geena hatte mich vor ihm gewarnt – er selbst hatte mich vor sich gewarnt. Ich hätte wissen müssen, dass er ein Arsch ist und es auch bleibt – egal, wie sehr er in der Lage war, ungeahnte Empfindungen in mir zu wecken, Gefühle, die mich um den Verstand brachten.

»Leni … ich …«

Sein besorgter Tonfall ließ mich aufschauen – ein Fünkchen Hoffnung schöpfen.

Doch sein Gesicht sprach Bände. Die Augen waren düster, als er sich mit einer Hand durch die Haare fuhr. Er wirkte hin- und hergerissen zwischen Frustration und blanker Wut.

»Was?«, sagte ich leise, als er schwieg.

»Ich kapiere einfach nicht, warum du es nicht für nötig gehalten hast, mir das zu sagen«, brüllte er mich an. »Jungfrau!«

Es klang wie ein Schimpfwort, als ob ich eine ansteckende Krankheit hätte.

»Na und?«, erwiderte ich beleidigt und kratzte dafür meinen ganzen Stolz zusammen. »Rege ich mich darüber auf, dass du scheinbar schon jede Menge Erfahrung hast?!«

Er lachte höhnisch auf und mir verschlug es die Sprache. Jetzt lachte er mich auch noch aus. Mehr Demütigung ging ja wohl nicht.

»Klar habe ich gemerkt, dass du wenig Erfahrung hast, aber dass du noch Jungfrau bist, zum Teufel, das hättest du mir sagen müssen!«

Ich atmete tief durch. Kämpfte gegen die Tränen an, die sich nicht mehr länger zurückhalten lassen wollten, dann ballte ich die Hände zu Fäusten und schleuderte ihm meine ganze Enttäuschung, die Verletzung, die Erniedrigung entgegen. »Du bist so ein widerliches, selbstherrliches, rücksichtsloses Riesenarschloch. Ich … ich hasse dich!«

Dann rannte ich los. Einfach nur weg von ihm, während mir die Tränen über die Wangen liefen.

Den Rest des Tages verkroch ich mich in mein Zimmer. Unfähig, irgendetwas zu tun, außer mich unendlich mies zu fühlen.

Ich hatte versucht, Geena anzurufen, doch nur ihre Mailbox erreicht, und am Ende war ich froh darüber gewesen.

Was hätte ich ihr auch sagen sollen? Wie mein Verhalten erklären können? Mein erstes Mal im Küstenwald. Ich hatte Dinge getan, die ich mir in meinen kühnsten Träumen nicht vorgestellt hatte. Und ich musste zugeben, dass die Initiative von mir ausgegangen war. Weil ich verrückt nach diesem Kerl war. So verrückt, dass selbst Felix an den Rand gedrängt worden war. Ich konnte mir kaum noch vorstellen, dass ich fix und fertig gewesen war, weil er angeblich zum HSV wechseln, ohne mich nach Hamburg gehen wollte. Es war bitter, so bitter … Jetzt hockte ich mit angezogenen Beinen auf dem Bett und verspürte den schlimmsten Herzschmerz meines Lebens – wegen Marc. Weil er mich nicht wollte. Nur mit mir geschlafen und mich dann von sich gestoßen hatte. Dafür hasste ich ihn. Abgrundtief.

Und gleichzeitig tat es so furchtbar weh, denn trotz allem spürte ich, dass da immer noch etwas war, was mich zu ihm hinzog. Dass ich in Marcs Händen, egal, wie gemein er sich mir gegenüber auch verhielt, immer zu flüssigem Wachs werden würde.

Ein Schlüssel wurde ins Schloss gesteckt und im nächsten Augenblick stand meine Tante im Zimmer. Ich schreckte auf und schaute in ihr besorgtes Gesicht.

Oh Gott, Marc wird ihr ja wohl nichts gesagt haben?, durchzuckte es mich.

»Leni«, sagte sie ernst. »Was ist mit dir los?«

Ich schüttelte verwirrt den Kopf. »Ähm … nichts«, stammelte ich. »Was soll schon sein? Alles ist gut.«

Sie musterte mich misstrauisch. »Du willst nicht hier sein, stimmt's?«

Ich zögerte mit meiner Antwort und entschied mich dann für eine Gegenfrage. »Wie kommst du darauf? Und warum stürmst du einfach so in mein Zimmer?«

Clara klemmte sich eine störrische Haarlocke hinters Ohr. »Ich bin nicht *einfach so* in dein Zimmer gestürmt, sondern habe mindestens fünf Minuten geklopft. Aber als du nicht geöffnet hast, habe ich mir Sorgen gemacht und den Zweitschlüssel geholt.«

Fünf Minuten geklopft? War ich etwa eingeschlafen? Oder übertrieb Clara maßlos? Mir blieb keine Zeit, länger darüber nachzudenken, denn meine Tante fuhr hektisch gestikulierend fort: »Dies ist nicht der erste Tag, an dem du dich in dein Zimmer verkriechst. Ich spüre doch, dass du dich bei uns nicht wohlfühlst. Und Jamie meint auch, ich kann dich nicht zwingen hierzubleiben, wenn du unglücklich bist. Das wäre nicht fair.«

Ich war überrascht. Wieso jetzt plötzlich dieses Gespräch? War es am Ende vielleicht eher so, dass sie und Jamie mich loswerden wollten? Oder hatte Marc etwas damit zu tun?

Ich richtete mich auf, drückte die Schultern durch und fragte ruhig: »Möchtest du, dass ich abreise?«

Sie machte große Augen. »Natürlich nicht!«, versicherte sie mir schnell. »Ich dachte, du möchtest fort, und wollte dich nur nicht zwingen, weil …«

Ich hob die Hand und brachte sie damit zum Schweigen.

»Nein, das will ich nicht«, erklärte ich – und ganz genauso war es auch. Ich wollte nicht nach Hause. Nicht bevor ich die Sache mit Marc geklärt hatte. Ich wollte nicht mein Leben lang mit Hass an den Menschen zurückdenken, mit dem ich mein erstes Mal erlebt hatte. Das war mir in diesem Moment klar geworden.

Clara lächelte. »Dann ist ja alles gut, Leni.«

Ich nickte – obwohl natürlich nichts gut war.

»Jamie hat hinten auf der Wiese ein kleines Lagerfeuer gemacht. Wir wollen Stockbrot und Würstchen grillen. Magst du zu uns runterkommen?«

Ich zögerte. Bestimmt würde Marc auch da sein. War ich schon in der Lage, ihm gegenüberzutreten?

»Ich überleg's mir, ja?«

Meine Tante nickte. Doch bevor sie das Zimmer verließ, sagte sie leise: »Ich hoffe, deine Niedergeschlagenheit hat nichts mit Marc zu tun.« Sie hatte es nicht als Frage formuliert, dennoch antwortete ich – wenn auch nicht wahrheitsgetreu.

»Nein, bestimmt nicht!«

»Gut.« Sie atmete hörbar erleichtert auf. »Ich hatte schon Angst, dass da doch mehr zwischen euch ist. 'tschuldige, ich sehe immer noch Gespenster.«

Ich runzelte die Stirn und setzte mich abrupt auf. »Was soll das heißen, du hattest Angst? Ich meine, nicht dass da irgendwas wäre«, beeilte ich mich, ihr zu versichern, »aber was wäre so schlimm daran?«

Clara zuckte unbekümmert mit den Schultern. »Na ja, er nimmt es mit der Liebe nicht so ernst – flattert wie eine Hummel von einer Blume zur anderen. Ich glaube, zu einer echten Beziehung ist er einfach nicht fähig.« Damit zwinkerte sie mir verschwörerisch zu und schloss die Tür hinter sich.

Clara, Jamie und Marc saßen ums Lagerfeuer herum und unterhielten sich. Sammy nahm mich als Erster wahr und kam schwanzwedelnd auf mich zu. Nachdem ich ihm zärtlich den Hals gekrault hatte, machte er es sich wieder an Jamies ausgestreckten Beinen gemütlich.

»Leni«, lächelte Clara mich an, »schön, dass du dich noch zu uns setzt.«

Ich nickte und ließ mich zwischen meiner Tante und Jamie

ins Gras sinken. Marc, der offensichtlich beschlossen hatte, mich zu ignorieren, hockte mir direkt gegenüber.

»Und?«, wandte sich Jamie an mich. »Was hast du heute den ganzen Tag so gemacht?«

»Etwas *Neues* ausprobiert«, antwortete ich und schaute dabei Marc an. Er hob die Augenbrauen, und wenn mich nicht alles täuschte, errötete er.

»Aha«, hakte Jamie nach. »Was denn?«

Marc bekam einen Hustenanfall.

»Was ist?«, fragte Clara. »Hast du dich verschluckt?«

»Nur eine Fliege«, krächzte er, winkte ab – und wurde noch röter.

»So 'n Hunger?«, scherzte Jamie.

Marc sagte nichts. Räusperte sich nur und Jamie wandte sich wieder an mich. »Also, Leni, raus damit, was hast du heute getan, was du noch nie zuvor getan hast?«

Ich ließ mir Zeit. Weidete mich an Marcs deutlichem Unbehagen. *Sagt sie es oder nicht? Bringt sie das? Nein, das wird sie nicht. Oder doch?*

»Tja«, begann ich lächelnd, während mein Blick weiterhin fest auf Marc gerichtet war, »ich bin am Strand gewesen.«

Jamie sah mich ungläubig an. »Wie jetzt, du warst heute zum ersten Mal am Strand? Aber …«

Ich fiel ihm ins Wort. Schelmisch grinsend, mit einer plötzlichen Sicherheit, ja, einem geradezu mächtigen Gefühl, weil ich Marc deutlich ansah, wie sehr er auf glühenden Kohlen saß, wie schrecklich unangenehm ihm das alles war.

»Natürlich nicht, Jamie. Lass mich doch ausreden. Ich bin das erste Mal in meinem Leben am Strand *gejoggt.«*

»Ach so«, sagte Jamie und klang fast ein wenig enttäuscht.

»Puh«, machte ich und wischte mir gespielt den Schweiß von der Stirn. »Das war ganz schön anstrengend. Aber ich glaube …« Ich stockte und wandte mich dann direkt an Marc. »Ich habe mich gar nicht mal so schlecht angestellt, oder, Marc?«

Ich wusste selbst nicht, woher ich diesen Mut nahm. Aber alles in mir spendete tosenden Applaus, klopfte mir aufmunternd auf die Schulter und feuerte mich an: *Richtig so, zahl's ihm heim!*

Marcs dunkle Augen drohten mich zu durchbohren. Instinktiv wich ich ein Stück zurück. Mein Herz raste. Marc kochte vor Wut, das war ihm deutlich anzusehen. Vielleicht war ich doch zu weit gegangen?

Aber da entspannten sich seine Gesichtszüge wieder ein bisschen.

»Ja, Leni«, erwiderte er und lächelte spöttisch. »Du hast dich zwar nicht gerade besonders geschickt dabei angestellt, aber im Großen und Ganzen warst du ein braves Mädchen.«

Nun war ich es, die knallrot anlief, während Clara und Jamie sichtlich irritiert zwischen Marc und mir hin und her schauten.

1:0 für dich, du Mistkerl!, dachte ich bitter und beschloss, ihn für den Rest des Abends wie Luft zu behandeln.

Die Liebe gleicht einem Ring,
und der Ring hat kein Ende.
(Aus Brasilien)

14

Es war kurz vor neun, als ich den Frühstücksraum der Pension betrat und mich mit einem versteckten Gähnen auf den erstbesten freien Platz sinken ließ. Ich hatte schlecht geschlafen. War die ganze Nacht hindurch von wirren Träumen geplagt worden.

Im Badezimmer hatte ich frustriert mein Spiegelbild betrachtet. Diese verdammten Haare, die einfach nicht so wollten wie ich, dieser verdammte Marc, der sowieso an allem schuld war.

Clara strich mir im Vorbeigehen flüchtig über den Rücken. »Guten Morgen, Leni. Hattest du eine gute Nacht?«

»Ja.« Wieder eine Lüge. Langsam wurde das zur Gewohnheit bei mir.

»Soll ich dir Tee oder Kaffee bringen?«, fragte sie weiter, während sie das benutzte Geschirr am Nachbartisch auf ein Tablett räumte.

Ich winkte ab. »Lass mal, ich nehme mir nur ein Glas Saft.«

»Aber essen wirst du doch etwas? Ich kann dir auch schnell ein Spiegelei braten, wenn du magst.«

»Danke, lieb von dir, aber mir reicht ein bisschen Müsli.«

»Okay, ich kann's ja verstehen, morgens bekomme ich auch kaum etwas runter. Im Gegensatz zu Jamie. Der hat heute früh sage und schreibe vier Brötchen und eine Mörderportion Rührei verputzt. Marc wurde schon ganz ungeduldig.«

»Warum ungeduldig?«, fragte ich bemüht gleichgültig.

Plötzlich strahlte Clara übers ganze Gesicht. »Weil er beschlossen hat, mit ins Boxcamp zu gehen.«

»Na und?« Ich verstand ihre Begeisterung nicht.

Clara nahm das volle Tablett vom Tisch und grinste noch breiter. »Er wird wieder boxen, hat er gesagt. Ich glaube, das Schlimmste ist überstanden. Weißt du, was, Leni? Ich bin fest davon überzeugt, von nun an geht es endlich bergauf.«

Vor über zehn Jahren hatte ich schon einmal hinter einer Hecke gestanden und verstohlen auf die andere Seite gespäht.

Nur dass es diesmal keine kleinen Jungs waren, sondern ausgewachsene Männer. Und es ging auch nicht um Fußball, sondern ums Boxen.

Jamie hatte anscheinend ein Freilufttraining angeordnet, denn ich sah ein paar Typen auf der Wiese mit Gewichten hantieren und andere gegen Punchingbälle boxen. Marc war nicht unter ihnen. Vielleicht hatte er doch einen Rückzieher gemacht?

Eine Weile beobachtete ich noch die Nachwuchsboxer bei ihrem schweißtreibenden Training, dann wandte ich mich ab, um zurück in die Pension zu gehen.

Ich wollte, nein, ich *musste* mit Marc sprechen. Er sollte mir verdammt noch mal erklären, warum er mich so mies behandelt hatte. Sollte mir ins Gesicht sagen, dass ich nichts weiter als ein flüchtiges Abenteuer für ihn war.

Aber ich war mir sicher, dass er das nicht konnte, weil es nicht der Wahrheit entsprach. Das mit uns, das hatte ihm etwas bedeutet. Das hatte ich gespürt. Ganz deutlich. Auch wenn ich nicht gerade eine Expertin in Sachen Männer war. Es musste einen anderen Grund geben, warum er mich anschließend so kalt abgewiesen hatte. Und den wollte ich von ihm hören. Vorher würde ich keine Ruhe geben.

Als ich mich umwandte, hörte ich Jamie Marcs Namen rufen und verharrte abrupt in der Bewegung. Mein Herz dröhnte vor Aufregung, als ich mich erneut auf die Zehenspitzen stellte, um über die Hecke zu blicken.

Jetzt entdeckte ich ihn. Er trug eine schwarze Boxerhose, sein Oberkörper war nackt und glänzte vor Schweiß. An seinen Händen bemerkte ich rote Boxhandschuhe. Dann verschwand er auch schon in der Halle. Gefolgt von Jamie und einem jungen Typen, der eben noch wie verrückt auf einen der Punchingbälle eingedroschen hatte.

Ich zögerte nicht lange, sondern rannte um die Hecke herum, öffnete das schmiedeeiserne Tor und huschte mit gesenktem Kopf an den Trainierenden im Innenhof vorbei in die Halle.

Marc befand sich bereits im Ring, während der andere Typ gerade im Begriff war hinaufzuklettern. Beide trugen einen Kopfschutz.

Rasch zwängte ich mich in die hinterste Ecke, halb verborgen von einem grauen Spind, sodass man mich nicht sehen konnte, ich aber einen guten Blick auf das Geschehen im Boxring hatte. Jamie war neben ihnen und sagte etwas, was ich aber aufgrund der Entfernung nicht verstehen konnte. Jetzt trat er einen Schritt zurück, kletterte unter den Seilen hindurch und verließ den Ring. Die beiden begannen, sich zu umtänzeln. Marc war leichtfüßig wie eine Gazelle, hielt beide Fäuste zur Deckung vors Gesicht, während sein Gegner versuchte, den ersten Treffer zu landen. Marc tauchte blitzschnell seitlich unter dem Schlag hinweg und nutze den Angriff und die damit verbundene geöffnete Deckung seines Sparringpartners zum Kontern. Seine Rechte schoss vor und traf den Gegner mit voller Wucht am Kinn. Trotz des Kopfschutzes taumelte dieser ein paar Schritte zurück.

Ich schaute mit angehaltenem Atem zu Marc. Alles an ihm strahlte Entschlossenheit und Härte aus. Sein Körper war angespannt bis in die letzte Sehne.

Mit einem Mal hatte ich das Gefühl, mich total lächerlich zu machen. Was drückte ich mich hier in der hintersten Ecke herum wie eine liebeskranke Stalkerin!?

Ich atmete tief durch und trat aus meinem Versteck hervor.

Jamie entdeckte mich und winkte mir flüchtig lächelnd zu, bevor er sich wieder dem Boxkampf zuwandte.

Bemüht lässig schlenderte ich zu ihm hinüber und betete insgeheim, dass meine butterweichen Knie nicht einfach wegknicken würden.

»Hi«, sagte ich leise, als ich direkt neben Jamie stand.

»Hi, Leni. Du kommst gerade richtig.« Seine Augen funkelten begeistert. »Marc ist in absoluter Bestform. Als ob es das Jahr Pause überhaupt nicht gegeben hätte.«

»Schön«, murmelte ich und versuchte ein Lächeln, das mir

anscheinend zu einer Grimasse verunglückte. Jedenfalls runzelte Jamie skeptisch die Stirn.

»Alles okay bei dir?«

Ich beeilte mich zu nicken. Zu meiner Erleichterung gab er sich damit zufrieden und richtete seine Aufmerksamkeit wieder auf das Geschehen im Boxring.

Eine Weile verfolgten wir schweigend den Trainingskampf, bevor Jamie ihn für beendet erklärte und zu den beiden Boxern in den Ring stieg. Er befreite Marc von seinem Kopfschutz und den Boxhandschuhen, wobei er begeistert auf ihn einredete und ihm ein paarmal anerkennend auf die Schulter klopfte, was Marc mit undurchdringlicher Miene quittierte.

Als Jamie sich schließlich dem anderen Typen zuwandte, um auch ihm behilflich zu sein, sah Marc mich kurz an.

Von Freundlichkeit oder gar Freude im Blick keine Spur. Dennoch nickte ich ihm lächelnd zu und formte mit den Lippen ein tonloses Hi.

Ohne es zu erwidern, drehte er sich um und kletterte auf der anderen Seite unter den Seilen hindurch. Mit schnellen Schritten verließ er die Halle Richtung Umkleidekabine.

Ich wollte ihm nachlaufen. Ihn zur Rede stellen. Jetzt und hier. Aber meine Beine waren wie gelähmt. Wollten mir nicht gehorchen. Ich stand einfach da, starrte auf die geschlossene Tür, hinter der Marc gerade verschwunden war, und kam mir unglaublich blöd vor.

Eigentlich hatte ich vorgehabt, auf direktem Weg zurück zur Pension zu gehen. Doch dann hatte ich es mir anders überlegt. Ich wollte noch einmal das Meer und den wunderschönen Zinnowitzer Strand sehen, bevor ich meine Klamotten zusammenpacken und den nächsten Zug zurück nach Berlin nehmen würde.

Dazu hatte ich mich beim Verlassen des Boxcamps entschieden und direkt Nägel mit Köpfen gemacht und Geena angerufen. Zum Glück fand ihre Ma es total okay, dass ich bis zur Rückkehr meiner Eltern bei ihnen wohnte. Ich blöde Nuss hatte nämlich nicht daran gedacht, meinen Hausschlüssel einzustecken.

Ich setzte mich in den Sand ganz nahe am Wasser, blickte auf das weite Meer hinaus und sog die salzige Luft ein.

Es war schön hier. So wunderschön. Und dennoch würde ich nie wieder hierher zurückkommen. Ich wollte die Ereignisse der letzten Tage einfach nur noch hinter mir lassen und das, was zwischen Marc und mir geschehen war, unwiderruflich aus meiner Erinnerung löschen.

Wie dumm und naiv ich gewesen war. Hatte ich tatsächlich geglaubt, Marc würde sich für sein mieses Verhalten entschuldigen?

Leni, Leni, sagte ich mir kopfschüttelnd, du hast wirklich null Plan. Vom Leben, von der Liebe und vor allen Dingen von männlichen Wesen.

Mit einem Seufzer erhob ich mich wieder. Langsam wurde es Zeit, wenn ich heute noch zurückwollte. Ich dachte an Clara. Bestimmt würde sie aus allen Wolken fallen, wenn ich sie so vor vollendete Tatsachen stellte. Hoffentlich machte sie kein großes Ding daraus und ließ mich ohne lange Diskussionen fahren. Obwohl, gestern hatte sie es mir ja schließlich selbst angeboten. Also blieb ihr gar nichts anderes übrig, als einzuwilligen. Und außerdem, ich war siebzehn, niemand konnte mich an irgendetwas hindern, und schon gar nicht meine Tante, die mich nur bei sich haben wollte, weil vor zig Jahren irgendetwas zwischen ihr und meiner Mutter schiefgelaufen war. Keine Ahnung, was, aber inzwischen war es mir völlig egal. Ich wusste nur eins, wenn ich nicht der Reise nach Usedom zugestimmt hätte, dann wäre mir Marc niemals begegnet und mir wäre eine Menge Kummer erspart geblieben.

Ich lief noch ein paar Meter am Meer, bevor ich den Strand Richtung Dünen überquerte.

Als ich schließlich den schmalen Weg zu den ersten Ausläufern des Küstenwalds entlangging, packte mich jemand von hinten am Arm. Erschrocken fuhr ich herum.

Marc stand vor mir. Keine Ahnung, wie er mich hatte finden können. Vielleicht war es Zufall? Bestimmt war es so. Ich konnte mir kaum vorstellen, dass er mir nachgelaufen war, nach dem hasserfüllten Blick, den er mir vorhin zugeworfen hatte.

»Was soll das, Leni?« Die Wut in seiner Stimme war unüberhörbar. »Warum bist du im Boxcamp aufgetaucht? Was willst du damit bezwecken?«

Ich schluckte schwer. Sein Zorn machte mir Angst und ärgerte mich zugleich.

Jetzt fang bloß nicht wieder an zu heulen!, ermahnte ich mich. Lass dir nicht anmerken, wie weh es tut.

»Ich wollte mich nur von Jamie verabschieden«, log ich – obwohl, inzwischen entsprach das ja beinahe der Wahrheit.

»Verabschieden? Warum?«

»Vielleicht, weil ich heute noch abreisen werde«, stieß ich schnippisch hervor.

Blitzschnell schoss Marcs Arm hervor und er umfasste grob mein Handgelenk.

»Lass mich los!«, blaffte ich ihn an.

Er kniff die Augen zusammen, doch dann schien er sich plötzlich zu besinnen und löste seinen Griff.

»Das musst du nicht.« Seine Stimme klang versöhnlicher, hatte aber etwas Endgültiges. »Ich fahre heute Abend zurück nach England.«

Seine Worte versetzten meinem Herzen einen schmerzhaften Stich, aber ich versuchte, mir nichts anmerken zu lassen.

»Glaubst du etwa, ich will deinetwegen weg?« Ich brachte es sogar fertig aufzulachen. »Überschätz dich mal nicht, Marc. *So toll* bist du nun auch nicht.«

Scheiße, tat das weh!

Er fuhr sich mit der linken Hand durch sein wohl vom Duschen noch feuchtes Haar. »Okay, dann ist ja alles in Ordnung.«

Ich nickte. »Das ist es.«

»Mach's gut.« Er wandte sich zum Gehen und die Stiche in meinem Herzen nahmen an schmerzlicher Intensität zu.

Er geht. Er geht wirklich, durchfuhr es mich. Das war's, Leni. Du wirst ihn nie wiedersehen …

Ich wollte etwas sagen. Irgendetwas tun, um ihn aufzuhalten. Aber ich hatte meine Stimme verloren. Da war nur so ein leiser verzweifelter Ton, den ich tief aus meiner Kehle hervorbrachte.

Marc blieb stehen, mit dem Rücken zu mir fluchte er: *»Damned!«* Dann drehte er sich um, ganz langsam, und kam zu mir zurück. Er schloss die Augen, atmete tief durch, und als er sie wieder aufschlug, da lag so ein gequälter Ausdruck darin, als ob es in seinem Herzen gerade ganz genauso wehtat wie in meinem.

Ich nahm all meinen Mut zusammen, hob zögerlich die Hand und streichelte ihm sacht mit den Fingern über die Wange bis zu den Stoppeln an seinem Kinn, die sich weich und zugleich kratzig anfühlten.

»Marc, ich …«

Er schüttelte wortlos den Kopf. Nahm meine Hand und zog mich in seine Arme.

Ein unbeschreibliches Glücksgefühl durchströmte mich, als er mir ins Haar flüsterte: »Was machst du bloß mit mir?«

»Ich kann nichts dagegen tun«, erwiderte ich mit tränenerstickter Stimme. »Ich verstehe es ja selbst nicht. Und eigentlich will ich das auch alles gar nicht, aber ich habe mich in dich verliebt.«

Marc stöhnte kaum hörbar auf, seine Hand glitt behutsam über meinen Rücken. »Das ist es ja gerade.«

Ich löste mich ein wenig aus der Umarmung, sodass ich ihm ins Gesicht blicken konnte. In seinen dunklen Augen lag jetzt ein weicher Schimmer.

»Was, Marc?«

Noch einmal atmete er tief durch. »Verdammt, mir geht es doch ganz genauso wie dir. Ich habe so etwas noch nie erlebt, aber …« Er brach ab.

»Was?«, sagte ich noch einmal.

»Mann, Leni … ist dir das nicht längst klar?« Er schaute mich geradezu flehend an. Doch als ich schwieg, fuhr er fort: »Ich hab mich auch in dich verliebt. Und nicht nur das, ich will mit dir zusammen sein. Und weil das nun mal unmöglich ist, bringt es mich fast um …«

Ich war sprachlos. Nichts mehr war in mir, nichts zählte mehr als das wilde Pochen meines Herzens und das unbändige

Glücksgefühl, das meinen ganzen Körper erfasst hatte. Ein Strahlen ging über mein Gesicht, das ich nicht zurückhalten konnte. Ich zog Marc vorsichtig zu mir herab und legte meine Lippen auf seinen Mund. Marc stöhnte leise auf und schlang die Arme wieder fester um mich. Er erwiderte meinen Kuss und mit einem Mal wurde alles andere unwichtig.

Berlin. England. Clara. Jamie. Das Boxcamp. Geena, die zu Hause auf mich wartete. Ihre Eltern. Und ja, auch Felix.

Das hier fühlte sich richtig an. Das war es, was ich wollte. So sollte es sein, so sollte es bleiben. Am besten für immer.

Die nächsten Tage erlebte ich wie im Rausch. Marc und ich. Ich und Marc. Es gab nur noch uns beide.

Wenn Marc nicht im Camp bei Jamie trainierte, verbrachte er jede Minute mit mir. Gemeinsam erkundeten wir die Insel, badeten, sonnten uns und alberten herum. Machten stundenlange Strandspaziergänge oder hockten einfach nur eng umschlungen im weichen Sand, um einen der traumhaft schönen Sonnenuntergänge zu bewundern.

Wir ließen nur voneinander ab, wenn Clara oder Jamie in der Nähe waren. Wir wussten nicht, wie die zwei auf unsere Beziehung reagieren würden, und hatten keine Lust, uns die letzten Tage auf Usedom mit Diskussionen zu verderben.

Abends, wenn wir uns zum Schlafen in unsere Zimmer verabschiedeten – natürlich niemals gleichzeitig, um keinen Verdacht zu erregen –, trafen wir uns anschließend auf *unserem* Balkon, um dann in Marcs oder meinem Zimmer die Nacht zu verbringen. Und irgendwie erhöhte die Tatsache, dass Jamie und Clara davon nichts ahnten, die prickelnde Spannung zwischen uns noch.

Natürlich war da Geena, die aus allen Wolken fiel, als ich ihr telefonisch mitteilte, dass ich es mir anders überlegt hatte und nun doch nicht vorzeitig zurück nach Berlin kommen wollte. Sie löcherte mich mit Fragen, aber das erste Mal in all den Jahren unserer Freundschaft belog ich sie, weil ich ahnte, dass sie nichts unversucht lassen würde, um mir Marc auszureden.

Felix war inzwischen auch wieder erreichbar – zumindest erhielt ich zahlreiche Anrufe von ihm. Doch ich war nicht in der Lage, sie entgegenzunehmen. Genauso wenig, wie ich seine SMS lesen konnte.

Wenn ich an Felix dachte, verspürte ich ein schmerzlich schlechtes Gewissen und auch unendliches Bedauern. Es tat mir leid um meinen besten Freund und um unsere gerade erst erwachte Liebe füreinander. Aber das, was ich für Marc empfand, war einfach so stark und mächtig, dass ich alles andere nur weit von mir schieben konnte – an einen anderen Ort, der mit diesem hier, an dem ich mich gerade mit Marc befand, nichts zu tun hatte.

Doch so sehr wir uns auch bemühten, im Hier und Jetzt zu leben und nicht an morgen, nächste Woche oder nächstes Jahr zu denken, irgendwann mussten wir uns der Realität stellen.

Am Vorabend meiner Heimreise lagen Marc und ich nebeneinander auf einer Decke am Strand. Über uns leuchtete der Sternenhimmel, hell und schön.

»Siehst du da oben rechts unseren alten Bekannten?«, fragte Marc und streichelte mir den Rücken.

Ich rückte noch ein Stückchen näher an ihn heran. Weich und schwer sank ich in seine Arme. »Meinst du Sirius?«

Er nickte. »Ein gutes Gefühl, dass man ihn immer da oben finden kann, nicht wahr?«

Ich grinste. »Es sei denn, man hält sich gerade nördlich des 74. Breitengrades auf.«

Marc verpasste mir einen leichten Knuff gegen den Oberarm. »Keine Sorge, Süße, dorthin werde ich mich bestimmt nicht verirren.«

Ich bedeckte sein Gesicht mit vielen kleinen Küssen. Marc schloss die Augen und ließ es einfach geschehen. Als er sie wieder öffnete, lag ein warmer, zärtlicher Glanz in ihnen, der mir durch und durch ging.

»Leni«, flüsterte er, »weißt du, Sirius könnte unser Treffpunkt am Himmel sein.«

Ich sah ihn erstaunt an. »Wie meinst du das?«

Er seufzte leise. Dann lächelte er. »Wann immer wir zusammen sein wollen, aber viele hundert Kilometer voneinander getrennt sind, können wir uns dort oben treffen. Du brauchst einfach nur zu Sirius hochzuschauen und ich werde schon dort sein und auf dich warten.«

Mein Herz war so voll, es quoll fast über. Ich hätte es ihm gern ausschütten mögen, doch ich wusste nicht, wie. Und so hielten wir uns fest umschlungen und blickten zu unserem Stern hinauf. Es war das schönste und angstvollste Schweigen meines Lebens. Eine einzigartige Empfindung von Verbundenheit und Getrenntsein. Ich war überglücklich und zugleich zu Tode betrübt.

»Was … was ist los?«, murmelte ich schlaftrunken. Ich brauchte einen Moment, bis meine Augen sich an die Dunkelheit gewöhnt hatten und um zu begreifen, wo ich war.

Ich lag in meinem Bett in der Pension. Marc neben mir. Er hatte sich auf die Seite gedreht und seinen Kopf auf dem Ellbogen abgestützt. Mit seinem Zeigefinger zeichnete er sacht die Konturen meines Gesichts nach.

»Entschuldige«, flüsterte er, »ich wollte dich nicht aufwecken.«

Ich hätte gern etwas erwidert, ihn gefragt, wie lange er mich schon beim Schlafen beobachtet hatte und warum er so traurig klang. Doch bevor auch nur ein Laut über meine Lippen kommen konnte, küsste er mich. Ganz sanft und unendlich zärtlich.

Ich seufzte schwer und glücklich, als er sich schließlich wieder von mir löste.

»Ich liebe dich, schöne Leni«, sagte er, »du ahnst gar nicht wie sehr …«

Helles Morgenlicht weckte mich. Ich blinzelte und bedeckte schnell meine Augen, bevor ich mit der freien Hand nach Marc tastete. Aber der Platz neben mir war leer.

Bestimmt ist er schon in sein Zimmer zurückgeschlichen, überlegte ich, und dennoch war da plötzlich so ein seltsames Gefühl, etwas Beunruhigendes, das ich nicht richtig einzuordnen wusste.

Ich schwang mich aus dem Bett, schlüpfte in meine Klamotten und trat in den Flur. Rasch huschte ich zu Marcs Zimmertür und klopfte leicht dagegen.

»Marc?«, flüsterte ich. Aber nichts rührte sich.

»Marc?«, fragte ich nun etwas lauter und klopfte energischer gegen die Tür.

Eigentlich war mir nach Zähneputzen und einer ausgiebigen Dusche zumute, aber das Rumoren in meinem Magen ließ mich am Badezimmer vorbei die Treppe hinuntergehen.

Clara saß an der Stirnseite des großen Küchentischs, den Kopf in die Hände gestützt, und weinte leise.

»Was ist passiert?«, fragte ich alarmiert und mein Nacken versteifte sich.

Sie sah mich an, die Augen verquollen, rote Flecken im Gesicht.

»Marc, er …«

»Was?«, fiel ich ihr ins Wort.

»Er ist abgereist. Ganz früh heute Morgen.«

Mir wurde schwindelig. »Wie abgereist? Wohin denn?«

»England«, sagte sie nur.

Tränen schossen mir in die Augen. Mühsam versuchte ich, sie hinunterzuschlucken. Ich durfte mir vor Clara nicht anmerken lassen, wie schrecklich mich ihre Worte trafen. Schnell stützte ich mich auf einer der Stuhllehnen ab, weil mir jemand plötzlich den Boden unter den Füßen weggezogen hatte. Weil ich das Gefühl hatte zu fallen, immer und immer weiter.

Fassungslos schüttelte ich den Kopf. »Aber … aber … warum?«

Clara vergrub das Gesicht wieder in den Händen. »Ich weiß es nicht. Jamie und ich dachten, er fühlt sich hier wohl. In den letzten Tagen war er uns so verändert, irgendwie glücklich vorgekommen und dann kritzelt er einfach nur ein paar Zeilen auf einen Zettel, dass er zurück nach England ist und dort auch bleiben wird.«

Sie hob hilflos die Schultern, viel zu sehr mit ihrem eigenen Kummer beschäftigt, als dass sie meine Tränen bemerken konnte.

Ein stummes Wimmern drang aus meiner Kehle. Und ich fiel und fiel und fiel, immer weiter, immer tiefer, bis es nur noch dunkel um mich herum war.

Es gibt diesen einen Stern, der nur dir und mir gehört.
Dort werde ich auf dich warten.

15

Jemand hielt mir von hinten die Augen zu. »Wie immer zu spät«, raunte er mir ins Ohr. Ich drehte mich um und schaute in Felix' grinsendes Gesicht. Das Ziehen in meinem Bauch wurde stärker, doch zugleich spürte ich, dass es guttat, in seine blauen Augen zu sehen. Trotz allem war es ein schönes, ein vertrautes Gefühl.

»Es tut mir leid. Meine Mutter wollte unbedingt noch etwas mit mir besprechen. Du kennst sie ja«, erklärte ich und machte eine wegwerfende Handbewegung.

»Tja, die *lieben* Eltern«, sagte er mitfühlend, während er mich mit sich ins Kino zog.

Im Foyer roch es nach Popcorn, heiß und süß, und die großen Filmplakate an den Wänden weckten wider Erwarten Vorfreude in mir.

Als Felix mir vor knapp einer Stunde vorgeschlagen hatte, mit ihm ins Kino zu gehen, hatte ich mir nicht vorstellen können, dass ich auf die Bilder gespannt sein würde, die in der Dunkelheit auf mich warteten. Denn die *Bilder*, die in meinem Kopf lauerten, waren noch viel zu präsent, zu bewegend und auch zu quälend, als dass ich mich auf irgendwelche anderen einlassen könnte, hatte ich befürchtet.

Doch jetzt fiel es mir plötzlich leicht. Ich war mit Felix im Kino, er suchte meine Hand, und als er sie fand, da entzog ich sie ihm nicht, obwohl ich spürte, dass es nicht richtig war. Mir war klar, dass ich endlich mit ihm reden musste. Ihm sagen, was auf Usedom mit mir geschehen und dass nun alles ganz anders zwischen uns war. Wieder einmal *anders*. Wieder einmal neu.

Meine Zeit auf der Insel lag nun schon über eine Woche zurück. Eine Woche, in der ich versucht hatte, mich mit Marcs Entscheidung, die er für *uns* getroffen hatte, irgendwie abzufinden.

Zwei quälende Tage und Nächte hatte ich es zu Hause ausgehalten, bevor ich mich voll tiefstem Kummer endlich Geena anvertraut und ihr alles – wirklich alles – erzählt hatte.

»Warum England?«, hatte ich geschluchzt. »Wenn er auf Usedom geblieben wäre, dann hätten wir bestimmt einen Weg gefunden, uns regelmäßig zu sehen. Aber England …«

»Weil er vielleicht doch nur mit dir gespielt hat, Leni. Hast du darüber mal nachgedacht?!«

»Nein. Und das will ich auch gar nicht.«

Geena hatte den Kopf geschüttelt. Über mich. Über Marc. Über mein Handeln. Und am allermeisten über meinen Kummer.

»Leni, jetzt mal ehrlich, was hast du denn gedacht? Dass das mit euch eine Zukunft hätte? Dein Marc ist ein einundzwanzigjähriger Boxer aus England, du bist eine siebzehnjährige, behütet aufgewachsene Gymnasiastin aus Berlin. Selbst wenn der Spruch *Gegensätze ziehen sich an* stimmt, zwischen euch liegen nicht nur viele, viele Kilometer, sondern ihr lebt auch in ganz unterschiedlichen Welten. Das mit euch geht gar nicht. Kapier es endlich und finde dich damit ab. Die Ferienromanze ist zu Ende. Und das sieht dieser Marc wohl ganz genauso. Sei froh, dass er wenigstens so intelligent war und nach dem ersten *Malheur* verhütet hat. Stell dir bloß mal vor, du hättest als Andenken an Usedom einen dicken Bauch mitgebracht!«

Ich hätte nie gedacht, dass ich Geena einmal wegen ihrer direkten Art wirklich böse sein könnte, aber in dem Moment war ich es. So sehr, dass Marc von da an kein Thema mehr zwischen uns war. Wir redeten noch eine Weile über alles Mögliche, taten so, als ob nichts sei, und dennoch wusste jede von uns, dass das nicht stimmte.

Als Geena am Ende unseres Gesprächs dann auch noch meinte, ich sollte die Sache zwischen Felix und mir wegen meines *englischen Loverboys* nicht gefährden und ihm am besten nichts davon erzählen, beschloss ich, auf Abstand zu meiner Freundin zu gehen.

Wie sollte das denn funktionieren? Sollte ich einfach so tun, als ob nichts geschehen war? Meine Gefühle für Marc ausknipsen und für Felix wieder anknipsen? Selbst wenn ich das gewollt hätte, es ging einfach nicht.

Felix war mein Freund, Marc war der, den ich liebte. So einfach und gleichzeitig so schwierig war das.

»Teilen wir uns auch die Coke?«, fragte Felix, während er sich eine Riesentüte Popcorn abfüllen ließ.

Ich nickte und er wandte sich wieder der Verkäuferin hinter dem Tresen zu. Ich schaute auf seinen Rücken und schämte mich.

Du musst es ihm sagen, Leni. Er hat es nicht verdient, dass du ihm etwas vorspielst.

Aber nicht jetzt. Jetzt wollte ich den Film genießen und Felix weiter so glücklich sehen. Noch ein wenig die Vertrautheit zwischen uns spüren, das gute Gefühl, das ich immer in seiner Gegenwart hatte.

Und irgendwie dachte ich mir auch, fast schon ein bisschen trotzig, dass nicht nur ich diejenige war, die unsere Beinahe-Liebesbeziehung zerstört hatte, schließlich hielt Felix an seinem Traum von einer Profifußballkarriere fest.

Für Hamburg hatte er sich entschieden, das wusste ich inzwischen, und auch, warum ich ihn tagelang nicht hatte erreichen können. Nur würde er Berlin nicht sofort verlassen und nicht um jeden Preis. Felix hatte bei seinem zweiten Besuch zusammen mit seinem Vater beschlossen, zunächst sein Abitur in Berlin zu machen und erst im Anschluss nach Hamburg zu gehen. Der HSV hatte zugestimmt, und das hieß, dass Felix noch ein Jahr in Berlin bleiben und dann unwiderruflich gehen würde – mit mir oder ohne mich.

Irgendwie empfand ich das als Gleichstand, auch wenn ich Felix da einiges vorenthielt.

Im Saal war es schon dunkel, doch zum Glück hatte der Film noch nicht begonnen. Felix schob mich in die letzte Reihe auf einen der Loveseats. Hier hatten wir schon immer gesessen, selbst als wir *nur* gute Freunde gewesen waren und von Liebe noch keine Rede war – na ja, zumindest hatten wir das damals gedacht.

»Knutschfilm, Knutschsessel«, raunte Felix mir zu. Dann griff er in die Popcorntüte und stopfte sich den Mund voll.

Ich musste lachen. Obwohl sich mir gleichzeitig die Kehle zuschnürte.

Der Film war als romantische Lovestory angekündigt worden, doch wir wurden bald eines Besseren belehrt. Zwar schien das Zusammentreffen der beiden Hauptdarsteller zunächst eine magische Fügung des Schicksals gewesen zu sein. Doch schon nach kurzer Zeit wendete sich das Blatt und aus dem anfangs so süßen verliebten Pärchen wurden erbitterte Gegner – zwei Menschen, die alles daransetzten, den anderen zu zerstören, physisch und psychisch. Ein hammerharter Thriller, so spannend und nervenaufreibend, dass ich alles für eine Weile vergaß: all die Wie-wird-Felix-reagieren?-Gedanken, all die Werde-ich-Marc-je-wiedersehen?-Fragen.

Der Film war so mitreißend, dass selbst Felix' Augen gebannt an der Leinwand klebten und er zum Glück völlig vergaß, was er zu Beginn angekündigt hatte: Knutschfilm, Knutschsessel!

Als das Licht wieder anging, brauchten wir beide einen Moment, um wieder in die normale, die reale Welt zurückzukehren.

Felix stand vor mir auf, klopfte sich das Popcorn von den Klamotten und seufzte schwer. »Mannomann, was für ein abgefahrener Streifen.«

Ich stimmte ihm zu. »Echt unfassbar, was die sich gegenseitig angetan haben …«

In der Eingangshalle rannten wir Geena und ihrer Cousine, die gerade zu Besuch war, in die Arme.

Geena sah uns, zog erstaunt die Augenbrauen in die Höhe und grinste dann breit.

»Hey, da ist ja unser Dreamteam. Das freut mich aber, euch zusammen zu sehen.«

»Hallo, Geena.« Ich begrüßte sie mit Küsschen auf beide Wangen.

Sie löste sich aus meiner Umarmung und legte ihre Hand auf Felix' Schulter. »Sag mal, was sollte das eigentlich mit der Abschiedsparty, die dein Verein für dich gegeben hat? Ich habe gehört, dass du erst in einem Jahr nach HH gehst? Etwa wegen Leni?« Sie warf mir einen bedeutungsvollen Blick zu, für den ich sie hätte erwürgen können.

Felix lachte. »Hey, so viele Fragen auf einmal und dann noch aus deinem Munde. Ich wusste gar nicht, wie interessant ich für dich bin.«

Geena stöhnte übertrieben. »Felix, als Singlefrau muss man stets den Markt im Auge haben«, sagte sie schmunzelnd.

»Falls es dich beruhigt, ich bleibe noch ein Jahr in Berlin. Das mit der Abschiedsparty war daher leicht übers Ziel hinausgeschossen ...«

»Ja, ja, das hab ich schon gehört«, erwiderte sie mit einem Seitenblick auf mich. »Diese Celina lässt wohl nichts unversucht, um dir zu gefallen.«

Meine Augen bohrten sich in ihre. Konnte Geena nicht endlich Ruhe geben?

Felix legte den Arm um mich. »Mag schon sein. Aber ich kann dir versichern, sie ist chancenlos.« Er lächelte mich an. »Ich stehe auf Sommersprossen.«

Ehe ich mich versah, hatte er mir einen Kuss auf die Nasenspitze gehaucht.

»Felix, ich ... ich ...«, stammelte ich.

Ich MUSSTE es ihm sagen!

Geena war sofort neben mir und stieß mir unsanft den Ellbogen in die Seite, was wohl so viel wie »Sei bloß still!«, bedeuten sollte.

Dann fischte sie ein Popcorn aus ihrer Tüte, um es Felix zielgenau an den Kopf zu werfen.

»Ey, spinnst du?«, wunderte er sich.

»Selbst schuld, wenn du der restlichen weiblichen Welt so eine krasse Abfuhr erteilst. Nur gut, dass es meine beste Freundin ist, der du chancenlos verfallen bist. Das kann ich nämlich gerade so akzeptieren.«

Mein Rücken versteifte sich. Ich wollte nur noch weg. Felix schien mir anzumerken, wie unwohl ich mich fühlte, und verstärkte seinen Griff um meine Schulter ein wenig. Als ob er mich beschützen, mir Sicherheit geben wollte.

Oh Felix, wenn du wüsstest …

»Okay, wir müssen jetzt auch weiter«, grinste er Geena entschuldigend an. »Morgen steht dir Leni wieder zur Verfügung. Jetzt gehört sie mir. Grüß die Hühner.« Damit zog er mich mit sich.

Hinter uns kicherte Geena: »Mach ich, wenn ich welche sehe. Und Leni, ich ruf dich morgen früh an.« Es klang wie eine Drohung.

Endlich standen wir vorm Kino und ich sog die frische Nachtluft tief ein. Da legte Felix mir plötzlich beide Hände auf die Schultern und bat mich, ihn anzuschauen.

»Leni, du hast mal zu mir gesagt, dass du mir niemals etwas vormachen könntest, weil niemand dich so gut kennen würde wie ich. Also, warum versuchst du, mir jetzt etwas vorzumachen?«

Verdammt!

»Es tut mir leid«, murmelte ich und schaffte es nicht, ihm in die Augen zu blicken.

Felix seufzte. »Nein, *mir* tut es leid. Es war alles einfach nur ein Scheißtiming. Ich mit meinem Vater in Hamburg, mein Handy zu Hause, Celina mit ihrer bekloppten Idee und diesem völlig überflüssigen Anruf bei dir, und das alles, nachdem aus uns gerade erst ein Paar geworden war.«

»Felix, es ist ganz anders ...«, wollte ich ihn unterbrechen, aber er ließ sich nicht beirren. »Warte, bitte lass mich erst ausreden.«

Ich nickte. Was konnte ich sonst auch tun.

»Und zur Krönung mein übereilter und völlig hirnrissiger Vorschlag«, er stockte, schüttelte über sich selbst den Kopf, »dass du auf der Stelle mit mir nach Hamburg kommen sollst. Wenn einem hier etwas leidtun müsste, dann mir und bestimmt nicht dir. Ich meine, was solltest du auch denken, wenn du mich tagelang nicht erreichen kannst, nachdem ich dir mal eben so eine bedeutende Frage am Telefon gestellt habe?«

Felix, lieber, wunderbarer Felix, du glaubst gar nicht, wie mies ich mir gerade vorkomme.

Er hatte sich so in Fahrt geredet, dass er kurz Luft holen musste. Und diesen Moment hätte ich nutzen müssen. Aber ich ließ ihn verstreichen – einfach vorbeiziehen – und ahnte, dass es nun noch schwerer werden würde, ihm die Wahrheit zu sagen. Vielleicht sogar unmöglich.

Felix brachte mich bis vor die Haustür, aber mit reinkommen wollte er nicht, und ich war erleichtert darüber.

»Grüß deine Eltern von mir«, sagte er zum Abschied und gab mir einen sanften Kuss auf die Wange.

Ich nickte, doch irgendetwas in meinem Blick schien ihn dazu zu veranlassen, das Thema von vorhin erneut anzuschneiden. »Oder gibt es *noch* irgendetwas, das du mir sagen möchtest? Du bist so anders ... so still ...«

Nervös kaute ich auf meinem Daumennagel herum, versuchte, meinen ganzen Mut zusammenzubringen ... aber ich kniff erneut.

»Ich bin nur müde. Und dann steckt mir der Film ziemlich in den Knochen«, sagte ich.

Felix sah mich nachdenklich an. Schließlich nickte er. »Geht mir genauso. Schlaf gut, Leni.«

Er ging und ich hätte mich ohrfeigen können für so viel Feigheit.

Im Flur brannte kein Licht, doch aus dem Wohnzimmer drangen Stimmen zu mir herüber. Tief seufzend hängte ich meine Strickjacke an die Garderobe. Ich musste meinen Eltern wohl kurz sagen, dass ich zurück war.

Doch gerade, als sich meine Hand um die Türklinke legte, wurde es laut im Wohnzimmer.

»Ich hätte es besser wissen müssen!«, schrie meine Mutter. »Sie ändert sich nie! Oh, wie mich das alles ankotzt!«

Ich rührte mich nicht von der Stelle, wagte kaum noch zu atmen. Ich hatte meine Eltern noch nie streiten gehört. Sie hatten Meinungsverschiedenheiten, die sie in aller Ruhe und sehr sachlich ausdiskutierten, aber niemals wurden sie laut. Und meine Mutter sagte auch normalerweise nicht *ankotzen.* Das gehörte nicht in ihr Vokabular. *Never!*

»Wie kann man nur so sein?«, keifte die Stimme, die nach meiner Mutter klang und dennoch nicht zu ihr passen wollte.

Ich hätte einfach ins Zimmer treten können und fragen,

was denn nur los sei. Doch da war etwas in ihrem Tonfall, das mich mein linkes Ohr fest an die Tür pressen ließ.

»Gernot, verdammt noch mal, so viele Jahre hat sie nichts von sich hören lassen! Hat in ihrem fernen England gehockt und sich einen feuchten Kehricht darum geschert, wie es mir damit geht …«

Meine Mutter schluchzte auf. Jetzt schrillten wirklich sämtliche Alarmglocken in mir. Es ging um Clara! Meine Mutter hatte sich schon oft über ihre Schwester aufgeregt. Leise, sehr bitter und stets zynisch, aber nie laut, und dass sie jemals wegen Clara geweint hätte, daran konnte ich mich auch nicht erinnern. Es musste etwas Schlimmes passiert sein.

Nun sagte mein Vater auch etwas, aber leider zu leise, um es zu verstehen.

Dafür überschlug sich die Stimme meiner Mutter fast vor Aufregung. »Weißt du, es ist die eine Sache, sich zu verdrücken. Aber dann so tun, als ob man sich geändert hätte, endlich bereit sei, Verantwortung zu übernehmen, um dann unsere Tochter … Nein, Gernot, du musst etwas unternehmen. Verstehst du?!«

Ich war wie erstarrt. Sprach sie etwa von mir?

»Wie sie sich eben am Telefon wieder herausgeredet hat … Als ob sie nicht ganz genau gewusst hätte, dass sich dieser völlig inakzeptable Engländer an unsere minderjährige Tochter herangemacht hat«, regte sie sich weiter auf. »In ihrem Haus!«

Inakzeptabler Engländer?

Jetzt sprach mein Vater. »Es bringt doch nichts, sich aufzuregen. Ich denke, ich habe diesem Kerl deutlich genug gemacht, dass ihn hier keiner haben will. Und ich bin mir sicher, er hat es kapiert.«

Meine Mutter machte laut *Pah* und ich hielt es nicht mehr länger aus. Vorsichtig drückte ich die Klinke hinunter und schob die Tür auf.

Mein Vater stand mitten im Raum und hielt meine Mutter im Arm. Ihr Kopf ruhte an seiner Brust, während seine Hand beruhigend über ihr glattes blondes Haar strich.

Als er mich bemerkte, zuckte er wie ertappt zusammen.

»Wem hast du gesagt, er soll wieder verschwinden?«, fragte ich tonlos.

Meine Mutter riss den Kopf herum. Ihre Augen waren völlig verheult. »Leni, um Himmels willen, mein Kind!«, rief sie und kam mit ausgestreckten Armen auf mich zu.

Ich wich zurück. »Ich will wissen, von wem ihr gerade geredet habt!« Mir war bewusst, dass ich viel zu laut sprach.

Meine Mutter zuckte zusammen, als ob ich ihr ins Gesicht geschlagen hätte. »Leni, es … es ist nicht …«, stammelte sie.

»Marc?«

Nun war mein Vater bei mir. Er ließ sich von meinem abweisenden Blick nicht zurückhalten, legte seine starken Arme um mich und zog mich an sich.

»Lass uns in Ruhe darüber reden, Schatz«, sagte er.

»Worüber?«, fragte eine Stimme. Meine Stimme?

Mein Vater seufzte. »Ich weiß nicht, was du gehört hast, aber …«

Abrupt befreite ich mich aus seiner Umarmung. »Habt ihr gerade von Marc gesprochen? Sag es mir, Papa!«

Mein Vater nickte. »Ich denke, dass er sich uns mit diesem Namen vorgestellt hat, ja.«

Ich konnte mich nicht bewegen. Ich stand da, mein Herz raste, mein Atem brannte, alles war in Aufruhr. Und nur ein einziger Gedanke ging mir durch den Kopf: Marc war hier! Oh Gott, er ist tatsächlich hier gewesen.

»Und wo … wo ist er jetzt?«

Mein Vater nahm meine Hand, strich mit dem Daumen über meinen Handrücken. »Du musst dir keine Sorgen machen. Ich habe ihn weggeschickt und gesagt, dass du nichts mit ihm zu tun haben möchtest. Er wird dich garantiert nie wieder belästigen.«

Belästigen? Weggeschickt? Was redete er da?

»Mein armes Kind«, hörte ich meine Mutter sagen, »daran ist nur Clara schuld. Ich hätte es wissen müssen!«

Langsam drehte ich mich zu ihr um. Meine Stimme war nur ein heiseres, fassungsloses Flüstern. »Was redest du da? Glaubst du etwa, Clara hätte mich zu irgendetwas gezwungen? Sie hat nichts von Marc und mir gewusst.«

»Leni, entschuldige bitte mal«, mischte sich nun wieder mein Vater ein. »Was soll das heißen, *von Marc und mir?* Du willst uns doch wohl nicht sagen, dass …«

Ich ließ ihn nicht ausreden. Eine unbändige Wut hatte mich auf einmal gepackt. »Doch, ganz genau das will ich, Papa. Marc und ich sind zusammen. Und wenn du es ganz genau wissen willst, wir haben sogar mitei…«

»Stopp! Sei sofort still, Leni. Ich will nichts mehr hören«, fiel mir meine Mutter schrill ins Wort. »Geh bitte in dein Zimmer. Du hast Stubenarrest.«

Ich lachte auf. »Das ist jetzt nicht dein Ernst …«

Sie kam auf mich zu. Ihr sonst so beherrschtes Gesicht war zu einer wütenden Grimasse verzogen. Die Wimperntusche unter den Augen leicht verwischt. Der Lippenstift klebte in den Mundwinkeln. »Geh auf der Stelle in dein Zimmer,

Leni«, knurrte sie mit mühsam unterdrücktem Zorn. »Sonst vergesse ich mich.«

Mein Vater trat an ihre Seite und legte ihr die Hand auf die Schulter. »Es bringt doch nichts, wenn wir uns gegenseitig so anfahren«, versuchte er, die explosive Stimmung zwischen uns zu entschärfen. »Am besten schlafen wir jetzt erst einmal eine Nacht darüber und reden morgen weiter, wenn sich die Gemüter etwas beruhigt haben.«

Mein Vater. Mein Verbündeter.

Der Mann, der Marc fortgeschickt hatte.

Ich machte auf dem Absatz kehrt, und bevor meine Eltern auch nur reagieren konnten, war ich zur Haustür hinausgestürmt.

Ich musste Marc finden. Koste es, was es wolle.

Unzählige Sandkörner gibt es am Strand,
unzählige Sterne am Himmel
und unzählige Gefühle sind in uns,
die viel zu oft verleugnet werden.

16

Berlins nächtliche Straßen waren hell erleuchtet und viel zu weitläufig, um irgendjemanden zu finden. Ich irrte planlos umher, zermarterte mir das Hirn, wo Marc hingegangen sein könnte. Wann war er bei meinen Eltern aufgetaucht? Befand er sich noch in der näheren Umgebung oder hatte er vielleicht eine Straßenbahn ins Zentrum genommen?

Ich war so verzweifelt, dass ich sogar Geena anrief, um sie um Hilfe zu bitten. Doch natürlich sprang nur ihre Mailbox an. Schließlich war sie nach uns ins Kino gegangen.

Marcs Handynummer hatte ich nicht. Besaß er überhaupt ein Handy?

Ich weiß es nicht, musste ich verwundert feststellen.

Das laute Hupen eines Taxis riss mich aus meinen Gedanken. Ich war so mit meiner Suche beschäftigt gewesen, dass ich gar nicht mehr auf den Verkehr geachtet hatte.

Der Taxifahrer fuchtelte wütend mit den Armen in der Luft herum und zeigte mir einen Vogel.

Ich hob entschuldigend die Hände und sprang zurück auf den Bordstein. Schnaufend und mit klopfendem Herzen ließ ich mich auf einen Mauervorsprung sinken.

Es hat keinen Zweck, musste ich mir eingestehen, so werde ich ihn niemals finden. Und dann auch noch zu Fuß und ohne den geringsten Ansatz, wo er sich aufhalten könnte.

Ich fuhr mir durch das Haar und band meine wirren Locken zu einem Zopf zusammen. Dann machte ich mich enttäuscht auf den Rückweg. Meine Absätze klackerten über das Kopfsteinpflaster. Es fröstelte mich ein wenig und ich zog meine Jacke fester um meinen Körper.

Marc ist nicht der Typ, der sich einfach so wegschicken lässt, ging es mir durch den Kopf. Er wird wiederkommen. Ganz bestimmt. Und diesmal werde ich zu Hause sein und verhindern, dass meine Eltern ihn fortjagen.

Eine aufgeregte Anspannung erfasste mich und ich beschleunigte meine Schritte. Auf einmal hatte ich es sehr eilig, nach Hause zu kommen.

Im Schein der Straßenlaterne, wenige Schritte vor Felix' Haus, bemerkte ich zwei Gestalten. Als ich näher kam, erkannte ich in der etwas kleineren und schmaleren Felix.

Komisch, wunderte ich mich, warum steht er so spät am Abend auf der Straße? Und wer ist da bei ihm? Ich hielt kurz inne, plötzlich von einem mulmigen Gefühl erfasst.

Die beiden wandten sich fast gleichzeitig zu mir um, und als Felix und Marc erstaunt »Leni!« ausriefen, da klang es beinahe wie aus einem Mund.

Marc. Da war er.

Mein Herz machte einen Satz und begann zu hämmern, als er auf mich zukam.

Sein Haar schimmerte im Schein der Laterne pechschwarz, seine Augen funkelten. – Vor Freude? Vor Wut? Worüber hatten Felix und er gesprochen?

Nun bereute ich bitterlich, dass ich Felix nichts von Marc und mir erzählt hatte. Auch wenn ich nicht zu ihm hinübersah, spürte ich, dass sein Blick auf mir brannte.

»Hi, Leni.« Marc lächelte mich an und dann zog er mich in seine Arme. So fest, dass ich mir vorkam wie in einem Schraubstock.

»Marc, hallo, Marc«, stammelte ich atemlos. »Was … was machst du … hier?« Meine Frage klang spröder als beabsichtigt. Sein Lächeln verflog und ein reservierter Ausdruck trat stattdessen in seine Züge.

»Ich wollte dich überraschen, Leni. Aber nun hast du *mich* überrascht.« Er deutete hinter sich.

Verdammt, Felix!

Ich löste mich ein wenig aus Marcs Umarmung, doch auch als es mir gelang, unter seinem Arm hindurchzulinsen, sah ich Felix nicht.

Er war verschwunden. Musste ins Haus gegangen sein.

Was hatte Marc ihm erzählt?!

»Marc«, keuchte ich. »Ich bekomme keine Luft …«

Er ließ mich los und nahm meine Hände. »Tut mir leid, ich hatte wirklich gedacht, es wäre eine gute Idee herzukommen.«

»Aber das verstehe ich nicht …« Ich musste tief durchatmen, bevor ich weitersprechen konnte. »Wie?«

Er lachte. »Ganz einfach, ich bin in London in den Zug,

in elfeinhalb Stunden fünfmal umgestiegen und vor gut zwei Stunden am Berliner Hauptbahnhof angekommen. Dort habe ich mich ins erstbeste Taxi gesetzt und hier bin ich. Zum zweiten Mal übrigens.«

Ich war ganz wirr im Kopf. Konnte keinen klaren Gedanken fassen. Einerseits freute ich mich unendlich, Marc zu sehen. Andererseits zog sich mir der Magen schmerzhaft zusammen, wenn ich an meinen besten Freund dachte. Ich trat einen Schritt zurück, damit ich Marc in die Augen schauen konnte. Ängstlich runzelte ich die Stirn. »Was ist mit Felix? Was hast du ihm gesagt?«

Sofort wurde sein Gesicht wieder ernst. »Felix? Wer ist das?« Doch dann schien er selbst die Antwort darauf gefunden zu haben. »Ach, du meinst den Typen, mit dem ich mich gerade unterhalten habe.«

Ich nickte.

»Er hat mich angesprochen, weil ich seiner Meinung nach schon zu lange im Dunkeln vor deinem Haus herumgestanden hätte«, erklärte er leicht spöttisch. »Hält sich wohl für deinen Beschützer oder so.«

»Beschützer?«

Er nickte. »Ich hab ihm aber unmissverständlich klargemacht, dass er dich vor mir nicht beschützen müsste.«

Ich starrte ihn einen Moment verständnislos an, ehe ich begriff. Das Blut wich mir aus dem Gesicht und ich keuchte erschrocken.

Marc legte den Kopf schief und bedachte mich mit einem unergründlichen Blick. »Er hat behauptet, er sei dein *Freund* …«

Ich wusste nicht, was ich sagen sollte. »Das ist alles nicht so einfach«, erwiderte ich ausweichend.

»Ach.« Er grinste. Ein schmales, ernüchtertes Grinsen. »So ist das also.«

Ich suchte nach den richtigen Worten und fand sie nicht. »Marc, was soll ich dir sagen, ich …«

»Leni, kein Problem«, unterbrach er mich und hob die Hände. »Du musst mir nichts erklären. Es war ein Fehler, nach Berlin zu kommen.«

»Quatsch, nein, ich bin nur so durcheinander … ich …« Ich musste mich setzen. Das war alles zu viel, viel zu viel. Ich taumelte einen Schritt zurück, bis ich unsere Gartenmauer an den Beinen spürte, dann ließ ich mich darauf nieder.

»Ich konnte nicht anders, Leni. Ich hab es nicht ausgehalten, musste dich unbedingt sehen … Es war falsch, einfach so fortzugehen, ohne ein Wort. Du musst dich schrecklich gefühlt haben …«

Ich starrte ihn an, verwirrt und irgendwie schwindelig. Meine Augen füllten sich mit Tränen.

Marc setzte sich neben mich und legte mir tröstend den Arm um die Schultern. »Nicht weinen«, flüsterte er. »Du darfst nicht meinetwegen weinen.«

»Es ist ja nur«, schniefte ich, »weil ich so … so durcheinander bin.«

Einen Augenblick lang sah auch er verwirrt aus, dann senkte er den Kopf. »Verstehe, Jamie hat mit dir gesprochen. Deshalb bist du jetzt durcheinander, weil es gefährlich sein könnte.«

Ich begriff nicht. »Gefährlich? Wie meinst du das …«

Er sah mich erst schuldbewusst an, dann schaute er zu Boden. Er schwieg eine Weile, trat gegen einen Stein. »Es gibt mehr als einen Grund, weshalb ich mich von dir fernhalten sollte. Aber ich konnte einfach nicht …«

Ich schüttelte verständnislos den Kopf. Was redete er da bloß? Ich konnte ihm nicht folgen, hatte viel zu sehr mit meinem Gefühlschaos zu kämpfen. Hasste mich dafür, dass ich Felix nichts gesagt hatte. Dass ich nicht die Chance ergriffen hatte, als sie sich mir geboten hatte.

Warum war mein Leben gerade nur so konfus? Ich fühlte mich wie eine hilflose Zuschauerin, die alles mit ansehen musste und nichts, einfach gar nichts tun konnte.

Ich wollte die Augen schließen und mich in mein altes Leben zurückträumen. Wieder das kleine Mädchen sein, hoch in meinem Zimmer, die Gewissheit haben, dass unten im Wohnzimmer meine Eltern saßen, und im Haus nebenan, da hockte mein bester Freund Felix über seinem Panini-Album und freute sich wie verrückt, dass er endlich alle Fußballbildchen zusammenhatte.

So sollte es sein. So musste es wieder sein.

Marc fuhr sich mit den Händen durch die Haare. »Du freust dich wohl gar nicht, mich zu sehen?«, murmelte er geknickt.

Ich sagte nichts. Schaute ihn nur an.

Er atmete tief durch. In seinen Augen lag so viel Enttäuschung und endlich, endlich erwachte ich aus meiner Erstarrung.

Ich nahm seine Hand, drückte sie und strich sanft mit dem Daumen darüber. »Marc, du verstehst das vollkommen falsch. Ich freue mich unendlich, dich zu sehen. Ich habe dich so vermisst, und als meine Eltern eben gesagt haben, dass sie dich weggeschickt hätten, bin ich sofort los, um dich zu suchen.«

Er beugte sich zu mir herüber. Gab mir einen Kuss auf die Lippen, so liebevoll und innig, dass ich gleich wieder dahinzuschmelzen drohte. Aber dann dachte ich an Felix und löste mich widerwillig von Marc.

»Ich … muss erst noch etwas klären.«

Marcs Miene verfinsterte sich. »Also stimmt das, was der Typ gerade behauptet hat. Er ist dein Freund.«

Ich schloss die Augen und versuchte, mich zu sammeln. »Nein. Ja. Aber jetzt nicht mehr.«

Marc runzelte die Stirn. »Leni, das war doch eine ganz einfache Frage, ist der Typ dein Freund oder nicht? Ja oder nein?«

Ich seufzte verzweifelt. »Das ist nicht so einfach zu beantworten.«

Er atmete hörbar durch. Seine Gesichtszüge wurden hart. »Für mich schon. Wenn er es ist, dann bin ich auf der Stelle weg.«

»Nein!«, rief ich erschrocken. »Trotzdem muss ich kurz mit Felix reden. Bitte!« Ich sah ihn flehentlich an. Betete, er würde mir vertrauen und nicht so plötzlich wieder verschwinden, wie er gekommen war.

Marc verschränkte die Arme vor der Brust. Alles an ihm strahlte Verständnislosigkeit aus. Dennoch nickte er. »Okay. Ich suche mir jetzt erst einmal ein Hotel. Wenn du dich morgen mit mir treffen möchtest, hier ist meine Handynummer.« Er drückte mir einen kleinen weißen Zettel in die Hand, erhob sich schwerfällig und ging davon.

Ich blieb zurück. Wollte ihn aufhalten und wusste doch, dass ich das nicht konnte. Nicht jetzt. Erst musste ich mit Felix reden. Und so saß ich reglos auf der Mauer und sah Marc nach, bis die Dunkelheit ihn verschluckt hatte.

Nach einer Weile rührte sich etwas hinter mir. Das Geräusch einer sich öffnenden Tür erklang, leise Schritte waren zu hören, zögerlich, als ob sie sich nicht sicher wären.

»Leni …«

Ich drehte mich um, sah Felix, sein liebes Gesicht, und streckte die Hand nach ihm aus.

»Warum bist du gegangen?«, flüsterte ich.

Er setzte sich neben mich, steif, auf Abstand bedacht. »Ich hatte das Gefühl, dass es besser wäre.«

Schweigen.

Dann räusperte er sich. »Wer ist er?« Ganz unsicher, fast ein wenig ängstlich hatte er gesprochen, so als ob er sich vor meiner Antwort fürchtete.

In meinem Kopf drehte sich alles. Tränen liefen mir übers Gesicht. Felix strich mir über den Rücken.

Ich zitterte. »Es tut mir so leid. Ich habe Angst, Felix. Alles ist anders und so verwirrend. Ich weiß überhaupt nichts mehr. Ich … ich weiß … weiß noch nicht einmal mehr, wer ich … ich … bin …«

Felix drehte meinen Kopf zu sich herum und hielt mein Gesicht in seinen Händen. Er schaute mich eindringlich an. »Was redest du da bloß, Leni?«

»Ich schäme mich so vor dir«, brachte ich hervor. »Du bist doch mein Freund und wir wollten immer ehrlich zueinander sein, aber …«

Mit einer Mischung aus Ungläubigkeit und Ratlosigkeit sah Felix mich an. »Ich weiß nicht, was ich sagen soll …«

»Halt mich fest«, flüsterte ich. »Halt mich einfach nur fest.«

Und Felix hielt mich fest, so sehr, dass der Schmerz mich nicht zerreißen konnte.

Doch als meine Schultern zu zittern aufhörten und mein

Schluchzen verhallte, da fragte er noch einmal: »Wer war das eben, Leni? Warum stand dieser Typ so spät am Abend vor deiner Tür? Warum nimmt er dich in den Arm, als ob er … als ob ihr …«

»Bitte«, stöhnte ich leise. »Bitte nicht hier.«

Aus Felix' Brust drang so etwas wie ein Knurren. »Ich muss es aber wissen.« Seine Stimme klang gequält.

Ich zögerte. »Nicht hier«, wiederholte ich.

Felix stand auf und half mir hoch. Er hielt meine Taille umfasst, bis er sicher war, dass ich nicht umkippen würde.

»Es geht schon«, log ich.

Er nahm meine Hand. »Komm«, sagte er und zog mich mit sich ums Haus herum, in den Garten, zum Baumhaus.

»Pass auf, wo du hintrittst«, warnte er mich, als ich die Leiter emporzuklettern begann.

Dann saßen wir uns im Stockdunkeln gegenüber. Unsere Knie berührten sich.

»Felix, ich …«, fing ich an, aber meine Stimme kippte. Ich schluckte schwer, versuchte es noch einmal. »Ich … ich … Das war Marc. Ich habe mich in ihn … verliebt.«

Stumm vor Überraschung schaute Felix mich an.

»Erstaunlich«, sagte er und es klang verwundert und belustigt zugleich. »Ich hatte tatsächlich recht.«

»Felix, es tut mir so leid«, beteuerte ich. »Es ist einfach passiert. Ich wollte dir nicht wehtun, ich …« Ich fühlte mein Herz rasen, das Blut heiß und schnell durch meine Adern rauschen.

Felix wirkte wie betäubt. Er hob die Hand und strich mir sanft über die Wange. Er schien mich nicht verstanden zu haben.

»Aus der Ferne betrachtet, mögen Frauen toll sein, und es kommt einem faszinierend vor, sich auf sie einzulassen«, sagte er nachdenklich und schloss die Augen. »Aber von Nahem erkennt man ihr wahres Gesicht und ist verloren, wenn man ihnen glaubt.«

Als er die Augen wieder öffnete, sah ich Tränen darin aufblitzen, und ich fing erneut an zu weinen.

»Felix, es … es …«

Er hob die Hand, zeichnete mit den Fingerspitzen die Konturen meines Gesichts nach. »Du siehst so müde aus.«

»Und du siehst so traurig aus«, flüsterte ich zurück und schaute auf die dunklen Schatten unter seinen Augen.

Er zuckte mit den Schultern. »Es ist schon okay, Leni … Ich kenne den Schmerz ja schon und ich werde es auch diesmal überleben.«

Dann zog er mein Gesicht an seine Brust. Und in seinen Armen konnte ich mich für einen letzten Moment der trügerischen Vorstellung hingeben, er würde mir verzeihen. Irgendwann.

Aber das war nur eine kleine dumme Illusion. Ich hatte schon verstanden.

Die Sterne, die begehrt man nicht,
man freut sich ihrer Pracht,
und mit Entzücken blickt man auf
in jeder heitern Nacht.
(Johann Wolfgang von Goethe)

17

Blinzelnd öffnete ich die Augen und streckte mich.

»Wo sind wir?«, murmelte ich verschlafen.

»Auf englischem Boden. Gerade haben wir den Eurotunnel verlassen.«

Ich schaute aus dem Zugfenster, betrachtete die vorbeirasenden grünen Hügel und verspürte für den Hauch eines Moments so etwas wie ein aufgeregtes Kribbeln im Bauch. Ich war also tatsächlich in England. Zum ersten Mal in meinem Leben.

»Hast du Hunger?«

Ich schüttelte den Kopf.

»Durst?«

Erneut verneinte ich.

Marc seufzte. »Leni, du hast seit Stunden weder gegessen

noch getrunken. Ich kann ja verstehen, dass dir das Ganze irgendwie auf den Magen schlägt, aber so geht das einfach nicht.«

Nichts verstehst du, dachte ich. Wie solltest du auch?

Ich starrte auf mein Spiegelbild in der Fensterscheibe.

Da saß ich nun. Im Zug nach London. Auf dem Weg in ein neues Leben. Ein Leben mit Marc. Egal, wo, Hauptsache, wir waren zusammen.

Marc nahm meine Hand. »Bereust du es schon?«

Ich schaute ihn an und dachte darüber nach. Dann schüttelte ich den Kopf. »Nein, das tue ich nicht.«

Ein Strahlen ging über sein Gesicht. »Ich kann's noch immer nicht glauben.« Er strich mir durch das Haar und hauchte mir einen Kuss auf die Nasenspitze. »Leni, ich weiß nicht, wann ich das letzte Mal so glücklich war …«

»Das freut mich«, erwiderte ich etwas hölzern.

Prompt zog er die Augenbrauen zusammen. »Das *freut* dich?«

Ich atmete tief durch und entzog ihm behutsam meine Hand. »Marc, in meinem Kopf herrscht noch immer das totale Chaos. Ich habe gerade mein ganzes bisheriges Leben über Bord geworfen. Da fällt es mir etwas schwer, von Glück zu reden. Kannst du das nicht verstehen?«

Er betrachtete mich forschend, so als ob er ernsthaft darüber nachdenken müsste. Aber eigentlich war es mir egal, ob er mich verstand. Das war etwas, das ich mit mir selbst ausmachen musste.

Ich hatte Felix verloren. Für immer. Daran hatte sein Blick, nachdem wir uns ein letztes Mal im Baumhaus umarmt hatten, keinen Zweifel gelassen. Keine Hoffnung auf Freundschaft, Leni, hatten mir seine blauen Augen versichert. Diese unglaublich blauen Augen, in denen ich noch kurz zuvor jedes Mal versunken war wie in einem tiefen, tiefen See – nie wieder auftauchen, für immer hatte ich mich in ihnen verlieren wollen. Früher einmal. Das war nun vorbei. *Geschichte,* hatte Felix gesagt. *Das mit uns ist nun Geschichte.*

Ich hatte es gewusst. Ich kannte ihn zu gut – niemand kannte ihn so gut wie ich.

Die ganze Woche, in der ich ihm die Wahrheit vorenthalten hatte, hatte ich gewusst, dass ich es ihm sagen musste und dass er es weder verstehen noch mir jemals verzeihen würde. Die Enttäuschung hatte sich wiederholt, so wie er es immer befürchtet hatte. Das, was Felix als achtjähriger Junge erlebt hatte, das hatte all die Jahre in irgendeiner Ecke gelauert, und nun war es wieder ganz frisch. Eine Bestätigung, dass man nicht lieben durfte, wenn man nicht am Ende mit gebrochenem Herzen dastehen wollte.

Der Gedanke, dass ausgerechnet ich daran schuld war, zerriss mich beinahe.

Aber da war Marc. Den ich liebte. Den ich so sehr vermisst hatte. Der meinetwegen aus England gekommen war, weil es ihm ganz genauso ergangen war wie mir. Weil auch er gespürt hatte, dass er ohne mich nicht sein konnte. Und auch wenn ich noch so viele Menschen dafür verletzen musste, ich würde es immer wieder tun – für Marc. Für Marc würde ich alles tun. Er war mein Schicksal und seinem Schicksal konnte man nicht entrinnen.

So war das. Eigentlich ganz einfach.

Seufzend ließ ich meine Stirn gegen das kühle Zugfenster sinken, aber ich konnte die Stimmen in meinem Kopf nicht vertreiben.

»Leni, du wirst diesen Kerl nicht wiedersehen. Hast du mich verstanden?«, hörte ich meinen Vater sagen und erinnerte mich an den eisigen Blick, den er mir dabei über den Frühstückstisch zugeworfen hatte.

»Ein Boxer! Meine Tochter und ein Boxer!«, hatte meine Mutter nur immer wieder ausgerufen.

Meine Eltern hatten ein unglaubliches Theater veranstaltet, als ich ihnen am nächsten Morgen von Marc und mir hatte erzählen wollen. Während meine Mutter in erster Linie einfach nur von Marc, dem englischen Boxer, entsetzt war – so ein Typ war doch bitte schön kein Umgang für *ihre* Tochter! –, hatte mein Vater mir sogar damit gedroht, die Polizei zu informieren, wenn ich mich noch einmal mit ihm treffen würde.

Ich hatte fassungslos den Kopf geschüttelt. »Und was willst du denen sagen? Marc hat mich zu nichts gezwungen. Ganz im Gegenteil!«

»Du bist minderjährig, Leni. Scheinbar hast du das vergessen. *Das* werde ich der Polizei sagen.«

Okay, von meiner Mutter hatte ich nichts anderes erwartet, aber von meinem Vater? Wo war er plötzlich, mein verständnisvoller Verbündeter, der mir immer gepredigt hatte, dass alle Menschen gleich sind – egal, welche Hautfarbe, Religion, Herkunft?

Pah, nichts als leere Worte! Jetzt auf einmal, wo seine Tochter sich in jemanden verliebt hatte, der seiner Meinung nach nicht der passende Umgang war, da zählte das alles nicht mehr.

Wieder seufzte ich und rieb mir über die Nasenwurzel, um die aufsteigenden Tränen zu vertreiben. Ich wollte nicht weiter an unseren Streit zurückdenken, wollte mich nicht daran erinnern, was ich meinen Eltern ins Gesicht geschrien hatte.

Irgendwann hatte ich einfach keinen anderen Ausweg gewusst, als in mein Zimmer zu rennen. Jedes weitere Wort wäre zwecklos gewesen, das hatte ich deutlich gespürt. Sie würden ihre Meinung nicht ändern – und ich meine auch nicht.

Nachdem ich eine Weile ruhelos auf und ab gegangen war, hatte ich einen Entschluss gefasst: Ich musste weg, zu Marc. Bis meine Eltern sich wieder etwas beruhigt hatten.

Ich hatte ein paar Klamotten in meine Sporttasche gestopft, zusammen mit meinem Portemonnaie und den zweihundert Euro Geburtstagsgeld, die ich zum Glück noch nicht zur Bank gebracht hatte, und dann hatte ich gewartet, bis mein Vater zur Arbeit fuhr und meine Mutter ins Bad verschwand.

Kaum war ich zur Tür hinaus, hatte ich Marc angerufen.

»Wann reist du nach England zurück?«, war ich ohne Umschweife auf den Punkt gekommen. Ich wollte nicht überlegen, wollte einfach das tun, was ich in dem Moment für das Richtige hielt. Vernünftig, vernünftig konnte ich auch noch morgen sein … oder übermorgen oder irgendwann mal wieder.

Marcs Stimme hatte sich etwas verunsichert angehört, als er erwiderte: »Warum? Willst du mich loswerden?«

»Nein, ich möchte mit!«

»Wenn das so ist, sitze ich mit dir im nächsten Zug, der nach London fährt.«

Anschließend hatte ich Geena angerufen.

»Hi, Süße«, war sie ans Handy gegangen. »Ich habe gerade erst gesehen, dass du mich gestern Abend noch mal angeklingelt hast. Bist du noch sauer auf mich? Ich weiß auch nicht, was in mich gefahren ist, aber ich wollte dir irgendwie die Augen öffnen. Von wegen, dass du dich glücklich schätzen kannst, so einen genialen Typen wie Felix abbekommen zu haben, und diesem Marc nicht länger nachtrauern sollst. Ich weiß, ich weiß, ich bin mal wieder übers Ziel hinaus…«

»Geena, bitte hol Luft.«

Sie kicherte. »Japs. Japs. Genug Luft geholt. Darf ich jetzt weiterreden?«

»Nein. Weil es zwecklos ist. Ich habe Felix von Marc und mir erzählt. Und ich wollte dir nur sagen, dass ich jetzt erst mal für eine Weile weg bin.«

»Weg? Wie weg?«

»Marc ist in Berlin. Ich bin gerade auf dem Weg zu ihm. Meine Eltern sind total ausgeflippt.«

»Und jetzt willst du mit ihm abhauen oder was?«

»Ja, das habe ich tatsächlich vor. Zumindest so lange, bis meine Eltern sich wieder eingekriegt haben.«

»Verdammt, Leni, nein, tu das nicht! Bitte, mach keinen Mist. Du …«

»Tschüss, Geena, ich melde mich bei dir. Aber jetzt stelle ich mein Handy erst mal aus. Bis bald!« Damit hatte ich das Gespräch beendet. Fest davon überzeugt, das Richtige zu tun.

Als Marc und ich am Londoner Bahnhof Liverpool Street aus dem Zug gestiegen waren, war ich mir meiner Sache immer noch sicher.

»Mit der *tube* sind es nur vier Stationen«, sagte Marc. Er schaute mich mitfühlend an. »Aber du siehst so erledigt aus, dass ich dir das Gedränge lieber erspare.«

»Quatsch, es geht schon«, erwiderte ich. Doch als ich meinen Rucksack schulterte und mich dicht hinter Marc durch die Menschenmassen hindurchkämpfte, war ich heilfroh, dass er meinen Einwand ignoriert hatte und vorm Bahnhof eines der typischen schwarzen Taxis ansteuerte.

Erschöpft ließ ich mich in das weiche Leder der Rückbank sinken, während Marc auf den Beifahrersitz rutschte. Wie ich trug auch er nur einen Rucksack bei sich, den er im Fußraum verstaute. *»61 Russell Square, please.«*

Der Taxifahrer startete den Motor und fuhr los.

Was mich wohl am Russel Square erwartet?, dachte ich total erledigt und kämpfte gegen die Müdigkeit an.

Meine erste Fahrt durch London nahm ich nur im Halbschlaf wahr. Ich hielt Marcs Hand fest umschlungen, ließ die Bilder an mir vorbeiziehen und war vollkommen baff, als der Taxifahrer plötzlich in eine Einfahrt steuerte und vor der imposanten Eingangstür eines Hotels hielt.

Marc bezahlte und wir stiegen aus.

Als das Taxi wendete und vom Hof fuhr, fragte ich: »Wohnst du etwa in einem Hotel?«

Marc lachte. »Natürlich nicht. Aber Will arbeitet dort als *concierge.*«

»Will?«

Marc machte eine entschuldigende Handbewegung. »Wir bleiben nur ein, zwei Tage bei ihm. Bis ich einige Dinge geregelt habe. So schnell hatte ich nämlich nicht geplant, wieder zurück nach London zu fahren.«

»Aber …« Meinen Einwand erstickte er mit einem Kuss. Dann zog er mich mit sich durch die gläserne Drehtür des Imperial Hotels.

Vor der Rezeption stand nur ein älteres Ehepaar, das sich in gebrochenem Englisch und wild gestikulierend mit der jungen farbigen Frau hinter dem Empfangstresen unterhielt.

Etwas weiter links sah ich einen hochgewachsenen rothaarigen Mann, der das konfuse Gespräch der drei sichtlich amüsiert verfolgte, sodass er Marc und mich nicht gleich bemerkte. Gerade warf ihm seine Kollegin einen stummen Nun-hilf-mir-doch-Blick zu. Doch als er sie retten wollte, entdeckte er uns, und ein breites Grinsen erschien auf seinem Gesicht.

»Hey Marc, what are you doing here?«, rief er erfreut und kam um den Empfangstresen herumgeeilt.

Die beiden fielen sich in die Arme, und ich stand ein wenig verlegen dabei und wusste nicht so recht, wie ich mich verhalten sollte. Außerdem musste ich gerade bitter feststellen, dass ich ihrem Gespräch mit meinem Schulenglisch nicht besonders gut folgen konnte. Ein paar Wortfetzen waren klar, den Rest versuchte ich, mir irgendwie zusammenzureimen.

Offensichtlich hatten die beiden sich längere Zeit nicht gesehen und dieser Will schien Marc deshalb Vorwürfe zu machen. Das anfänglich freudige Grinsen verschwand immer mehr aus Marcs Gesicht. Als die Sprache dann auf eine gewisse Jane kam, wurde seine Miene hart und abweisend.

»Shut up!«, blaffte er Will an.

Will hob beinahe ergeben die Hände und entschuldigte sich bei Marc, der inzwischen seinen Arm um meine Taille gelegt hatte.

Die ganze Situation wurde zunehmend angespannter, und der Blick, mit dem mich dieser Will nun bedachte, war voller Abneigung.

Und bei dem sollen wir wohnen?, schoss es mir leicht panisch durch den Kopf, als Marc Will um irgendeinen Schlüssel bat, den der wiederum nicht rausrücken wollte.

»Stop it, Will!«, knurrte Marc und Will zuckte unmerklich zusammen. Tief seufzend machte er auf dem Absatz kehrt und eilte hinter den Empfangstresen zurück. Er tippte etwas

in den Computer ein und nahm schließlich einen langen Metallstab aus einer Schublade, an dessen Ende sich zwei Schlüssel befanden. Er legte ihn auf den Tresen.

»Two nights, buddy, no more!«, sagte er, als Marc den Schlüssel entgegennahm.

Alles in mir sträubte sich, wollte weg hier, und zwar auf der Stelle, doch Marc fasste mich am Arm und führte mich kommentarlos zu den Fahrstühlen, während ich Wills Blicke wie Feuerstrahlen in meinem Rücken spürte.

Als die Tür sich endlich hinter uns schloss und der Aufzug sich ruckelnd in Bewegung setzte, konnte ich nicht länger an mich halten.

»Kannst du mir bitte mal erklären, was das Ganze hier soll? Was machen wir hier, Marc? Du hast doch gesagt, dass du eine Wohnung in einem Vorort von London hättest?!«, fuhr ich ihn an.

Marcs dunkle Augen verengten sich. »Wir können nicht in meine Wohnung. Jeder, der nach uns sucht, wird dort als Erstes aufschlagen. Und außerdem, habe ich *dir* irgendwelche Fragen gestellt?«, erwiderte er scharf. »Zum Beispiel, was du mit diesem *fucking* Felix am Laufen hast?!«

Ich starrte ihn entgeistert an, wollte nicht glauben, was er da gerade zu mir gesagt hatte. Doch bevor ich irgendetwas erwidern konnte, erklang ein heller Plington. Der Aufzug war im fünften Stock angekommen, hielt an, die Türen öffneten sich, und während Marc in den Flur trat, blieb ich wie angewurzelt stehen.

»Leni, was soll das?« Er streckte die Hand nach mir aus und sah mich dabei an, als ob er ein bockiges Kleinkind vor sich hätte. »Wir sind beide total erschossen von der langen Reise und brauchen dringend Schlaf. Danach sieht die Welt gleich wieder ganz anders aus. Also komm jetzt bitte.«

Ich nestelte unentschlossen an dem Verschluss meines Rucksacks herum. Für einen Moment geriet ich in die Versuchung, einfach auf den Erdgeschossknopf zu drücken.

Und dann? Ins nächste Taxi, zum Bahnhof und wieder zurück nach Deutschland?

Nach Hause? Ohne Marc? Wollte ich das denn? Nur weil er mich einmal angeblafft hatte?

Mir blieb keine Zeit, länger darüber nachzudenken. Drei Männer und eine Frau bogen um die Ecke und steuerten den Fahrstuhl an, in dem ich noch immer regungslos stand. Marc erwiderte ihren Gruß und die vier drängten sich an mir vorbei in die Kabine. Erwartungsvoll blickten sie mich an und plötzlich kam mir mein Verhalten einfach nur lächerlich vor.

Marc hatte ja recht: Er hatte mir keinerlei Fragen gestellt. Er war einfach für mich da gewesen und hatte sofort gehandelt. Und nicht nur das, er hatte sogar die Reisekosten übernommen und gemeint, ich müsste mir wegen meiner finanziellen Situation keinerlei Gedanken machen. Er würde schon für mich sorgen und sich um alles kümmern.

Und dass wir nun in diesem Hotel und nicht in seiner Wohnung gelandet waren, war mehr als logisch. Auf die Idee hätte ich auch selbst kommen können. Natürlich würden meine Eltern sofort Jamie und Clara über mein Verschwinden informieren, und natürlich wusste Jamie, wo Marc zu finden war, und würde dort zuerst suchen. Ich war echt naiv.

Ich straffte die Schultern und folgte Marc in den mit grauem Teppich ausgelegten Flur.

Unser Zimmer befand sich am Ende des langen Gangs. Als

Marc die Tür aufschloss, fiel mein Blick sofort auf die beiden Einzelbetten und mir entwich ein unwillkürlicher Seufzer. Erst jetzt wurde mir so richtig bewusst, wie erschöpft ich war.

Ich setzte meinen Rucksack auf dem rechten Bett ab und ging zum Fenster hinüber. Der Ausblick war gigantisch – reichte über die Dächer von London bis zu einem zylindrischen Turm hin, dessen Fassade und Fenster in der Sonne funkelten, und für einen Moment blendete ich alles um mich herum aus.

»Schlafen?«, hörte ich Marc hinter mir leise sagen.

Ich drehte mich zu ihm um und nickte. »Ja, ich bin todmüde.«

Marc schüttelte lächelnd den Kopf, nur ganz leicht, ohne mich dabei aus den Augen zu lassen. »*Das* hatte ich nicht gemeint.«

Ich verstand nicht. »Gerade hast du doch noch gesagt, du wolltest schlafen.«

Er sah mich an, seine dunklen Augen bohrten sich in meine und er flüsterte mit rauer Stimme: »*Mit dir,* Leni, ich will *mit dir* schlafen.«

Unmerklich versteifte ich mich. »Marc … ich …«

Er streckte die Hand aus. Sacht zog er mit dem Finger eine Linie von meinem Kinn über den Hals hinunter bis zu dem Ausschnitt meines Shirts. Prompt spürte ich die elektrische Spannung, die sich unter meiner Haut ausbreitete, durch meine Venen peitschte, meinen ganzen Körper zum Pulsieren brachte.

»Du willst es doch auch, nicht wahr?«

Ich lächelte schüchtern. »Ich weiß nicht, Marc. Ich bin so was von erschlagen und möchte eigentlich nur noch schlafen …«

Er sah mich abwartend an.

»Wir haben uns eine Weile nicht gesehen«, versuchte ich, ihm meine plötzliche Zurückhaltung zu erklären. »Ich … ich bin nicht so …«

Marc atmete tief durch. »Wie bist du denn?« Ein wachsamer Ausdruck lag in seinem Blick.

Ich hob die Hände, ließ sie wieder fallen und murmelte: »Keine Ahnung. Ich frage mich nur gerade, ob das alles hier wirklich eine gute Idee war.«

»Ich will mit dir zusammen sein. Und du mit mir. Deshalb sind wir hier. Was ist daran falsch?« Ein weicher, sinnlicher Tonfall schwang in seiner Stimme mit, während mich seine Augen wie die eines hungrigen Tieres fixierten.

Ich schwieg. Kaute auf meiner Unterlippe herum. Marc hatte ja recht. So war es. Ganz genau so.

Er strich mir mit der Fingerspitze über die Wange. »Ich will dich zu nichts drängen, Leni«, sagte er leise.

»Das würde ich auch nicht zulassen«, erwiderte ich ebenso leise.

Er nahm meine Hand. Seine Mundwinkel umspielte ein Lächeln. »Ich will mit dir zusammen sein. Jetzt!«, sagte er noch einmal.

Ich nickte. Nur ein wenig, aber es war ein Nicken.

Er zog mich in seine Arme. Küsste meine Haare und raunte mir ins Ohr: »Gott sei Dank. Alles andere hätte ich auch nicht ertragen. Das hätte mich glatt umgebracht.«

Als wir unsere erhitzten Körper nach einer wilden Ewigkeit erschöpft und schwer aneinanderschmiegten, war ich von dem guten Gefühl erfüllt, dass das zwischen Marc und mir etwas ganz Besonderes war. Doch bevor ich in einen tiefen Schlaf hinübergleiten konnte, öffnete Marc plötzlich wieder die Augen, beugte sich über mich und schaute mich eindringlich an.

»Ich liebe dich«, sagte er mit einer ungewohnten Feierlichkeit in der Stimme. »Ich liebe dich so sehr. In meinem ganzen Leben habe ich noch nie so etwas für jemanden empfunden.«

Ich sah ihn an und wusste, dass er es ernst meinte – und dass es mir ganz genauso ging.

Ich liebte Marc – so sehr, dass es wehtat. Und trotzdem war da noch ein anderes, ein komisches Gefühl. Es rumorte in meinem Magen, in meinem Kopf, sogar in den Knien – überall in meinem Körper. So ein diffuses Gefühl, dass etwas nicht stimmte – nicht *rund* war.

Es war dunkel im Zimmer, als ich das nächste Mal die Augen aufschlug. Vorsichtig, damit Marc nicht wach wurde, rollte ich mich seitlich vom Bett und schlich auf Zehenspitzen ins Bad.

Ich stützte mich auf das Waschbecken, schaute in den Spiegel und erschrak.

Das Mädchen, das mir da entgegenblickte, kannte ich nicht. Das hellblonde gelockte Haar, das mein blasses Sommersprossengesicht umschloss. Grüne Augen, ohne Glanz. Farblose Lippen.

Irgendwie fremd. Auf irgendeine Weise abgeklärt.

Eine ganz andere Leni. Erwachsen geworden – quasi über Nacht. Und dann einfach abgehauen. Der Liebe wegen. Beinahe wie Clara. Am Ende waren wir uns verdammt ähnlich.

Da hatte sich meine gewissenhafte Mutter all die Jahre

solche Mühe gegeben, aus mir ein braves und anständiges Mädchen zu machen, damit am Ende dann doch alles aus mir herausbrach – mein echtes, mein wahres Ich. Rücksichtslos, hemmungslos, vergnügungssüchtig, verantwortungslos, verletzend.

War ich so?

Wollte ich so sein?

Während ich in meinem Spiegelbild nach einer Antwort suchte, sah ich mit einem Mal Tränen. Sie kullerten mir einfach aus den Augen und ich konnte nichts dagegen machen.

Verwundert betrachtete ich das fremde Gesicht, als sich hinter mir leise die Tür öffnete. Einige Sekunden herrschte völlige Stille in dem engen Raum. Dann stellte Marc sich hinter mich und legte seine Hände auf meine bebenden Schultern. Unsere Blicke trafen sich im Spiegel.

»Nicht weinen, Leni. Ich kann es nicht ertragen, wenn du traurig bist.«

Die Sanftheit, die beinahe kindliche Sorge, die aus seiner Stimme sprach, war mehr, als ich ertragen konnte. Ich schlug die Hände vors Gesicht und gab mich ganz meinem Kummer hin.

Wende dein Gesicht der Sonne zu,
dann fallen die Schatten hinter dich.
(Aus Afrika)

18

Am nächsten Morgen wurde ich von der Sonne geweckt, deren Strahlen durch das bodentiefe Hotelfenster ins Zimmer fielen. Blinzelnd schlug ich die Augen auf, streckte mich und stellte dann fest, dass ich allein war.

Gähnend schob ich die Bettdecke zurück und stand auf.

Vorm Bad machte ich Halt. »Marc?« Ich trommelte mit den Fingerspitzen sacht gegen die Tür. »Bist du da drinnen?«

Keine Antwort.

Ich öffnete die Tür. Feuchte Luft stieg mir entgegen. Der Spiegel war beschlagen. Marc musste gerade geduscht haben und er hatte ein ziemliches Chaos hinterlassen. Eines der weißen Hotelhandtücher lag mitten auf dem Boden, ein weiteres zusammengeknüllt auf dem Toilettendeckel. Sein Rasierzeug war auf der schmalen Ablage des Waschbeckens verteilt. Daneben befand sich eine offene Zahnpastatube.

»Puh«, entwich es mir, während ich mich daranmachte,

seine Bartstoppeln im Waschbecken wegzuspülen. »Ordnung sieht anders aus.«

Als ich sein Rasierzeug weggeräumt hatte und gerade das Handtuch zum Trocknen aufhängen wollte, ging die Hotelzimmertür auf, und Marc kam hereingestürmt.

»Oh, Leni, du bist schon wach?«

Ich nickte.

»Was tust du da?«

»Aufräumen«, erwiderte ich leicht vorwurfsvoll.

»Sorry, ähm … aber das musstest du doch nicht. Ich hätte es jetzt gleich gemacht«, versicherte er und trat neben mich.

»Zu spät, du kleiner Chaot.« Ich streckte ihm im Spiegel die Zunge heraus. Marc spielte den Empörten und griff in seinem Kulturbeutel nach dem Rasierschaum.

»Das wagst du nicht!« Ich kniff die Augen zusammen und blickte ihn warnend an.

Marc grinste. Sein typisch überhebliches und gleichzeitig so unwiderstehliches Grinsen. »Wollen wir wetten?«

»Untersteh dich!« Ich wich einen Schritt zurück. Dennoch erwischte mich die volle Ladung des weißen Schaums.

»Spinnst du?!«, kreischte ich.

Ich griff nach dem Erstbesten, was mir in die Finger kam, und warf es ihm an den Kopf. Leider war es nur ein Waschlappen, der wenig Eindruck auf Marc machte, abgesehen davon, dass er sich nun vor Lachen kaum noch halten konnte.

»Na warte«, drohte ich ihm. »Meine Rache wird schrecklich sein.«

Im nächsten Moment hatte ich die Duschkabinentür zur Seite geschoben und war hineingehuscht.

Marc lachte noch immer, selbst als ihn der erste Wasserschwall aus dem Duschkopf traf. Mit erhobenen Händen versuchte er, mir den Brauseschlauch zu entreißen, den ich auf ihn gerichtet hielt. Schließlich bekam er ihn zu fassen und drehte ihn so, dass nun ich voll im Wasserstrahl stand.

Ich fluchte und spuckte und schlug um mich, doch Marc war einfach stärker.

Irgendwann gab ich auf. Suchte in der hintersten Ecke Schutz, das Gesicht zur Wand gerichtet, und ließ es einfach über mich ergehen.

Das Wasser verebbte. Marc umfasste mich von hinten. Küsste mein nasses Haar, während er mir die Träger des pitschnassen Hemds von den Schultern streifte.

»Was hältst du von einer gemeinsamen Dusche? Ganz friedlich und völlig rasierschaumfrei?«

Ich drehte mich zu ihm um. Sah in seine dunklen Augen und lächelte. »Mir fällt nichts ein, was ich lieber tun würde«, hauchte ich, stellte mich auf die Zehenspitzen und legte meine Lippen auf seine.

Etwas später, nachdem wir erst uns und dann das Badezimmer getrocknet hatten, erklärte mir Marc dann endlich, warum er heute Morgen so übereilt das Hotelzimmer verlassen hatte.

»Eigentlich wollte ich zum Borough Market und etwas für dich besorgen. Aber ich Trottel habe mein Portemonnaie im Zimmer liegen lassen und musste wieder zurück. Leider warst du schon wach.« Er sah mich an, grinste anzüglich und fügte dann hinzu: »Oder soll ich lieber sagen, *zum Glück* warst du schon wach?«

Ich lief rot an, was Marcs spöttischen Adleraugen natürlich nicht entging.

Sacht tippte er mir mit dem Zeigefinger an die Nasenspitze. »Weißt du eigentlich, wie süß ich dich finde, wenn du verlegen bist?«

Weißt du eigentlich, wie blöd, kindisch und albern ich mir vorkomme, wenn ich so verlegen bin?, dachte ich und beschloss, schnell das Thema zu wechseln. »Was wolltest du denn für mich besorgen?«

Marc lächelte geheimnisvoll. »Baklava.«

»Baklava? Was ist das?«

»Ein unglaublich leckeres Gebäck aus Blätterteig, das mit gehackten Walnüssen gefüllt ist.«

»Hört sich gut an. Und das gibt es nur auf diesem Bo... Wie-auch-immer-Markt?«

»Borough Market. Und nein, natürlich bekommt man es auch woanders, aber bei dem Türken dort gibt es nun mal das allerbeste weit und breit.«

»Worauf warten wir dann noch?« Ich schaute Marc erwartungsvoll an. »Oder hast du andere Pläne für heute?«

Er schüttelte schmunzelnd den Kopf und ergriff meine Hand.

Wir liefen an der Themse entlang. Die Sonne schien mit ganzer Kraft vom Himmel und London zeigte sich von seiner besten Seite. Es wimmelte von Menschen, die meisten davon waren Touristen, aber es kamen uns auch immer wieder Jogger entgegen. Alles war in Bewegung, und mir erschien London genauso schillernd und bunt, wie Clara es mir an meinem ersten Abend auf Usedom geschildert hatte.

»Joggst du auch immer an der Themse?«, fragte ich Marc.

»Nein, hier ist es mir zu voll. Außerdem wohne ich ja nicht

in der Stadt, sondern etwas außerhalb. Dort habe ich auch trainiert.«

Sein letzter Satz hatte wehmütig geklungen. Ich blieb stehen, umfasste seine Hände und blickte ihn an. »Es fehlt dir, nicht wahr?«

Erst schien er nicht zu verstehen, doch dann schüttelte er langsam den Kopf. Ein bitterer Zug hatte sich in seine Mundwinkel geschlichen. »Das ist nicht mehr mein Weg. Das habe ich auf Usedom begriffen.«

»Aber Jamie war doch so begeistert«, wandte ich ein. »Er meinte, du hättest nichts verlernt, hättest dich durch die Pause sogar weiterentwickelt.«

»Im ersten Moment, als ich das Training im Camp wieder aufgenommen hatte, glaubte ich das auch. Aber je länger ich darüber nachdachte, desto klarer wurde mir, dass das Boxen nichts mehr für mich ist. Mein Weg ist ein anderer.«

»Und welcher wird das sein?«

Marc befreite sich aus meinem Griff und fuhr sich durch die dunklen Haare. Das Gespräch gefiel ihm nicht. Ich konnte es ihm deutlich ansehen. Entsprechend barsch fiel seine Antwort dann auch aus. »Leni, bitte, ich habe dazu jetzt keine Lust.«

Ich öffnete den Mund, wollte etwas erwidern – doch Marcs Körpersprache verriet mir deutlich, dass das Thema für ihn beendet war.

»Na ja«, murmelte ich resigniert und strich ihm über den Arm. »Vielleicht ist gerade wirklich nicht der richtige Zeitpunkt, um Zukunftspläne zu schmieden.«

Er nickte. Noch immer verschlossen. Die Lippen zwei dünne Striche. Und ich musste wieder einmal feststellen, wie viele Seiten Marc doch hatte. Und wie schnell seine Stimmung umschlagen konnte. Wie aus dem fröhlichen und charmanten Marc ein verschlossener, beinahe aggressiver Marc wurde.

»Lass uns weitergehen. Je später wir auf dem Markt sind, desto voller wird es sein. Gerade samstags bekommt man um die Mittagszeit kaum noch ein Bein auf die Erde.«

»Okay«, sagte ich nur und ließ mich von ihm mitziehen. Meine freudige Erregung, mit Marc inmitten dieser schillernden Metropole zu sein, war wie fortgeweht. Als ob der Wind, der über die Themse blies, alle Heiterkeit mit sich genommen hätte.

Bis wir die London Bridge erreicht hatten, sprachen wir nur noch wenig. Einmal blieben wir stehen und schauten einem schrill gekleideten älteren Pärchen nach, das uns wild gestikulierend entgegenkam. Der Mann trug einen dunklen Smoking mit passendem Zylinder, die Frau ein gerade geschnittenes Fransenkleid und ein Stirnband mit rosa Kunstfeder. Ihr wasserstoffblondes Haar klebte in Wellen fest an ihrem Kopf.

»Die sind wohl von der Nacht übrig geblieben«, meinte Marc schmunzelnd.

»Es ist fast elf Uhr«, wunderte ich mich.

Er zuckte mit den Schultern. »*Welcome to London!* Da kannst du verrückte Leute sehen.«

Ich erwiderte sein Grinsen und plötzlich war alles wieder gut. Eine Windböe, ein Wort, ein Lächeln … und Marc war wieder der Marc, in den ich mich verliebt hatte, der, für den ich alles riskieren würde, nur um mit ihm zusammen zu sein.

Wir überquerten die London Bridge von der Nordseite rüber in den Stadtteil Southwark. Dort war auch der Borough Market, auf dem es laut Marc das beste türkische Baklava Londons geben sollte.

»Sag mal, und hierher wolltest du nur mal eben laufen, um für mich dieses Baklava zu holen?«, fragte ich, als wir am Ende der Brücke angekommen waren und eine seitlich gelegene Steintreppe hinunterstiegen. »Wir sind nun fast eine Stunde unterwegs.«

Marc nickte. »Klar doch. Für dich ist mir eben kein Weg zu weit«, erklärte er.

»Marc, jetzt mal ehrlich …«

»Ich wollte mir das Auto von Andrew leihen.«

»Andrew?«

Er stöhnte auf. »Leni, das ist echt typisch deutsch. Immer musst du alles ganz genau wissen und hinterfragen. Ich wollte dich überraschen und es ist mir nicht gelungen. Wie und warum ich das hinbekommen wollte, ist doch völlig egal. Kannst du nicht einfach mal irgendetwas dem Zufall überlassen?«

»Hallo? Ist das dein Ernst? Ich bin mit dir nach London gegangen. Ohne Plan und ohne zu wissen, was mich erwartet. Wenn das nicht bedeutet, dass ich etwas *dem Zufall überlassen* kann, dann weiß ich es auch nicht.«

»Okay, hören wir auf zu streiten«, lenkte er ein. »Außerdem sind wir gleich da.«

Inzwischen hatten wir das Ende der Treppe erreicht, und ich hatte das Gefühl, auf einmal in eine andere Welt einzutauchen. Obwohl der Markt noch einige Straßen entfernt war, herrschte schon hier ein wuseliges Treiben. Mit Einkaufstüten bepackte Menschen kamen uns entgegen. Essend, lachend, redend, ausgelassen – eine ganz besondere Atmosphäre umgab uns hier unten. Ich beschloss, mir weitere Fragen zu verkneifen und einfach den Tag zu genießen.

Wir kamen an einem wunderschönen kleinen Fachwerkhaus

vorbei, das von zahlreichen Touristen umlagert war. Am liebsten hätte ich mich ebenfalls für ein Erinnerungsfoto vor das Haus gestellt, aber irgendwie kam mir das dann doch nicht passend vor. Ich war ja keine gewöhnliche Londoner Touristin – ich war eine Siebzehnjährige, die mit ihrem Freund durchgebrannt war. *Durchgebrannt,* wie sich das anhörte. So mutig, wild … frei – kein bisschen nach mir.

Plötzlich musste ich an Geena denken und wie sie mir immer meine angebliche Scheu vor Risiken vorgehalten hatte. Wenn sie mich jetzt sehen könnte, sie würde Augen wie Golfbälle bekommen. Der Gedanke amüsierte mich und ich lachte leise auf.

Marc blickte mich erstaunt an. »Worüber lachst du?«

Ich blieb stehen und schlang übermütig die Arme um seinen Hals. »Über uns. Über das hier. Dass ich mich getraut habe, mit dir abzuhauen, und auch ein wenig, weil es sich gerade so verdammt gut anfühlt.«

Er küsste mich stürmisch und meine Knie wurden weich.

Jemand stieß einen anerkennenden Pfiff aus.

»What a kiss!«, rief eine männliche Stimme begeistert.

Wir lösten uns voneinander und liefen Hand in Hand weiter. Lachend, frei, glücklich – ja, zum Zerplatzen glücklich. Vernünftig, das konnten wir irgendwann mal wieder sein …

Auch auf dem Markt wimmelte es nur so von Menschen. Die vielen kleinen Stände waren dicht umlagert. Der Duft von frischem Brot und Oliven stieg mir in die Nase. Zielstrebig führte Marc mich durch das Gedränge. Vorbei an einer Halle, über deren Eingang in großen schwarzen Buchstaben Borough Market stand, hin zu einem kleinen Stand unter gelbem Schirm.

»Da ist er.« Marc deutete nach vorn. Wir schoben uns an ein paar Leuten vorbei und standen schließlich direkt vor einem kleinen Holztisch, auf dem zahlreiche duftende Köstlichkeiten zum Verkauf angeboten wurden.

Marc bestellte zweimal die versprochene türkische Spezialität für uns und bezahlte, bevor ich auch nur daran denken konnte, mein Geld aus dem Rucksack hervorzukramen.

»Da drüben gibt es Kaffee«, sagte er, nachdem er die Papiertüte mit dem Gebäck entgegengenommen und sich von dem Verkäufer verabschiedet hatte. »Ich besorge uns zwei Becher und dann suchen wir uns ein ruhiges Plätzchen, okay? Oder möchtest du etwas anderes trinken?«

Ich schüttelte den Kopf. »Kaffee ist perfekt.«

Es dauerte dann aber noch eine ganze Weile, bis wir es geschafft hatten, dem Gedränge zu entkommen. Etwas abseits stiegen wir über einen halbhohen Mauervorsprung und betraten eine Rasenfläche, auf der es sich schon ein paar andere Menschen für eine kleine Frühstücks- oder Verschnaufpause gemütlich gemacht hatten.

Als wir endlich einen freien Platz gefunden hatten, war der Kaffee in den Pappbechern nur noch lauwarm. Aber mir war es egal, ich war so berauscht von der Stimmung hier, so voll von Eindrücken, dass ich es kaum bemerkte.

»Boah«, entfuhr es Marc. »Deshalb mag ich das Landleben so sehr.«

Ich sah ihn verwundert an. »Das hätte ich gar nicht von dir gedacht.«

»Was?« Marc zog die Augenbrauen in die Höhe.

»Na ja, du machst auf mich eben mehr den Eindruck eines Großstädters. Ich dachte, das hier wäre absolut deins.« Ich deutete mit der ausgestreckten Hand um mich. Auf die vielen schwatzenden Menschen, den Markt, der vor uns lag, die beeindruckende Kathedrale hinter uns und auf den kleinen mit Tischen und Stühlen vollgestellten Innenhof, dessen Plätze bei diesem Traumwetter allesamt belegt waren.

Marc schüttelte den Kopf. »Da irrst du dich. Das Leben hier ist mir echt zu hektisch. Die vielen Touristen nerven mich ohne Ende. Manchmal ist es okay, zum Beispiel jetzt gerade mit dir. Aber meistens ist es mir zu viel.«

Ich schwieg überrascht. Marc hatte mir so oft von *seinem* London erzählt, und ich war automatisch davon ausgegangen, dass er die Stadt heiß und innig liebte.

»Warum bist du dann nicht auf Usedom geblieben?«, fragte ich ihn. »Ich meine, dort ist es ländlich und ruhig und dennoch wunderschön.«

Marc lachte leise auf. »Leni und ihre ewigen Fragen.«

Ich knuffte ihn in den Oberarm. »Hey, du sollst dich nicht über mich lustig machen!«

»Und du sollst jetzt endlich dein Baklava essen«, ordnete er an und reichte mir das Gebäck. Es war von dem Gedränge auf dem Markt leicht angedrückt, aber es schmeckte himmlisch. Süß und irgendwie locker und fest zugleich.

»Hmmm«, entfuhr es mir. »Das ist der Hammer!«

»Sag ich doch«, erwiderte Marc und grinste so stolz, als ob er es selbst gebacken hätte.

Eine Weile saßen wir einfach nur so da, aßen die süße Köstlichkeit, tranken den lauwarmen Kaffee und beobachteten das geschäftige Treiben um uns herum.

»Samstagvormittags wäscht mein Vater immer sein Auto«, kam es mir plötzlich in den Sinn.

Marc sah mich irritiert an, verstand natürlich nicht, was ich ihm damit sagen wollte. Wie auch? Ich kapierte es ja selbst nicht so richtig.

»Und ich liege in der spannendsten Stadt der Welt auf einer Wiese, vor mir eine wunderschöne alte Kathedrale, und esse mit meinem Freund klebrig süßes Baklava.«

Marc lachte. »Du findest, dass London die spannendste Stadt der Welt ist? Wie viele andere Großstädte hast du denn schon gesehen?«

»Außer Berlin, keine«, gab ich zu. »Aber das muss ich auch überhaupt nicht, ich bin mir sicher, dass es mir nirgendwo besser gefallen könnte als hier.«

»Warum?«

Ich drehte mich auf die Seite und stützte mich auf dem Ellbogen ab. »Weil ich mit dir hier bin«, erwiderte ich.

Marc sah mich an. Die ganze Welt, die er mir zu Füßen legen wollte, schien sich in seinem Blick widerzuspiegeln. Dann küssten wir uns und vergaßen sie, diese Welt um uns herum. Berlin. London. Usedom. Völlig egal, wo wir waren, Hauptsache, wir waren zusammen.

Es dämmerte schon, als wir unseren Tag durch London beendeten und vom Hyde Park aus Richtung Hotel schlenderten.

Glücklich seufzend lehnte ich meinen Kopf an Marcs Schulter. Was für ein herrlicher Ausflug war das gewesen! Und jetzt unter die warme Dusche, dachte ich. Und anschließend gemeinsam unter die Bettdecke kriechen.

»Was hältst du davon, wenn wir irgendwo was trinken gehen? Wir könnten ja auch noch ein bisschen tanzen …«, schlug Marc vor.

Ich zögerte mit meiner Antwort. Auch wenn ich diesen Tag unheimlich genossen hatte, war ich nun doch völlig erschlagen. So viele Eindrücke. So viel Neues. Ich musste das alles erst mal in Ruhe sacken lassen. Und außerdem war ich für einen Club absolut unpassend gekleidet, so in Jeans und Shirt.

Als ich erwiderte, dass ich einfach nur ins Hotel und schlafen wollte, schien Marc ein wenig enttäuscht zu sein. Aber er versuchte nicht, mich umzustimmen. Schwungvoll legte er mir den Arm um die Schultern, gab mir einen Kuss auf die Schläfe und brachte mich zurück ins Hotel.

Dort verschwand ich sofort ins Badezimmer und stellte mich unter die Dusche. Minutenlang ließ ich den warmen Strahl auf mich niederprasseln und gleichzeitig den Tag Revue passieren. Als sich Berlin, meine Eltern und Felix in meine Gedanken schleichen wollten, stellte ich das Wasser abrupt aus und rubbelte mich trocken. Ich band mein nasses Haar zu einem lockeren Knoten zusammen, schlüpfte in ein bequemes Top und meine graue Jogginghose und verließ mit einem letzten Blick in den Spiegel das Badezimmer.

Im Türrahmen blieb ich überrascht stehen und schaute mich mit großen Augen um.

Das Zimmer war völlig verwandelt. Im schummrigen Licht unzähliger Teelichter streckte Marc mir die Hand entgegen.

Er hatte die Betten ganz nah an die rechte Wand zusammengeschoben, sodass die Fläche vor der großen Fensterfront freilag. Das Panorama der beleuchteten Großstadt, die Lichter im Zimmer, Marcs erwartungsvoller Blick, das Funkeln seiner Augen im Kerzenschein … eine Gänsehaut überlief mich und die Knie wurden mir weich.

»Was … Warum hast du die Betten an die Wand gescho…?«

Mit ein paar Schritten war er bei mir und legte mir den Zeigefinger auf die Lippen.

»Pssst«, machte er und zog mich in seine Arme. »Ich habe doch gesagt, ich möchte mit dir tanzen«, raunte er mir ins Ohr.

»Tanzen?« Ich verstand nicht.

Er lachte leise auf. »Wenn nicht im Club, dann eben hier.«

»Aber …« Wieder ließ er mich nicht ausreden. Er drehte mich ein wenig und deutete zur Kommode. Und nun entdeckte ich einen CD-Player, der vorhin noch nicht dort gestanden hatte.

»Wo hast du den her … und die Kerzen …«

»Ich habe noch nie jemanden getroffen, der so viele Fragen gestellt hat wie du.« Marc lachte und gab mir einen innigen Kuss. »Aber wenn es dich beruhigt, Will hat mir ein bisschen geholfen.«

Dann stellte er die Musik an.

»Mein Lieblingssänger«, sagte er leise, als die ersten Töne erklangen. »Ich habe ihn mal live erlebt. Als kleines Kind. Jamie hat mich zu einem Konzert von ihm mitgenommen. Es war ein unglaubliches Erlebnis. Seitdem liebe ich seine Musik und ganz besonders diesen Song.«

Und Paul Young begann zu singen: *»Hey, if we can solve any problem – Then why do we lose so many tears – Oh, and so you go again … yeah, yeah.«*

Ich blickte zu Marc auf.

»Tanzt du mit mir, du Schöne?«, fragte er.

Ich machte einen Schritt vorwärts, trat ihm aus Versehen auf den Fuß. »Ups!«, entfuhr es mir. Das bekloppteste und peinlichste Ups meines Lebens.

»Ups«, grinste Marc mich an.

»Ähm … sorry, ich wollte nur …« Ich hob hilflos die Hände und ließ sie wieder fallen. »Ich kann das doch nicht …«

Marc lächelte mich entwaffnend an und sagte mit dieser unwiderstehlichen rauen Stimme: »Du kannst alles, meine wunderschöne Leni, du musst es nur wollen.«

Schon hatte Marc meine Hand ergriffen und mich auf die provisorische Tanzfläche gezogen.

»Folge mir einfach«, flüsterte er mir ins Haar. »Ich führe dich … Lass dich fallen …«

Und ich ließ mich fallen. Spürte nur noch seine starken Arme, die mich umschlossen. Unsere Körper, die miteinander verschmolzen. Unsere Herzen, die im Einklang schlugen. Marcs Atem, der meinen Nacken kitzelte.

Und da explodierte etwas in mir – es war wie ein Feuerwerk an Emotionen. Ein unbändiges Glücksgefühl, das mich ergriff. Es war, als würde ich zerplatzen, zerfließen, mich auflösen in diesen Augenblick. Mein Kopf war heiß, alles kribbelte, mir war schwummrig und dennoch war ich ganz klar.

Ich hatte so etwas noch nie erlebt. Jede Faser meines Körpers schien nur eines zu wollen: Marc. Immer nur Marc.

Oh Gott, durchfuhr es mich, das ist wirklich Liebe.

Als das Lied zu Ende war, blieben wir einen Moment regungslos stehen. So eng, dass ich seinen Herzschlag spürte. Er legte seine Hand unter mein Kinn, hob es leicht an und dann küsste er mich. Er hörte nicht auf, einfach nicht mehr auf und alles um mich herum verschwamm in einem aufgewühlten Meer von Sehnsucht und Leidenschaft.

Schön ist, was man sieht,
schöner, was man träumt.
(Aus Flandern)

19

Das Haus war kalt, roch leicht modrig und am liebsten hätte ich es nicht betreten.

Natürlich war ich froh, endlich dem engen Hotelzimmer entkommen zu sein, doch das hier war bestimmt keine gute Alternative.

»Na, was sagst du?« Marc strahlte mich erwartungsvoll an.

»Was wollen wir hier?«, fragte ich entgeistert.

»Wohnen!«, lautete seine knappe Antwort.

Ich schüttelte den Kopf. »Das ist ein Scherz, oder?«

Wir waren heute Morgen direkt nach dem Frühstück aufgebrochen und fast zwei Stunden gefahren. In einem Auto, das Marc sich von irgendeinem Andrew geliehen hatte, der es angeblich längere Zeit nicht brauchte, da er für einige Semester irgendwo im Ausland studierte. »Lass dich überraschen«, war das Wenige gewesen, das ich aus Marc herausbekommen hatte, als ich mich nach unserem Ziel erkundigt hatte. Und dass wir vorerst in einem Haus wohnen würden. Einem Haus, das Henry gehört hatte, Marcs Freund, der vor über einem Jahr bei dem Boxunfall gestorben war. Er hatte es kurz vor seinem Tod von seiner Oma geerbt und es eigentlich verkaufen wollen. Doch dazu war es nicht mehr gekommen.

Kein Wunder, dachte ich nun und stellte meinen Rucksack auf dem schäbigen Dielenboden ab. Ich hätte an seiner Stelle auch nicht in dieser gottverlassenen Gegend leben wollen …

Das Haus lag völlig einsam am Ende eines holprigen Feldwegs, nur von Wiesen und Wäldern umgeben. Nicht einmal eine Straße befand sich in unmittelbarer Nähe, geschweige denn andere Häuser. Der letzte Supermarkt, an dem wir vorbeigefahren waren, musste eine gute halbe Stunde entfernt sein.

»Jetzt wirkt es vielleicht noch ein wenig unfreundlich«, riss Marc mich aus meinen Gedanken, »aber warte nur ab, bis ich es etwas wohnlicher gemacht habe. Wenn dann noch ein Feuer im Kamin brennt, möchtest du hier nie wieder weg. Du wirst sehen!« Er machte die Fensterläden auf, um das fahle Sonnenlicht hereinzulassen.

Ich sah mich um, atmete tief durch und fragte dann noch einmal: »Sagst du mir jetzt bitte, warum wir hier sind? Ich meine, das ist doch nicht dein Ernst, dass wir hier wohnen sollen!«

Marc wandte sich zu mir um. »Warum nicht? Das Haus ist super. Und außerdem, hier findet uns garantiert keiner.«

»Aber wir können uns doch nicht ewig in dieser Einöde verstecken«, widersprach ich.

Marc seufzte genervt, kam zu mir und schloss mich in die Arme. »Warum denn nicht, Leni? Sieh mal, hier haben wir alles. Gemütliche Stunden vorm Kaminfeuer, lange Waldspaziergänge. Was will man mehr? Und nur eine knappe Autostunde entfernt liegt ein Boxstall. Ich könnte wieder trainieren und meine Karriere fortsetzen …«

Ich schob ihn ruckartig von mir. »Ich dachte, du wolltest nie wieder boxen?!«

»Das war ja auch nur eine Idee!«, stöhnte er genervt. »Von irgendetwas müssen wir schließlich leben. Oder hast du einen besseren Vorschlag, wie ich uns beide durchbringen soll?« Schlagartig war seine gute Laune verpufft. Da war wieder der verkniffene Zug um seinen Mund, der mir nun schon des Öfteren bei ihm aufgefallen war. Sein Blick war abweisend, verständnislos. Er begann, im Zimmer auf und ab zu gehen.

»Hast du etwa gedacht, wir könnten ewig in London bleiben?«, fragte er mich und fuchtelte mit den Händen in der Luft herum. »Es ist doch nur eine Frage der Zeit, wann Jamie, Clara und deine Eltern dort auftauchen würden. Denkst du, ich mache das alles zum Spaß? Alles, was ich tue, wirklich alles, tue ich nur für dich! Damit es dir gut geht! Damit wir zusammen sein können! Wann kriegst du das endlich in deinen Kopf?!« Seine Stimme war mit jedem Wort lauter geworden.

Ein Schauer überlief mich. Es gefiel mir nicht, wie Marc sich da in Rage redete. Konnte er denn nicht verstehen, wie schwer das alles für mich war?

»Jetzt reg dich doch nicht gleich so auf«, versuchte ich, ihn zu beruhigen. »Du hast mich einfach total überrumpelt. Mit all dem hier«, ich zeigte um mich, »hatte ich nun mal nicht gerechnet. Aber wir kriegen das schon irgendwie hin. Ich weiß doch, wie viel du für mich tust.« Ich ergriff seine Hand.

Marc umfasste sie mit kräftigem Griff und schloss kurz die

Augen, so als ob er sich sammeln müsste. Als er mich wieder ansah, war sein Blick ganz warm.

»Du hast recht. Wir kriegen das schon hin. Zusammen schaffen wir das.« Er hatte seinen Kopf an mich gelehnt und sog den Duft meiner Haare tief ein. »Und wenn du erst einmal volljährig bist, dann ist es doch sowieso egal. Dann kann uns keiner mehr etwas vorschreiben.«

Das Blut gefror mir in den Adern.

»Du willst ein Jahr lang mit mir in diesem Haus bleiben?« Ich war völlig baff. »Marc, jetzt mal ehrlich.« Ich stockte, fuhr mir durchs Haar und sah ihn eindringlich an. »Du verarschst mich doch?! Das ist ein Joke, ich meine … das kann unmöglich dein Ernst sein! Soll ich mich hier etwa ein Jahr lang verkriechen?«

Marc hatte die Stirn gerunzelt und musterte mich. Schließlich formte sein Mund ein schmales Lächeln.

»Ach, Leni, du Süße, stell doch nicht immer so viele Fragen.« Er strich mir sanft über die Wange. »Vertrau mir einfach mal. Ich vertraue dir ja auch. Oder habe ich dich nur ein einziges Mal gefragt, was zwischen dir und diesem Felix gelaufen ist?«

Ich schüttelte den Kopf, wollte etwas erwidern, ihm klarmachen, dass das etwas anderes sei, doch er ließ mich nicht zu Wort kommen. »Meinst du, ich bin doof und habe nicht längst kapiert, dass du mit deinen Gedanken ständig bei diesem Typen bist?«

Ich war wie vor den Kopf gestoßen. Wie konnte er das denken?

»Nein, so ist das nicht«, brachte ich hervor und hatte das Gefühl, unter seinem Blick zu schrumpfen. Gleichzeitig war ich total sauer auf ihn. Wie konnte er nur so etwas behaupten? Wie kam er bloß darauf? Wäre ich sonst hier bei ihm?

Auf einmal zog Marc mich in die Arme. »Es tut mir leid. Ich habe es nicht so gemeint. Ich bin so glücklich, dass du bei mir bist. Ich … ich will das einfach nicht verderben. Diesmal nicht, hörst du? Ich liebe dich doch.«

Ich wusste nicht, was meinen Rücken mehr versteifen ließ, seine Worte oder der Tonfall, in dem er sie sprach, so flehentlich und dennoch mahnend, dass mir ganz mulmig wurde.

Behutsam löste ich mich aus seiner Umarmung. »Dann lass uns zurück in die Stadt fahren. Bitte! Du wolltest mir doch noch mehr von London zeigen. Hast du das schon vergessen?«, versuchte ich, die angespannte Stimmung zwischen uns aufzulockern.

Er ging nicht darauf ein, schaute mich nur an – lauernd, kalt, und ich meinte, auch ein wenig Sorge in seinen dunklen Augen zu entdecken.

»Wir waren noch gar nicht in deinem Lieblingsclub und außerdem, da muss ich mich jetzt doch mal als Touri outen, ich möchte unbedingt noch die Wachablösung am Buckingham Palace sehen. Und einmal im London Eye sitzen.«

»Schon gut, Leni«, lenkte Marc tief seufzend ein. »Ich hab's begriffen, war 'ne blöde Idee von mir. Aber gib mir bitte zwei, drei Tage Zeit, damit ich alles regeln kann. Dann fahren wir zurück. Okay?« Er streckte mir lächelnd die Hand entgegen – und ich ergriff sie.

»Okay«, sagte ich und bemühte mich, mein Unbehagen fortzuwischen.

»Möchtest du jetzt den Rest vom Haus sehen?«, fragte er freudig.

Ich nickte zerstreut und folgte ihm.

Als Erstes führte er mich in eine kleine Küche, bescheiden, aber komplett ausgestattet und wider Erwarten sauber, dann in das Badezimmer mit grasgrünen Fliesen an den Wänden und einer großen Badewanne. Obwohl das Haus schon längere Zeit leer stehen musste, wirkte es so, als ob es vor Kurzem noch bewohnt worden war. Im Bad befanden sich Handtücher, einige Körperpflegeprodukte sowie zwei Zahnputzbecher mit Zahnbürsten. Und auch das Wohnzimmer, in das er mich nun führte, strahlte eine behagliche Wärme aus und wirkte nicht so, als ob es monatelang vor sich hin gestaubt hätte.

Staunend schaute ich mich um. Alles war freundlich und wirkte so anheimelnd. So hatte ich mir immer ein typisch englisches Wohnzimmer vorgestellt. Klassisch und gediegen eingerichtet. Nicht besonders groß, aber ausreichend Platz für ein stark gepolstertes Sofa, zwei bequeme Sessel und einen Couchtisch. An den Wänden, die mit einer cremefarbenen Stofftapete überzogen waren, befanden sich neben zwei verschnörkelten Wandlampen unzählige gerahmte Bilder. Dazu ein großer Kamin. Das schönste Möbelstück in diesem Raum war jedoch eine schwere Massivholzkommode im Kolonialstil.

»Ist die schön!« Ich strich über das Holz.

Marc stellte sich hinter mich und legte seine Hände auf meine Schultern. »Ja, sie hat mir auch auf Anhieb gefallen. Henry meinte, sie sei das einzig Wertvolle in diesem Haus.«

Ich drehte mich zu ihm um. »Bist du schon öfter hier gewesen?«

Marc nickte. »Henry und ich haben ab und zu ein Wochenende hier verbracht, bevor er …« Ein wehmütiger Schatten huschte über sein Gesicht.

»Aha«, sagte ich nur. Jetzt wusste ich wenigstens, warum das Haus so einen bewohnten Eindruck machte.

Marc ging zum Wohnzimmerfenster, öffnete es weit und forderte mich auf hinauszusehen.

»Dieses riesige Grundstück! Die vielen Obstbäume. Der Wald rundherum. Grün, grün, grün, wo immer du hinsiehst. Findest du das nicht auch wunderschön?«

Ich nickte. »Ja, es ist wirklich schön hier«, gab ich zu. »Aber irgendwie auch einsam … Ich werde mir nachts in die Hose machen vor Angst.«

Marc lachte, endlich wieder völlig frei und ungezwungen, und beinahe kam es mir so vor, als ob ich Gespenster gesehen hätte. Als ob ich mir Marcs sonderbares Verhalten nur eingebildet hätte, weil ich selbst so durcheinander war.

Doch dann sagte er etwas, das mir erneut die Kehle zuschnürte. »Ich möchte hier nicht mehr weg. Am liebsten würde ich für immer hier leben.« Er beugte sich zu mir herunter und küsste meine Nasenspitze. »Mit dir!«

Etwas später saß ich oben im Schlafzimmer auf dem breiten Doppelbett und sah mich um. Das Bett war frisch bezogen und duftete noch leicht nach Waschpulver. Auf der Fensterbank lagen ein paar Kosmetikutensilien, zwei Bücher und ein kleiner blauer Funkwecker.

Seufzend erhob ich mich und ging zum Fenster hinüber. Marc war in den Wald gegangen, um sich ein wenig die Beine zu vertreten. Ich hatte nicht mitgewollt. Nachdem er mir verkündet hatte, dass er für immer mit mir hier leben wollte, und ich ihn daraufhin entsetzt angesehen hatte, hatte sein Gesicht erneut diesen verschlossenen Ausdruck angenommen.

Keine Sorge, das war natürlich nur ein Scherz!, hatte er erklärt und mir bemüht fröhlich zugezwinkert. *Ich hab ganz bestimmt nicht vor, den Rest meines Lebens mit dir am Arsch der Welt zu verbringen.*

Doch da war wieder etwas in seinen Augen, so ein kalter Glanz, der seine Worte Lügen strafte. Und auch jetzt, wo ich aus dem Fenster schaute, über die Wiese hinüber zum Wald, wurde ich das mulmige Gefühl nicht los, dass ich einen Fehler begangen hatte. Es war ein Fehler gewesen, einfach nach England abzuhauen.

Das Gefühl von Einsamkeit schien auf einmal aus allen Tür- und Fensterritzen in das Zimmer zu dringen und mir die Luft zum Atmen zu nehmen.

Ich kramte mein Handy aus dem Rucksack hervor und schaltete es ein.

Seit meiner Flucht aus Berlin hatte ich unzählige Anrufe in Abwesenheit bekommen und auf meiner Mailbox befanden sich zig neue Nachrichten. Unentschlossen, ob ich sie abhören sollte, betrachtete ich das Display, doch dann wählte ich mit leicht zittrigen Fingern Geenas Nummer. Ihre Mailbox sprang an und ich drückte die Verbindung mit einem Anflug von Enttäuschung weg.

Ohne zu überlegen, wählte ich Felix' Nummer. Es dauerte einen Moment, aber schließlich ertönte das Freizeichen und gleich darauf war er auch schon am Apparat.

»Leni, bist … es?«, hörte ich ihn aufgeregt rufen. Die Verbindung war so schlecht, dass ich ihn kaum verstehen konnte. Immer wieder störte ein Rauschen unser Gespräch.

»Ja.« Mehr brachte ich nicht heraus. Ich war unendlich froh, seine Stimme zu hören.

»Wo bist du? Verd… noch mal, Leni, deine Eltern kommen fast … vor Sorge!«

»Und du?« Ich wusste nicht, warum ich Felix diese Frage stellte.

Eine Pause entstand, und ich dachte schon, die Verbindung sei abgebrochen. »Felix? Felix, hörst du mich?«, rief ich besorgt. »Bist du noch da?«

»Ja, ich höre dich!« Plötzlich klang er reserviert. »Warum rufst du ausgerechnet … an? Oder hast du … auch schon bei deinen Eltern gemeldet?«

»Nein, Felix, nein, nein, ich …«, stammelte ich, aber er fiel mir ins Wort. »Weißt du eigentlich, wie es deinen … geht? Hast du dir einmal darüber Gedanken gemacht, dass die gerade die Hölle auf Erden durchmachen? Einfach abzuhauen, ein paar Zeilen auf einen … kritzeln, echt, Leni, ich erkenne dich nicht wieder …«

»Es tut mir leid«, wisperte ich, während ich verzweifelt gegen das Schluchzen ankämpfte, das tief in meiner Brust saß und unbedingt rauswollte.

Ich hörte Felix durchatmen. »Das sagst du ihnen am besten selbst, wenn du wieder zu Hause bist.«

»Das … das ist nicht so einfach«, flüsterte ich.

»Und warum nicht?«

»Weil ich in England bin …«

»Du bist wo?« Felix' Stimme überschlug sich fast vor Fassungslosigkeit. »Etwa mit diesem Marc?«

Jetzt konnte ich die Tränen nicht länger zurückhalten. »Hat Geena euch denn nichts gesagt? Ich habe doch mit ihr telefoniert.« Ich war mir noch nie so mies und klein und egoistisch vorgekommen wie in diesem Moment.

Was war ich doch für eine dämliche Kuh! War einfach mit Marc nach England abgehauen, ohne Rücksicht auf Verluste. Völlig egal, wie es meinen Eltern damit ging. Und jetzt, wo ich die ersten Zweifel hatte, da rief ich ausgerechnet Felix an, den ich so sehr verletzt hatte.

»Es tut mir unendlich leid … mehr kann ich dazu nicht sagen.« Damit beendete ich das Gespräch.

Als ich mich langsam vom Fenster abwandte, schniefend und mit einem Gefühl, als ob mein Herz in der Brust zerspringen wollte, stand Marc plötzlich vor mir. Sein Blick war voller mühsam unterdrückter Wut.

Ich brachte vor Schreck keinen Ton heraus, konnte mich nur beklommen fragen, wie lange er dort bereits stand, was er gehört hatte und ob er mich schon die ganze Zeit über so verächtlich angestarrt hatte.

»Wer war das?«, fragte er. »Deine Stimme hat sich verdammt schrill angehört.«

»Ich hab versucht, zu Hause anzurufen.« Ich spürte, dass mein Gesicht glühte. »Ist aber nur der AB angesprungen.«

»Hm.« Marc musterte mich eindringlich. »Gibt es vielleicht etwas, das du mir sagen möchtest?«

Ich schüttelte den Kopf. »Nein, ich dachte nur, es wäre besser, wenn meine Eltern wüssten, dass es mir gut geht … Wenigstens ein Lebenszeichen von mir …«

»So, so«, murmelte Marc. Er wirkte kein bisschen von der Harmlosigkeit, die ich dem Anruf verleihen wollte, überzeugt. »Und du hast nur auf den AB gesprochen.« Es war mehr eine Feststellung als eine Frage, trotzdem nickte ich.

Marc schüttelte seufzend den Kopf. Dann kam er auf mich zu und hielt die Hand auf. »Gib es mir, Leni.«

»Nein«, erwiderte ich empört. »Das werde ich ganz bestimmt nicht tun!«

Im selben Moment begann das Handy in meiner Hand zu klingeln.

Ich zuckte erschrocken zusammen. Felix' Name erschien auf dem Display. Bevor ich ihn wegdrücken konnte, hatte Marc mir das Handy schon aus der Hand gerissen. Er warf es auf den Boden und bereitete dem Klingeln mit einem festen Fußtritt ein Ende.

Ich starrte ungläubig auf mein zertretenes Handy und dann zu Marc.

»Bist du jetzt total durchgeknallt?«, fauchte ich ihn an.

Er holte tief Luft, strich sich mit einer hektischen Bewegung übers Gesicht.

»Diese verdammten Lügen, Leni«, presste er hervor. »Warum lügst du mich ständig an? Warum tust du das?«

Ich konnte nichts erwidern. Konnte ihn nur anstarren. Wie er vor mir stand, die Arme seitlich neben dem Körper herunterhängend, die Fäuste geballt, so als ob er mit sich selbst rang, seine Wut im Zaum halten musste. Und zum ersten Mal verspürte ich so etwas wie Angst vor ihm.

*Auch durch ein Nadelöhr
kann man den Himmel sehen.
(Aus Japan)*

20

Kurz nachdem die Schlafzimmertür mit einem lauten Knall zugefallen war, hörte ich, wie sich der Schlüssel im Schloss drehte, und rannte zur Tür. Ich rüttelte an der Klinke, musste jedoch bald einsehen, dass es vergebens war. Marc hatte mich eingesperrt.

Ungläubig schlug ich mit der flachen Hand gegen das Holz.

»Marc! Marc?«, schrie ich. »Was soll der Scheiß? Lass mich raus!«

Immer wieder trommelte ich mit den Fäusten gegen die Tür. Doch als auf der anderen Seite keine Reaktion erfolgte, hielt ich inne und lauschte.

Im Haus war es still geworden, beängstigend still. War Marc gegangen? Hatte er mich etwa hier allein gelassen? Ich unterdrückte die aufsteigende Panik und atmete ein paarmal tief durch.

»Marc? Bist du noch da?«

Nichts.

Ich ging zum Bett und ließ mich davor auf den Boden niedersinken.

Seit wir in dieses Haus gekommen waren, lief alles nur noch schief. Ich konnte mir nicht erklären, woran es lag, aber Marc schien mir immer fremder zu werden. Wie kam er dazu, mein Handy zu zertreten? Und dann sperrte er mich auch noch ein! War es ein Fehler gewesen, mit ihm abzuhauen? Hatte ich in Marc etwas gesehen, das er gar nicht war?

Plötzlich riss mich das Knarren der Flurdielen aus meinen Gedanken, schwere Schritte auf der Treppe ertönten. Marc ging langsam vor dem Schlafzimmer auf und ab.

Angespannt blickte ich zur Tür.

Dann herrschte wieder Stille. Aber ich spürte, dass er direkt vor dem Zimmer stand.

»Marc?«, krächzte ich nach einigen quälend langen Minuten. Ich räusperte mich und sagte etwas lauter: »Marc? Bist du es?«

Er schwieg. Es war, als hätte sich statt der Tür eine undurchdringliche Mauer zwischen uns geschoben. Marc war nur wenige Meter von mir entfernt und doch unerreichbar für mich.

»Bitte, ich möchte nur …« Ein dumpfer Schlag gegen die Tür ließ mich innehalten.

Bamm. Bamm. Bamm.

Mein Magen zog sich schmerzhaft zusammen und ich presste die Faust an die Lippen. Tränen stiegen mir in die Augen.

Bamm. Bamm. Bamm.

»Marc«, wimmerte ich. »Bitte sag doch was!«

Das Bummern verstummte.

Und wieder war da diese Stille. Diese schreckliche Stille.

Heiße Tränen rannen mir übers Gesicht, leise, ohne dass mir ein Schluchzen entwich.

Und dann vernahm ich endlich Marcs gedämpfte Stimme. »Ich packe das nicht mehr, Leni.« Etwas in seinem Ton ließ mein Herz schwer werden. »Und ich hatte gedacht, mit dir würde es mir gelingen.«

Ich sprang auf, rannte zur Tür und drückte meine Wange ganz fest gegen das kühle Holz. »Was packst du nicht mehr?«

Er stöhnte verzweifelt auf. Dann wieder das Bummern.

Bamm. Bamm. Bamm.

»Hör auf damit, Marc«, flehte ich. »Du … Das macht mir Angst!«

Stille.

Dann glaubte ich, ein Schluchzen zu hören.

Weinte er etwa?

»Bitte, Marc«, beschwor ich ihn. »Lass mich raus … lass uns reden …«

Seine Stimme zitterte, als er erwiderte: »Jetzt nicht, Leni, es … es ist zu gefährlich …«

»Gefährlich?«, wiederholte ich und ein kalter Schauer lief mir über den Rücken. Schon einmal hatte er von Gefahr gesprochen, und als ich ihn danach gefragt hatte, hatte ich keine Antwort darauf bekommen.

»Für dich …«

Ein letzter lauter Schlag ließ mich zusammenzucken, mehr ein Krachen, als ob er den Kopf mit voller Wucht gegen die Tür schlug, dann vernahm ich schnelle Schritte, und kurz darauf war es wieder gespenstisch still.

Ich wusste mir nicht mehr zu helfen. Schluchzend warf ich

mich aufs Bett und wünschte mir, ich wäre nie aus Berlin abgehauen.

Ich lag auf dem Bett und starrte abwechselnd zu dem Funkwecker auf dem Fensterbrett und zu der Zimmerdecke über mir, die ich seit Einbruch der Dunkelheit eigentlich kaum noch ausmachen konnte. Aber ich brauchte diese beiden Punkte, brauchte etwas, das mir Halt bot in dieser unendlichen Schwärze.

Auch die schlimmste Nacht wird irgendwann ihren Schrecken verlieren, wenn erst der Morgen mit seiner Helligkeit die Schatten der Dunkelheit aufhebt, sie unwirklich erscheinen lässt, versuchte ich, meine aufgewühlten Nerven zu beruhigen. Irgendwann wird die Anspannung nachlassen, irgendwann wird es Tag sein. Und dann werde ich dankbar sein, dass ich diese Nacht Stunde um Stunde wach gelegen habe, über alles nachgedacht habe, in diesen zähen finsteren Augenblicken, die einfach nicht verstreichen wollen. Und ich werde stolz auf mich sein, wegen der Entschlossenheit, mit der ich meine Angst niedergekämpft habe, und der Entscheidung, die ich gefasst habe. Ja, so wird es sein … wenn … wenn diese Nacht, diese schreckliche Nacht erst einmal vorbei ist.

Der Schlüssel wurde von außen im Schloss umgedreht und Marc trat ins Zimmer.

»Guten Morgen, Leni.«

Ich blickte ihn ernst an. »Hallo, Marc.«

Er trat auf mich zu und wollte mir einen Kuss geben, aber ich drehte den Kopf weg, sodass seine Lippen nur meine Wange streiften.

»Bist du mir noch böse?«

Natürlich, du Arsch! Du hast mich die ganze Nacht hier oben eingesperrt, tobte alles in mir, doch ich verkniff mir den Kommentar, zuckte lediglich kurz mit den Schultern und drehte ihm den Rücken zu. Ich hatte einen Entschluss gefasst: Ich musste zurück nach Deutschland. Mit Marc so Hals über Kopf abzuhauen, war ein Fehler gewesen. Das hatte ich in dieser Nacht begriffen.

Außerdem wollte ich mich nicht schon wieder mit ihm streiten. Ich wollte einfach nur nach Hause. Und Marc sollte mit mir kommen, sich helfen lassen, damit er diese Ausraster in den Griff bekam. Nur so konnte das mit uns funktionieren.

»Was machst du da?«, fragte er erstaunt.

»Packen«, sagte ich leise und versuchte, das Zittern meiner Hände vor ihm zu verbergen, als ich den Reißverschluss des Rucksacks zuzog.

»Und warum?«

Ich drehte mich zu ihm um und blickte ihm fest in die Augen. »Ich möchte, dass du mich sofort nach London bringst oder zum nächstgelegenen Bahnhof«, erklärte ich ruhig. »Und dann fahre ich nach Hause. Ich wäre überglücklich, wenn du mitkommst, aber zur Not fahre ich auch allein.«

»Nein«, erwiderte er ebenso bestimmt wie ich, »ich werde weder das eine noch das andere tun.«

»Dann gehe ich eben zu Fuß«, beschloss ich.

Er wischte sich mit der Hand über die Augen. Plötzlich wirkte er müde. »Leni, bitte. Ich möchte nicht diskutieren. Wir bleiben hier – beide!«

Nun war es mit meiner Fassung endgültig vorbei. »Das kann nicht dein Ernst sein! Das … Du … Marc, verdammt, du brauchst Hilfe!«, schrie ich ihn an. »Ich bleibe nicht hier. Ich gehe. Jetzt sofort!«

Marc streckte die Hand nach mir aus. Ein kleines bedauerndes Lächeln huschte über sein Gesicht. »Sieh es doch ein, Leni, ich kann dich nicht gehen lassen.«

»Dann komm mit. Oder lass uns Jamie anrufen. Bitte, Marc. Wenn du mich wirklich liebst, dann rufst du ihn auf der Stelle an und sagst ihm, wo wir sind.«

»Nein.«

Ich schloss für einen Moment die Augen, um mich zu sammeln, wollte kapieren, was hier gerade vor sich ging, was mit Marc geschehen war, was mit mir geschah. Als ich sie wieder öffnete, da blickte er mich so tieftraurig an und wirkte so verletzlich, dass ich ihn am liebsten in den Arm genommen hätte, weil ich plötzlich das Gefühl hatte, dass ich ihn anders nicht mehr erreichen konnte. Ich konnte machen, was ich wollte – bitten, betteln, ihn anschreien und auch beschimpfen –, ich spürte, ich würde sein Innerstes nicht berühren.

Ich ergriff seine Hand, strich langsam mit dem Daumen darüber. »Ich kann nicht hierbl…«, setzte ich an, aber er entriss mir seine Hand und rückte von mir ab.

»Es ist das erste Mal, dass ich zu einer Frau gesagt habe, dass ich sie liebe. Es ist das erste Mal, dass ich das überhaupt für eine Frau empfinde. Ich kenne das nicht. Ich kenne diese ganze Situation nicht. Ich habe es noch nie erlebt, dass mich eine Frau verlassen wollte. Leni, ich bitte dich, egal, was dir jetzt durch den Kopf geht und wie sehr ich dich gestern auch verletzt haben mag, wirf mir meine Gefühle für dich nicht so einfach vor die Füße.«

Wir sahen einander an.

Nach einer Weile sagte ich leise: »Ich will dir nicht wehtun, Marc, und ich will dich auch nicht verlassen, aber ich kann nicht hierbleiben, und ich kann dir auch nicht wirklich glauben, dass du mich liebst. Jemanden, den man liebt, Marc, den behandelt man nicht so.«

Er zuckte kaum merklich zusammen. »Scheiße. Verdammt. Okay. Es tut mir leid. Das war falsch. Ich war so unglaublich sauer, als ich dich beim Telefonieren erwischt habe. Ich wollte es dir nicht aus der Hand schlagen … es tut mir leid, ich wollte dir nicht wehtun.«

Ich wusste nicht, was ich darauf erwidern sollte. Ich wollte ihm so gern glauben, doch etwas in mir war kaputtgegangen, und ich hatte Angst, dass es unwiederbringlich zerstört war.

Überwältigt und völlig überrascht von dieser Furcht, die plötzlich in mir anschwoll und sich anfühlte, als wollte sie sich zur Unerträglichkeit steigern, versuchte ich noch einmal, ihn umzustimmen. »Gibt es irgendetwas, das ich tun oder sagen könnte, damit du mit mir von hier fortkommst? Nach Berlin oder von mir aus auch nach Usedom zu Clara und Jamie?«

Er wandte den Blick von mir ab.

»Nein«, sagte er leise.

Hat der Abend auch keine Sonne,
so hat er doch Sterne.
(Aus Persien)

21

»Da bist du ja endlich«, sagte Marc, als ich etwas später zum Frühstück herunterkam. Meine verheulten Augen schien er gar nicht zu bemerken. Er wirkte vergnügt und unbekümmert, so als sei nichts geschehen.

Frischer dampfender Kaffee stand für mich auf dem Tisch, außerdem ein Teller mit zwei Toastscheiben, Butter und etwas Marmelade.

»Eine magere Ausbeute, ich weiß«, meinte er. »Ich fahre gleich zum Supermarkt und kaufe einen Vorrat für uns ein.«

Er kam auf mich zu und schloss mich in die Arme. Als er merkte, wie ich mich versteifte, seufzte er schwer.

»Ich weiß, dass das gerade eine harte Zeit für uns ist«, sagte er. »Aber wir kriegen das schon hin, Leni. Auch wenn du jetzt nicht verstehen kannst, warum ich mich so verhalte, es kommt der Zeitpunkt, da begreifst du es. Hab ich dir nicht schon oft genug gezeigt, dass ich alles für dich tun würde? Können wir uns nicht einfach ein paar schöne Tage in dem Haus machen und dann weitersehen?« Er gab mir einen sanften Kuss unter mein Ohrläppchen, und ich konnte nicht verhindern, dass mir ein Kribbeln durch den Körper fuhr.

Hat er recht?, fragte ich mich verunsichert. Hab ich das alles etwas überdramatisiert?

Ich wusste nicht, was ich sagen sollte, und setzte mich deshalb schweigend an den Tisch.

Nach dem Frühstück, bei dem ich lustlos auf einem Marmeladentoast rumgekaut und Marc mich nicht eine Sekunde aus den Augen gelassen hatte, suchte er seine Sachen zusammen, um einkaufen zu fahren.

Bevor er das Haus verließ, ging er von Fenster zu Fenster und hantierte an den Griffen herum.

Ich runzelte die Stirn. »Was machst du da?«

»Das ist nur zu deiner Sicherheit«, erklärte er und begann nun auch, die Küchenfenster von innen zu verriegeln.

Denkt er etwa, jemand könnte in dieser Einsamkeit vorbeispaziert kommen und in das Haus einbrechen?, fragte ich mich beinahe belustigt. Wenn er mich einsperren wollte, wäre es auf jeden Fall ziemlich dumm von ihm, die Fenster von innen zu verschließen.

»Ich bin in einer Stunde zurück«, sagte Marc und gab mir einen Kuss auf die Stirn. Im nächsten Moment war er zur Tür hinaus, und ich war allein in diesem Haus, allein mit meinen wirren Gedanken, allein mit meinen Gefühlen, die ich nicht einordnen konnte.

Ich schob alles weit von mir, atmete tief durch und begann, den Frühstückstisch abzuräumen und das schmutzige Geschirr zu spülen. Marc würde sich schon wieder einkriegen, und bis dahin war es das Beste, wenn ich mich normal verhielt. Er musste endlich begreifen, dass ich nicht *ihn* verlassen wollte, sondern dieses Haus in der Einöde. Und bestimmt würde auch ihm bald die Decke auf den Kopf fallen. Es war nur eine Frage der Zeit, bis wir wieder nach London fahren würden.

Als ich mit dem Abwasch fertig war, stand ich eine Weile tatenlos in der Küche herum. Ich entriegelte das Küchenfenster, um etwas frische Luft hereinzulassen, doch als ich es aufdrücken wollte, spürte ich einen Widerstand. Ich ruckelte mehrmals daran. Dann gab ich es auf und versuchte es an einem der Wohnzimmerfenster.

Wieder hatte ich keinen Erfolg. In einem Anflug von Panik lief ich durch das gesamte Erdgeschoss, hastete von Fenster zu Fenster und musste schließlich einsehen, dass sich keines von ihnen öffnen ließ. Marc musste sie auch von außen verriegelt haben.

Keuchend stand ich da, meine Kehle war wie zugeschnürt, und ich hatte das Gefühl, keine Luft mehr zu bekommen. Mit einem allerletzten Fünkchen Hoffnung steuerte ich auf die Haustür zu.

Das konnte alles nur ein Missverständnis sein. Sicher hatte Marc die Fenster nicht mit Absicht zugesperrt.

Gleich drehe ich die Klinke und die Tür geht auf, machte ich mir selbst Mut.

Als sich meine Hand um den kalten Knauf legte und ich erkennen musste, dass er sich nicht drehen ließ, war es, als würde jegliche Kraft aus meinem Körper fließen. Eine unglaubliche Schwere ergriff von mir Besitz. Ich ging ins Wohnzimmer und ließ mich aufs Sofa sinken.

Mein Kopf war leer. Ich wollte nichts mehr denken, nichts mehr fühlen.

Gar nichts mehr.

Der Schlüssel drehte sich im Schloss.

»Ich bin zurück!«, rief Marc und trat mit mehreren Einkaufstüten bepackt ins Wohnzimmer.

Er erblickte mich, ließ die Tüten fallen und war mit wenigen Schritten bei mir.

»Was ist los?«, fragte er mich bestürzt und wollte mich in den Arm nehmen, doch ich stieß ihn grob von mir.

»Lass mich!«, zischte ich.

Er runzelte die Stirn, hatte offensichtlich keinen Plan, was er falsch gemacht haben könnte.

»Wie kannst du es wagen, mich hier einzusperren?!«, schrie ich ihn an.

Nun begriff er und seufzte. »Ach, Leni, jetzt nimm es doch nicht so schwer«, erwiderte er. »Ich habe einfach das Gefühl, dass ich dir momentan nicht wirklich trauen kann. Und ich möchte nicht, dass du abhaust und dir am Ende noch etwas passiert!«

Wieder wollte er mich in seine Arme ziehen und ich stieß ihn ein weiteres Mal weg.

»Fass mich bloß nicht an! Nie wieder, hörst du?«

Marc schüttelte den Kopf. »Du weißt ganz genau, dass ich das nicht kann.« Ein sanfter Ausdruck legte sich auf sein Gesicht und er fügte flüsternd hinzu: »Dafür bin ich viel zu verrückt nach dir.« Er wollte mir über die Wange streichen. Aber ich drehte mich weg und rückte von ihm ab.

»Weißt du eigentlich, wie hübsch du aussiehst, wenn du

wütend bist?« Marc rutschte dicht zu mir heran und umfasste meine Hüfte mit festem Griff.

Ich stöhnte genervt und versuchte, mich aus seiner Umklammerung zu befreien. »Schnallst du es nicht? Ich will meine Ruhe haben!«

Doch Marc schien gar nicht zu begreifen, was ich ihm sagte. Mit schiefem Grinsen kam er meinem Gesicht ganz nahe und umfasste meinen Nacken. Dann drückte er seinen Mund auf meine Lippen, so brutal, wie ich es schon einmal am Strand von Usedom erlebt hatte. Ich wollte meinen Kopf abwenden, presste die Lippen fest aufeinander, und als er sie dennoch durchbrach, da biss ich ihn in die Zunge.

Für einen Moment ließ er von mir ab. Begierde flackerte in seinen Augen auf, so als wäre das alles für ihn nur ein Spiel. Als müsste jedes Mädchen, das ihn abblitzen ließ, im Sturm erobert werden.

»Marc«, keuchte ich, »ich will das nicht.«

Er lachte auf. »Sonst hat es dir immer gefallen, wenn ich mich recht erinnere.« Seine Lippen wanderten meinen Hals hinab.

»Bitte … bitte nicht …«

Aber Marc hatte mich schon hochgehoben, und egal, wie sehr ich nach ihm trat und schlug, er trug mich die Treppe hinauf ins Schlafzimmer und drückte mich auf das Bett.

Mit wild pochendem Herzen lag ich da und schaute ihn an, bohrte mich in seine schwarz glänzenden Augen, versuchte, ihn zu erreichen …

Nein, so weit wird er nicht gehen. Das macht er nicht. Das tut er mir nicht an. Nicht gegen meinen Willen. Das kann er nicht bringen, sagte ich mir immer wieder.

Seine linke Hand löste sich von meiner Schulter. Ich wollte etwas sagen, ihn anflehen, ihn zur Vernunft bringen, aber er beugte sich vor und küsste mich erneut. Panisch wandte ich den Kopf, und seine Hand schloss sich wieder um meinen Nacken, so fest, dass ich mich nicht mehr bewegen konnte. Er küsste mich, drang mit seiner Zunge in mich ein. Ich trat nach ihm – und spürte gleich darauf sein Gewicht auf den Oberschenkeln.

Nun war ich völlig wehrlos. Ich versuchte zu schreien, brachte aber nur ein leises Krächzen zustande.

»Hör auf, dich zu wehren, Leni. Du willst es doch auch«, raunte er mir ins Ohr, bevor seine Zunge mein Ohrläppchen liebkoste.

Mein Magen krampfte sich zusammen und mir stockte der Atem.

Seine Hand lag nun auf meinem Bauch. Er schob mein Shirt nach oben und umkreiste mit den Fingerspitzen meinen Bauchnabel.

»Marc, bitte, hör auf. Ich will das nicht. Bitte …«, wimmerte ich verzweifelt.

Er lachte hart. »Leni, Leni, so unentschlossen?! Gestern hast du es noch gewollt. Und davor … und *davor* auch …«

Ich konnte nicht mehr. Hatte keine Kraft mehr, mich zu wehren.

Seine Finger suchten den Weg nach oben. Wanderten über meine Haut, schoben sich unter meinen BH und verweilten für einen Moment zwischen meinen Brüsten.

Mir wurde schlecht. Kotzübel. Und dann brach mir der Schweiß aus. Gleichzeitig fing ich unkontrolliert an zu zittern. Heiße Tränen rannen mir über die Wangen.

Da ging auf einmal ein Ruck durch Marcs Körper. »Verdammt!«, rief er und zog seine Hand zurück, als ob er sich verbrannt hätte. »Was mach ich hier bloß?!« Er sprang auf, entfernte sich ein paar Schritte von mir und blieb schließlich schwer keuchend in der Schlafzimmertür stehen. Wie ein in die Ecke gedrängtes wildes Tier, dem jeder Fluchtweg versperrt ist.

»Leni, ich weiß nicht, was ich sagen soll«, brachte er nach einer Weile hervor. »Es … es tut mir so leid. Ich bin ein Idiot. Dabei liebe ich dich doch. Ich könnte dir niemals wehtun. Niemals. Eher würde ich …«

Er ließ den Satz unbeendet, fuhr sich mit der Hand durchs Haar und stürmte schließlich zur Tür hinaus. Stille umgab mich. Nur mein Atem und das laute Trommeln meines Herzens waren zu hören.

Ich lag da, starrte an die Decke und konnte nicht sagen, was gerade mehr in mir tobte: Wut, Hass, Angst, Enttäuschung, Fassungslosigkeit, Mitleid – vielleicht ein Gemisch aus allem.

Ich fand ihn am Küchentisch sitzend. Als ich eintrat, hob er nur kurz den Blick, dann betrachtete er wieder den Kaffee in seiner Tasse, als berge er ein faszinierendes Geheimnis.

Ich setzte mich neben ihn und berührte vorsichtig seine Hand.

»Was ist mit dir, Marc?«, sagte ich leise. »Was geht in dir vor?«

Er sah mich an. Die dunklen Augen rot umrändert in dem fast geisterhaft bleichen Gesicht. Die Haare standen ihm wild vom Kopf ab und ließen ihn viel jünger erscheinen. Und so verletzlich.

»Kannst du mir erklären, was mit dir passiert?«, forderte ich ihn noch einmal auf.

Schweigen. Dann räusperte er sich, dennoch klang seine Stimme belegt, als er sagte: »Ich sehe dich noch ganz genau vor mir. Am Strand. Du hast gelacht und mit den Augen jede meiner Bewegungen verfolgt. Du hast dir das Haar hinter die Ohren gestrichen und warst dabei so unglaublich schön, wirktest so lebendig.« Er schluckte schwer, schien nach den richtigen Worten zu suchen. »Ich habe mich in dich verliebt, damals am Strand, auf der Stelle. Aber Jamie sagte, du hättest einen Freund und überhaupt wärst du viel zu jung für mich …« Wieder brach er ab, und ich konnte ihm ansehen, dass ihn die Erinnerung quälte. »Ich wollte mich von dir fernhalten. Aber du … du … Ich konnte nicht anders.«

In der Küche war es dunkel, weil Marc alle Fensterläden geschlossen hatte, nur das Licht an der Dunstabzugshaube spendete ein bisschen Helligkeit. Und es war still. So trügerisch still. Marc saß einfach nur da und starrte in seine Tasse.

»Marc, ich weiß, dass auch ich nicht ganz unschuldig an dieser Situation bin«, durchbrach ich schließlich die Stille zwischen uns. »Ich habe dich ja quasi gezwungen, mit mir abzuhauen …«

Er brachte mich mit einer Handbewegung zum Schweigen. »Wie ist er?«

»Wer?«

»Dieser Felix.«

Ich holte tief Luft, biss mir auf die Unterlippe und schaffte es nicht, seinem Blick standzuhalten.

»Sag es mir.«

»Marc, was hast du nur immer mit Felix? Er hat nichts mit

uns zu tun. Ich habe mich für dich entschieden«, redete ich beschwörend auf ihn ein.

»Ich möchte es trotzdem wissen«, beharrte er.

Ich seufzte. »Er hat blaue Augen und blonde Haare, ist einsachtzig …«

»Ich weiß, wie er aussieht, Leni«, fiel er mir ins Wort. »Ich will wissen, wie er ist … was du an ihm so magst.«

Ich hob hilflos die Arme, machte den Mund auf und wieder zu. Was sollte ich ihm antworten? Alles, was ich sagte, würde falsch sein, da war ich mir sicher. »Er ist mein bester Freund.«

Marc lachte leise auf, während er langsam nickte. »So, so, dein bester Freund.«

»Ja«, sagte ich vorsichtig.

»Und warum bist du dann hier bei mir, Leni?«

»Weil ich dich liebe, Marc.«

Er schaute auf. Sah mir in die Augen. »Nach all dem?«, fragte er überrascht.

Ich nickte.

»Dann verstehe ich noch weniger, warum du zurück nach Hause, nach Berlin willst. Erklär es mir!«

»Weil das im Moment das Beste für uns ist. Für uns beide. Wir haben uns da irgendwie in etwas verrannt, das so nicht hinhaut.«

»Und du glaubst, wenn wir das hier jetzt beenden und nach Berlin fahren, dann haut es wieder hin?«

Ich blickte auf die schäbige weiße Tischplatte. »Ich hoffe es.«

»Du hoffst es?« Marc starrte mich an, als hätte er einen Geist vor sich. Dann schüttelte er den Kopf und fuhr sich mit den Händen durch die Haare.

Wie schön seine Hände sind, musste ich paradoxerweise denken, sie passen überhaupt nicht zu einem Boxer. Vielmehr zu einem Künstler. Einem Maler. Einem Schriftsteller …

Marc ließ die Arme wieder sinken. »Das wird es aber nicht. Ich habe es verbockt«, stieß er schließlich bitter hervor und sprang so abrupt auf, dass sein Stuhl zu Boden fiel. Der Kaffee schwappte über den Tassenrand, und ehe ich es begriff, hatte er mich am Oberarm in die Höhe gezogen. Er umklammerte meinen Arm und zwang mich, ihm ins Gesicht zu schauen.

»Du tust mir weh«, jammerte ich und hatte das Gefühl, in einer Falle zu sitzen, die unerbittlich zuschnappte.

Er kam mir ganz nahe, sodass eine seiner Haarsträhnen über meine Stirn strich. Und plötzlich küsste er mich. Nicht brutal und fordernd, es war ein zärtlicher Kuss, voller Sehnsucht und mit einer Spur von Abschied. Er hörte nicht auf und ich ließ es zu. Ich wünschte mir, ich könnte die Zeit zurückdrehen, und ich wünschte mir noch mehr, ich könnte vieles, was zwischen uns passiert war, ungeschehen machen – aber diesen Kuss, den erwiderte ich.

Marc löste sich von mir. Ich stöhnte leise auf, weil ich einen Schmerz verspürte, der tief, ganz tief saß.

»Wie bin ich, Leni?«

Ich sah ihn an. Sah seine feuchten Augen.

»Wenn du willst, dann kannst du der wunderbarste Mensch sein, den ich jemals kennengelernt habe. Wenn du willst, dann lächelst du so zärtlich, dass es einem ganz warm ums Herz wird. Wenn du willst, dann möchte man dich küssen, dich spüren, dich ganz nahe bei sich haben.«

Er lachte unter Tränen und mein Herz schlug hart gegen meine Rippen.

»Und wenn ich nicht will?« Seine Stimme war nur noch ein brüchiges Krächzen. Ich ließ mich mit der Stirn gegen seine Brust sinken.

»Dann habe ich Angst vor dir. Dann sperrst du mich ein. Dann ist dein Blick so kalt, sind deine Worte so brutal. Dann will ich einfach nur noch weg von dir …«

Er umfasste meine Oberarme, schob mich ein wenig von sich und sagte: »Ich liebe dich, Leni. Ich liebe dich, und es tut verdammt weh zu wissen, dass ich es trotzdem verbockt habe.«

Ich biss mir auf die Unterlippe.

»Und nun?«, flüsterte ich.

Marc schloss die Augen. Seine langen dunklen Wimpern glänzten tränenfeucht. »Nun gehe ich. Denn wenn ich bleiben würde, würde ich es nur noch schlimmer machen …«

Wenn du wissen willst,
wie das Licht wirklich ist,
gehe ins Dunkel.
(Aus Deutschland)

22

Durch die schmalen Schlitze der Fensterläden fiel ein letzter Rest Tageslicht ins Wohnzimmer.

Marc war fort. Er war einfach gegangen. Hatte mir einen letzten unendlich traurigen Blick zugeworfen und mir zum Abschied langsam über die Wange gestrichen.

Ich konnte nicht glauben, dass er mich einfach hier zurücklassen, dass er mich den ganzen Weg bis zum nächsten Ort zu Fuß marschieren lassen würde.

Aber es war noch schlimmer gekommen.

Marc war fort und er hatte alle Fenster und Türen fest hinter sich verschlossen. Und ich saß in diesem gottverdammten Haus am Arsch der Welt fest. Ohne Handy. Ohne dass irgendjemand außer Marc davon wusste. Nur mit einem uralten Drehscheibentelefon an einer toten Leitung.

Nachdem ich erst lange oben am Fenster gestanden und

gehofft hatte, dass Marc zurückkehren würde, beschloss ich zu handeln. Ich stellte das Haus auf den Kopf. Suchte nach irgendeinem Ausgang. Dann nach geeignetem Werkzeug, mit dem ich die Haustür aufbrechen konnte oder die Fensterläden aufbekäme.

Doch ich fand nichts. Keinen Hammer. Keine Axt. Keine Brechstange. Nicht einmal einen Schraubenzieher. Selbst als ich aus lauter Verzweiflung mit einem der Küchenstühle gegen ein Fenster donnerte, hatte ich keinen Erfolg. Zwar splitterte das Glas, aber die Läden dahinter blieben von meiner Attacke völlig unbeeindruckt. Mit zunehmender Hoffnungslosigkeit und dem Eintreten der Dämmerung verwandelte sich meine Niedergeschlagenheit in Panik.

Nicht noch eine Nacht in diesem Haus, schoss es mir angstvoll durch den Kopf. Ich muss einen Ausweg finden. Jetzt. Auf der Stelle. Ich muss hier raus.

In der ersten Etage befanden sich vor den Fenstern keine Läden. Aber die Entfernung nach unten war einfach zu groß, und es war auch kein Regenrohr in erreichbarer Nähe, an dem ich mich hätte hinunterlassen können. Einfach in die Tiefe zu springen, dazu war ich noch nicht bereit. Der Gedanke, mit gebrochenen Beinen allein am Waldrand zu liegen, war wenig verlockend. Da konnte ich besser unversehrt im Haus auf Rettung warten.

Irgendwann musste sich doch mal eine Menschenseele hierherverirren. Spaziergänger, Wanderer, Naturliebhaber, Pilzesammler.

Und wenn nicht?

Ich ging noch einmal die Fenster ab und lehnte mich weit hinaus. Suchte nach einem Ausweg.

Aber da war verdammt noch mal keiner. Mit einer Mischung aus Wut und Verzweiflung knallte ich das Schlafzimmerfenster zu und drehte mich um. Mein Blick fiel auf das zerwühlte Bett, und für einen Moment flackerte die Erinnerung daran auf, was hier beinahe geschehen wäre. Fluchtartig verließ ich den Raum, betrat die kleine Kammer daneben, öffnete auch hier das Fenster und schlug es gleich darauf enttäuscht zu. Sekunden später ratterte etwas übers Dach und dann machte es auch schon *klirr* und noch einmal *klirr*. Mit einer einzigen Bewegung war ich wieder beim Fenster, riss es auf und da sah ich sie: eine Eisenkette.

Ich beugte mich weit hinaus und blickte nach oben, dorthin, wo die Kette so plötzlich hergekommen war. Sie war an einem metallenen Haken inmitten der roten Dachziegel befestigt. Keine Ahnung, wer sie dort angebracht hatte und was sie für einen Zweck erfüllte, aber das war mir auch vollkommen egal. Hauptsache, sie war da. Durch das heftige Zuschlagen des Fensters musste sie in Bewegung geraten sein und baumelte nun direkt vor dem Fenster bis gut einen Meter über dem Erdboden.

Da war sie nun endlich, meine Möglichkeit zur Flucht.

Auf einmal fühlte ich mich wie elektrisiert. Ich rannte die Treppe hinunter und schnappte meinen Rucksack vom Küchentisch.

Ich war schon auf halbem Weg zurück, als ich wieder kehrtmachte. Besser, wenn ich etwas zu essen und zu trinken einpackte. Ich hatte ja keine Ahnung, wie lange ich unterwegs sein würde.

Ich stürmte zurück, riss wahllos eine Packung Toast, Wasser und Schokolade aus den Einkaufstüten, die Marc aus dem

Supermarkt mitgebracht hatte und die noch immer im Wohnzimmer auf dem Boden standen, und hastete nach oben.

Keuchend stand ich am Fenster und blickte hinab.

Endlich komme ich hier raus, dachte ich.

War es wirklich erst gestern Morgen gewesen, als Marc zu mir mit vor Aufregung und Freude funkelnden Augen gesagt hatte, dass das Haus zwar von außen echt heruntergekommen aussähe, aber drinnen richtig gemütlich sei? Es schien mir so, als ob seitdem viele, viele Tage vergangen waren.

Mein Rucksack segelte zuerst hinaus und landete mit einem dumpfen Aufprall auf dem Schotterboden. Dann kletterte ich aufs Fensterbrett, ergriff mit beiden Händen die Eisenkette, zog zum Test ein paarmal daran, stieß mich vom Fensterbrett ab und glitt langsam an der Kette hinunter. Das letzte Stück musste ich springen, aber es war zum Glück nicht sehr hoch, sodass ich sicher auf beiden Beinen aufkam.

Eine Woge der Erleichterung erfasste mich. Jetzt musste ich nur noch herausfinden, in welche Richtung ich laufen sollte. Inzwischen war es ziemlich dunkel geworden und ich konnte kaum noch etwas sehen.

Am besten ist es wohl, wenn ich den Feldweg bis zur nächsten befestigten Straße entlanglaufe, überlegte ich, dann werde ich weitersehen.

Ich wollte meinen Rucksack vom Boden nehmen und hörte im gleichen Moment ein Geräusch. Erschrocken fuhr ich herum und starrte zum Waldrand.

Das war nichts, versuchte ich mich zu beruhigen. Ein Rascheln im Unterholz, der Wind, der durch die Bäume rauscht, irgendein Tier auf der Suche nach Nahrung. Deine Nerven liegen blank, da bildet man sich leicht mal etwas ein.

Doch im Grunde wusste ich, dass ich mir dieses Geräusch nicht eingebildet hatte und dass es sich weder nach Windrauschen noch dem Rufen eines Tieres angehört hatte. Es waren Schritte gewesen. Schwere Schritte und eine Art Schleifen, so als ob jemand irgendetwas hinter sich herzog.

Ich schlich vorwärts. Den Rucksack wie einen Abwehrschild vor die Brust gepresst.

Wieder war das Geräusch zu hören. Ich hatte mich also nicht getäuscht, aber es kam von der Vorderseite des Hauses, nicht aus dem Wald. Jemand machte sich an der Haustür zu schaffen.

War das Marc?, überlegte ich. Aber dann hätte ich doch das Auto hören müssen!

Mein Herz setzte für ein paar Schläge aus. Meine Knie fühlten sich an wie Gummi. Dennoch wagte ich mich weiter vorwärts, lugte ganz vorsichtig um die Hausecke und traute mich dabei kaum zu atmen.

Ein Schatten löste sich vom Eingang. Ich zuckte erschrocken zusammen, konnte es nicht verhindern, dass mir dabei ein spitzer Aufschrei entwich. Die Gestalt fuhr herum. Ich erkannte eine dunkle Jacke und eine Baseballkappe, deren Schirm tief in die Stirn gezogen war.

Das ist nicht Marc, war mir schlagartig klar.

Der Typ kam auf mich zu. Streckte seine Hände nach mir aus. Ich war wie gelähmt, keuchte vor Angst und konnte mich nicht von der Stelle rühren. Aber wohin sollte ich auch fliehen?

Der Wald!, schoss es mir mit einem Mal durch den Kopf. So unheimlich ich den Gedanken fand, durch sein tiefschwarzes Gestrüpp zu irren, anders konnte ich dem Kerl nicht entkommen.

Ich hatte mich kaum umgewandt, da knurrte eine dunkle Stimme: *»Freeze, don't move!«*

Panisch schleuderte ich dem Typen meinen Rucksack entgegen und sprintete los. Über den Schotterplatz, die Wiese, hinein in den Wald, immer weiter, immer schneller.

»Stop running!«, schrie der Kerl. Schritte waren hinter mir zu hören und ich beschleunigte mein Tempo.

Es war stockdunkel um mich herum, doch ich erkämpfte mir einen Weg durchs dichte Unterholz, stolperte über kleinere Findlinge, wich dichten Büschen aus. Zweige peitschten mir ins Gesicht. Ich spürte den Schmerz nicht, nur die Angst, die sich wie Stacheldraht um mich gelegt hatte.

Mitten im Lauf tat sich plötzlich der Boden unter mir auf. Ich geriet ins Straucheln, ruderte mit den Armen, versuchte, mich an ein paar Zweigen festzuhalten, stürzte und rollte kopfüber eine Böschung hinab.

Der Schmerz trat nicht sofort ein. Erst als ich mich wieder aufrappeln wollte, jagte er so unbarmherzig durch mein rechtes Bein, dass es mir fast den Verstand raubte. Ich tastete hektisch um mich. Anscheinend war ich in eine Kuhle gefallen.

Ich sank wieder zu Boden, die Schritte meines Verfolgers dröhnten über mir. Er kam näher. Das Laub unter seinen Füßen raschelte, Zweige knackten. Ich hielt den Atem an. Presste mich mit aller Kraft an den Rand der Kuhle.

»Leni?«, brüllte es da direkt über mir. *»For God's sake, come back to me!«*

Ich duckte mich, rollte mich wie ein Baby im Mutterleib zusammen. Das Stechen in meinem Bein war unerträglich, dennoch blieb ich in dieser Position, biss mir in den Handrücken, damit mir bloß kein Laut entwich.

Es knackte, dann prasselte ein wenig Laub von oben auf mich herab. Er musste direkt am Rand der Kuhle stehen. Ich hörte ihn leise sprechen.

Redete er mit sich selbst? Oder telefonierte er?

»Fuck!«, hörte ich ihn knurren. Dann vernahm ich wieder Schritte. Das Rascheln im Laub wurde leiser. Er schien sich zu entfernen.

Dennoch wagte ich nicht aufzuatmen. Löste mich nur ein wenig aus meiner unbequemen Position.

Ich versuchte, das Bein zu strecken. Der Schmerz bohrte sich in mein Fleisch, stach mit voller Wucht in den Knochen. Eine Woge der Übelkeit überkam mich. Ich schlug mir die Hand vor den Mund, schnappte in kurzen heftigen Zügen nach Luft und bemühte mich verzweifelt, das Würgen zu unterdrücken.

Doch es gelang mir nicht. Ich übergab mich.

Dann wurde alles schwarz um mich herum, und meine Gedanken entglitten mir, bis da nichts mehr war. Nur noch Stille.

Als ich wieder zu mir kam, lag ich noch immer in dem Erdloch. Ich wusste nicht, wie lange ich bewusstlos gewesen war.

Es war Nacht, noch immer Nacht. Durch die dichten Wipfel der Bäume konnte ich ein Stück vom Himmel sehen. Die Sterne leuchteten so hell herab, als wäre nichts geschehen.

Etwas klebte in meinen Haaren, es stank widerlich. Ich ahnte, dass es mein Erbrochenes war, und schüttelte mich angewidert.

Langsam kroch die Kälte in meinen Körper. Ich unternahm den Versuch, mich noch tiefer in das Erdloch zu wühlen und gleichzeitig von dem Erbrochenen wegzukommen, häufte kleinere Zweige, Blätter und Moos um mich auf, alles, was ich erreichen konnte, ohne mein Bein zu bewegen.

Ich kauerte mich zusammen. Die Nase in der Armbeuge, das unverletzte Bein angewinkelt, das andere leicht ausgestreckt. Mein Puls hatte sich etwas beruhigt, der Atem ging gleichmäßiger. Wenn ich stillhielt, dann waren die Schmerzen fast erträglich.

Ich horchte in die Dunkelheit, durchforstete sie mit meinen Augen, jetzt wieder hellwach und konzentriert. Doch da war nichts mehr. Kein Laut, kein Rascheln, kein Schatten. Nur hin und wieder ein Tier, das Jaulen einer Katze, der Schrei eines Käuzchens.

Im Morgengrauen ließ die Anspannung in meinem Körper nach, dafür steckte die Kälte so tief in meinen Gliedern, dass sie sich taub anfühlten. Unendliche Müdigkeit überkam mich und ich dämmerte immer wieder kurz weg.

Nicht einschlafen, Leni!, feuerte ich mich selber an und riss die Augen auf. Nicht schlappmachen!

Aber meine Sinne gehorchten mir nicht mehr. Die Konturen des Seins und Nichtseins verwischten erneut, alles wirkte so unwirklich …

Dann hörte ich Musik. Leise Musik.

Ich sank noch tiefer ins Nichts.

Durst, ich habe Durst.

Werde ich sterben? Will Marc mich hier sterben lassen?

Wir hatten doch so schön getanzt. Marc hatte mir gestanden, dass er ein Fan von Paul Young sei, lächelnd und ein wenig verlegen. »*Everytime you go away* ist mein Lieblingssong.«

Yes, sing it, boys!

Sing the song!

Ich konnte nicht tanzen. Außerdem wollte ich doch weg.

Oh Gott, ich habe so schrecklichen Durst.

Come on, baby, dance!

Als ich aufschaute, da stand er vor mir. Ich musste zu ihm aufblicken.

»Ups«, sagte ich. Das bekloppteste, das peinlichste und überflüssigste Ups meines Lebens.

»Was ›Ups‹?« Marc grinste mich fragend an.

Und die Jungs singen den Song …

»Ähm … ich wollte nur sagen, dass ich fast … ähm … in dich hineingerannt wäre«, stammelte ich. Mein Gesicht glühte.

Er grinste noch breiter – und sah dabei so unverschämt gut aus, dass mein Herz wilde Purzelbäume schlug.

»Kein Problem«, sagte er.

Mir fiel nichts ein, wenigstens nichts, das einigermaßen intelligent oder witzig geklungen hätte. Also presste ich die Lippen fest aufeinander und starrte auf meine Fußspitzen.

One more time. Sing it, boys!

»Tanzt du mit mir?«, fragte Marc.

Ich habe Durst. Alles ist trocken. So trocken.

Ich schüttelte den Kopf. »Ich kann nicht tanzen.«

»Es ist ganz einfach. Komm her, ich zeig es dir …«

Unsere Körper verschmolzen miteinander. Die Musik, so schön, der langsame Rhythmus. Marc duftete so gut.

Sing it, boys!

»Sei ganz locker … Lass dich einfach fallen … Ich fange dich auf, ich fange dich immer auf … Du kannst dich auf mich verlassen … Ich könnte dir nie wehtun …«

Come on, boys, sing it!

Ich habe Durst.

Was ist noch Realität? Was denke ich? Woran erinnere ich mich? Marc. Ich muss irgendwie diese Dunkelheit zur Seite schieben, damit ich den Himmel sehen kann. Die Sterne. Sirius.

Ein Blick in den Himmel. Es ist Tag. Es ist Nacht. Eben habe ich noch mit Marc getanzt.

Sing it, boys.

One, two, three …

Dann war er gegangen. Hatte mich einfach stehen lassen. Mitten in einem Wohnzimmer mit massiver Kommode im Kolonialstil – das einzig Wertvolle hier.

Nein, nein, es war doch im Hotelzimmer gewesen. Oder?

Marc war gegangen. Ich hatte ihm nachgeschaut. Mit offenem Mund, feuchten Händen, Schweiß auf der Stirn – und Tränen in den Augen. Ich konnte es echt nicht fassen, er hatte mich einfach zurückgelassen.

Yes, I do!

Sing the song.

Ich habe Durst.

Ich sterbe.

Ich sterbe.

Ich sterbe.

*Man kann den Himmel berechnen
und die Erde ausmessen,
aber das Herz eines Menschen
kann man nicht bestimmen.
(Aus China)*

23

»Leni, Leni, kannst du mich hören?«

Marc sah mich besorgt an. Er hatte sich über mich gebeugt. Tätschelte mein Gesicht.

»Verdammt! Verdammt! Verdammt! Was bin ich bloß für ein beschissener Scheißkerl!«

Ich blinzelte dem Tageslicht entgegen. »Wo bin ich?«, fragte ich erschöpft.

Etwas tropfte auf mein Gesicht, und überrascht stellte ich fest, dass es Marcs Tränen waren.

Ich hob die Hand. Kraftlos. Schwach. Strich ihm die Tränen von den Wangen.

»Nicht weinen …«

Hatte ich das gesagt oder er?

Er küsste meine Nasenspitze. »Clara ist gleich da. Und

Jamie auch. Ich habe ihnen Bescheid gesagt. Ich schaffe es einfach nicht mehr …«

»Nicht weinen.«

Ja, das war ich. Aber warum singen die Jungs nicht mehr?

Everytime you go away.

Sing it, boys!

Als ich ein zweites Mal erwachte, schaute ich auf einen schmalen Rücken.

Ich wandte meinen Blick nach links, zum Fenster hin. Licht.

Ein Seufzer entwich mir.

»Leni, oh Gott, mein Schatz, endlich wachst du auf.«

»Mama?«, krächzte eine Stimme, die sich irgendwie nach meiner anhörte.

Meine Mutter weinte. Sie weinte so bitterlich, dass ihr gerader Rücken ganz krumm wurde. Ihr Oberkörper bebte und die Wimperntusche lief ihr in schwarzen Rinnsalen links und rechts übers Gesicht. Ihre Finger umklammerten ein Taschentuch. So fest, dass die Adern hervortraten.

»Gernot!«, rief sie. »Gernot, Leni ist aufgewacht.«

Die Tür wurde aufgestoßen.

Darf man in Krankenhäusern eigentlich Türen so heftig aufstoßen?, musste ich plötzlich denken.

»Was redest du denn da, Leni?«

Hatte ich gerade etwa laut gedacht?

»Mama, Papa«, krächzte wieder diese Stimme. »Was macht ihr denn hier?«

Und nun weinte auch Papa.

Wenn die nicht bald damit aufhören, brauche ich trockene Bettwäsche, ging es mir durch den Kopf.

Ich musste lachen. Ich wusste nicht, warum. Es kam einfach aus mir heraus.

Mama hielt mir die Stirn. Papa putzte sich schnaufend die Nase.

Und dann, so ganz ohne Vorwarnung, ohne wissen zu wollen, wo ich war, was geschehen war, wie meine Eltern so schnell hierhergekommen waren, fragte die Leni-Stimme: »Wo ist Marc?«

Mamas Mundwinkel nahmen einen qualvollen Zug an. So als wäre Marc der letzte Mensch auf Erden, über den sie jetzt reden wollte.

Okay, dass sie echt sauer auf ihn war, weil er mich einfach in diesem Haus zurückgelassen hatte, konnte ich verstehen. Aber er war doch wiedergekommen. Daran erinnerte ich mich ganz deutlich. Er hatte mich hochgehoben und durch den Wald zum Auto getragen und dann war er gefahren, wie ein Verrückter.

Warum hatte er mich eigentlich getragen?

Ich schaute an mir hinunter.

Mein Bein befand sich in einer Art Schiene, zwei lange Schläuche führten unter den Verband, einer auf Höhe des Knies, einer oberhalb des Knöchels.

Ich deutete mit dem Kopf darauf. »Was ist das?«, fragte ich meine Mutter.

Sie fuhr sich mit der Hand übers Gesicht. Ich hatte sie noch nie so müde erlebt, ganz blass und dünn. »Kannst du dich denn an gar nichts mehr erinnern, Leni?«

Ich hob die Schultern. »Doch, schon … Marc hat mich ins Krankenhaus gebracht. Weil ich im Wald gestürzt bin …« Ich brach ab, als sich auf einmal dieser Typ, dieser Schatten, in mein Bewusstsein drängte.

»Du hast dir das Wadenbein und das Schienbein gebrochen und bist sofort operiert worden. Das Wadenbein musste mit einer Art medizinischen Stange geschient werden, das Schienbein wurde genagelt«, sagte mein Vater.

Ich holte tief Luft und ließ sie geräuschvoll wieder entweichen. »Schöner Mist.« Aber dann musste ich schmunzeln. »Genau wie Felix damals beim Fußball. Könnt ihr euch noch erinnern?«

Mein Vater nickte.

Meine Mutter öffnete den Mund, schloss ihn wieder, entfernte ein imaginäres Staubkorn von ihrer Hose, inspizierte ihre Fingernägel, machte erneut Anstalten, etwas zu sagen – blieb aber stumm.

»Wo ist denn nun Marc?«, wiederholte ich meine Frage.

Wieder bekam ich keine Antwort. Mein Vater nahm nur meine Hand und drückte sie. So fest, dass ich ihn entrüstet anfuhr: »Hey, das tut weh!«

Er ließ sie schnell los und lachte verlegen. Oder unsicher? Es kam mir jedenfalls komisch vor. Ein mulmiges Gefühl machte sich in meiner Magengegend breit.

Dann schluchzte meine Mutter aus heiterem Himmel auf. »Clara und Jamie warten draußen«, schniefte sie.

»Die beiden sind auch hier?«, wunderte ich mich. Doch dann fiel mir wieder ein, dass Marc gesagt hatte, er hätte sie verständigt. Und dass sie sich schon auf dem Weg nach England befänden.

Meine Eltern standen auf und gingen zur Tür.

»Wo wollt ihr hin?«, fragte ich beunruhigt.

»Wie kommen gleich wieder zurück, mein Schatz«, sagte meine Mutter leise und irgendwie ein bisschen traurig. »Clara und Jamie haben darum gebeten, allein mit dir reden zu können.«

»Worüber?« Meine Stimme hörte sich schrill an. »Ich will jetzt nicht …«

»Mach dir keine Sorgen, Leni, Mäuschen«, sagte mein Vater. Er sah auch ganz geknickt aus. »Wir sind gleich wieder bei dir.«

Ich hob die Hände und schüttelte verständnislos den Kopf. »Wenn ihr meint …«, murmelte ich schließlich.

Kurz darauf klopfte es an meiner Tür und Clara und Jamie betraten das Zimmer. Beide wirkten nervös, angespannt und gleichzeitig sehr erleichtert.

Jamie war zuerst an meinem Bett und tätschelte meine Hand, noch bevor Clara sich neben mich ans Kopfende gesetzt hatte.

»Wie geht es dir?«, fragte er und musterte mich besorgt.

Ich zuckte mit den Schultern. »Ich glaube, ganz okay.«

Er lächelte. »Das ist gut.«

Stirnrunzelnd nickte ich und sagte dann betont locker: »Ich gehe mal davon aus, dass du Marc ordentlich die Leviten gelesen hast. Ich glaube, wir sollten ihm nicht zu viel Ärger machen. Marc braucht Hilfe, nicht noch mehr Stress. Aber wenn wir ihm alle zur Seite stehen, dann packt er das.«

Ich wusste nicht, warum ich so locker mit dem Ganzen umging. Vielleicht war ich noch in einer Art Schockzustand. Oder ich wollte so schnell wie möglich zur Normalität zurück, um dem unangenehmen Gespräch zu entgehen, das mir ohne Zweifel bevorstand.

Mir fiel ein, wie Marc mich im Auto zum Krankenhaus gefahren hatte. Ich auf dem Rücksitz, das verletzte Bein aufs Polster hochgelegt.

Sein Freund Will war es gewesen, vor dem ich am Haus die Flucht ergriffen hatte. Marc hatte ihn gebeten, mich von dort abzuholen und zurück nach London zu bringen. Er selbst, hatte er mir mit gequälter Stimme gesagt, wäre dazu nicht in der Lage gewesen. Und er hatte auch Clara und Jamie verständigt. Ihnen gesagt, dass sie mich im Imperial Hotel abholen könnten. Dorthin sollte Will mich bringen.

Ja, Marc hatte sich wirklich um alles gekümmert.

Blöd nur, dass Will das Haus trotz Navi erst nach stundenlanger Suche gefunden hatte. Und dass er sein Auto ein ganzes Stück vom Haus entfernt geparkt hatte, weil er sich nicht sicher war, ob er mit dem Wagen den schmalen Feldweg entlangkommen würde.

Dass ich in meiner Panik wie angestochen in den Wald flüchten und mich dabei verletzen würde, hatte bestimmt nicht auf Marcs Plan gestanden.

Will hatte ihn noch im Wald angerufen. Aber letztendlich nur eine Nachricht auf Marcs Mailbox hinterlassen können. Dann war er zurück nach London gefahren und hatte ihm persönlich von dem ganzen Dilemma berichtet.

Daraufhin hatte Marc sich sofort ins Auto gesetzt. Die ganze Nacht hatte er nach mir gesucht. Mich aber erst im Morgengrauen in der Kuhle entdeckt, zusammengekauert schlafend, von Laub und kleinen Ästen bedeckt.

»Ich habe das alles nicht gewollt, Leni«, hatte er mir während der Autofahrt immer wieder versichert. »Ich hoffe so sehr, dass du mir das glaubst.«

»Und warum hast du mich zurückgelassen? Warum bist du nicht selbst gekommen? Warum hast du diesen Will geschickt? Ich versteh das nicht … wie konntest du mir das antun?«

»Ich kann es dir nicht erklären. Es ist schwer. Ich muss verdammt noch mal lernen, mich besser zu beherrschen. Ich habe mir geschworen, nicht wütend zu werden, egal, was du sagst. Aber ... die Vorstellung, dass ich dich verliere, hat mich einfach so fertiggemacht ...«

»Du wirst mich nicht verlieren, Marc«, hatte ich geflüstert und alle Erinnerungen an die vergangenen Tage weit von mir geschoben. Ich wollte glauben, was ich sagte. Ich wollte, dass alles wieder so wurde wie zuvor. »Aber du musst professionelle Hilfe annehmen. Hörst du?!«

Im Rückspiegel sah ich, wie er gequält die Augen zusammenkniff. »Ich denke darüber nach.«

»Versprochen?«

Er presste die Lippen aufeinander und schüttelte leicht den Kopf. »Ich denke darüber nach«, sagte er noch einmal.

Dann hatten wir das Krankenhaus erreicht, und Marc war bei mir geblieben, bis ich im Rollstuhl in den Untersuchungsraum gefahren wurde.

Danach hatte ich ihn nicht mehr gesehen.

»Okay, wo ist er?« Ich versuchte, mich ein wenig im Bett aufzurichten, doch dazu war ich noch zu schwach. Bestimmt von der Narkose. So beschränkte ich mich darauf, den Blick erwartungsvoll auf die Tür zu richten.

Clara schaute mich entsetzt an und auch Jamie schien mein Verhalten nicht nachvollziehen zu können. »Leni, dir hätte sonst was passieren können. Das, was Marc da getan hat, ist kein Spaß mehr gewesen«, sagte er ernst.

Ich weiß. Ich weiß. Ich weiß. Aber ich möchte es jetzt abhaken, wollte ich sagen. Doch Claras plötzlicher Tränenausbruch hielt mich davon ab.

»Was ist los?« Sie weinte nicht meinetwegen. Ich wusste es. Ich spürte es ganz deutlich.

Sie presste die Faust gegen die Stirn. »Marc … er … er ist …«

»Was ist mit ihm?«, fuhr ich sie an.

Jamie wollte mir die Hand auf den Unterarm legen, aber ich schüttelte sie mit einer heftigen Geste ab. Auf einmal war mir kalt. Eiskalt.

»Er ist tot, Leni«, sagte Jamie. Er hatte Tränen in den Augen, und beinahe hätte ich ihn angeschrien, dass er nicht so einen Scheiß reden sollte. Dass ich seine schrägen Scherze jetzt nicht ertragen konnte.

»Was redest du da?«, fragte ich stattdessen mit erstickter Stimme.

Jamie wischte sich die Augen und Clara hörte nicht auf zu schluchzen.

Ich schüttelte den Kopf, schüttelte immerzu den Kopf und starrte vor mich hin. »Nein … nein«, stammelte ich. »Das … das ist doch Unsinn. Ihr zieht hier irgend so eine abartige Show mit mir ab.«

»Marc hatte einen Autounfall«, sagte Jamie schließlich. »Er ist frontal gegen einen Baum gefahren. Er war sofort tot.«

Wenn du dich allein fühlst, dich fürchtest oder traurig bist, dann schau zum Himmel hinauf, denn dort oben, auf einem Stern namens Sirius, da bin ich und wache über dich.

24

Manchmal träume ich von unserem zweiten Abend im Imperial Hotel in London.

Ich sehe uns durch das Zimmer tanzen, spüre seine Hand auf meinem Rücken, sein warmer Atem streift meinen Nacken.

Ich sehe ihn lächeln, seine dunklen Augen funkeln, die feine Narbe auf seinem Nasenrücken. Das braune Haar fällt ihm weich in die Stirn.

»Ich liebe dich«, raunt er mir ins Ohr. »Was auch immer geschehen mag, süße Leni, das darfst du nie vergessen.«

Er bohrt seinen Blick in meinen, auffordernd, als ob er mich bitten wollte: Sag es doch nur einmal. Nur ein einziges Mal möchte ich aus deinem Mund hören, dass du mich auch liebst.

Aber ich schaue ihn nur an, presse die Lippen fest aufeinander und schweige …

Es war für August ein viel zu kalter Morgen, als Marc auf dem Friedhof in Harlow Mill neben seiner Mutter Rose beerdigt wurde. Um sein Grab hatten sich nur eine Handvoll Menschen versammelt, die engsten Freunde. Jamie hatte es so gewollt, weil er wusste, dass auch Marc es so gewollt hätte.

Ich war nicht gekommen. Dazu hatte mir einfach die Kraft gefehlt. Aber Clara hatte mir später alles genau erzählt. Dass es irgendwann wie aus Eimern geschüttet und sie zu Jamie gemeint hätte, dass der Himmel weinen würde, weil so ein wunderbarer Mensch wie Marc von uns gegangen war.

Doch Jamie hatte ihr widersprochen. Wie immer.

»Das sind Freudentränen, *honey.* Die Engel feiern ein großes Fest, weil sie endlich einen so verdammt gut aussehenden Kerl wie unseren Marciboy bei sich haben. Und wenn er erst mal singt, dann werden sie alle seinem Charme erliegen.«

Clara hatte unter Tränen gelacht und da hatte Jamie ihr mit einem Taschentuch das Gesicht getupft. »Weine nicht. Marc ist glücklich da oben. Das weiß ich ganz sicher. Jetzt hat er endlich den Frieden in sich gefunden, nach dem er sein Leben lang gesucht hat.«

Und ich fand, das war ein guter Gedanke. Ein sehr guter Gedanke. So wollte ich mich an Marc erinnern. Wie er den Engeln *Will you still love me tomorrow* vorsang und sie mit verklärtem Blick an seinen Lippen hingen, so wie ich damals in der *Himmel & Meer Lounge* auf Usedom.

Inzwischen waren Herbstferien. Ich durfte mein Bein wieder vollständig belasten und hatte beschlossen, eine Ferienwoche bei Clara und Jamie zu verbringen.

Zusammen mit Geena, die mir in den letzten Wochen so sehr zur Seite gestanden hatte. An deren Schulter ich mich stundenlang hatte ausheulen können. Die mir ohne Unterlass über den Kopf und den Rücken strich. Sich tausendmal die ewig gleichen Geschichten anhörte – wie ich Marc kennengelernt und irgendwann für ihn geschwärmt hatte. Die guten Erinnerungen an ihn. Und die mit mir immer wieder Marcs Musik lauschte. Und der ich ständig die Frage nach dem Warum stellte, die sie mir nicht beantworten konnte, weil es darauf einfach keine Antwort gab.

»Es war wohl einfach Schicksal«, hatte sie einmal gemeint, während sie nachdenklich den Nagellack von ihrem Daumen pulte.

»Schicksal?«

Geena hatte genickt.

»Du meinst, dem Schicksal kann man nicht entkommen?«

Sie hatte eine Weile überlegt, bevor sie mit einer Gegenfrage reagiert hatte: »Wenn du dein Schicksal ändern könntest, würdest du es tun, Leni?«

Ich saß mit Clara im Innenhof in unserem Lieblingsstrandkorb, in warme Decken eingekuschelt, jede eine dampfende Tasse Tee in den Händen. Jamie war schon im Boxcamp. Geena mit Sammy am Strand spazieren.

»Weißt du«, sagte ich zu Clara und brachte den Satz dann doch nicht zu Ende.

Clara sah mich aufmerksam an und zog die Nase kraus. Die Sommersprossen hüpften auf und ab. »Was sollte ich wissen?«

Langsam beugte ich mich vor und setzte meine Teetasse auf dem kleinen Beistelltisch ab.

»Geena hat mir neulich eine Frage gestellt, die mich seitdem nicht mehr loslässt.«

»Welche?«

Ich sog die Luft tief ein und stieß sie mit einem Seufzer wieder aus. »Sie hat mich gefragt, ob ich mein Schicksal verändern würde, wenn ich es könnte.«

»Und, würdest du?«

Ich zuckte mit den Schultern. »Wenn Marc dann noch leben würde, bestimmt. Aber wenn ich ihm dadurch niemals hätte begegnen können, dann vielleicht auch nicht. Klingt ziemlich egoistisch, oder?«

Clara schüttelte den Kopf. »Ich verstehe dich. Damals, nach dem Tod meiner Eltern, hätte ich Ilona dankbar sein müssen, dass sie meinetwegen alles aufgegeben hat, nur damit ich nicht ins Heim musste. Aber dann hat sie mich so vereinnahmt, wollte mir ihre Lebensweise, ihre Sicht der Dinge aufzwingen. Ich hatte Angst zu ersticken, wenn ich bei ihr bleiben würde. Ich bin dann einfach abgehauen, obwohl ich wusste, dass ich ihr damit schrecklich weh tue.«

Sie stockte, strich sich eine Haarsträhne aus der Stirn und fuhr mit dem Anflug eines Lächelns auf den Lippen fort: »Ich habe mir so oft gewünscht, es rückgängig machen zu können. Doch wenn ich damals nicht gegangen wäre, dann hätte ich niemals diese unbeschwerte Zeit in London erleben können und letztendlich auch Jamie nicht kennengelernt. Du siehst, ich sitze, was das Schicksal betrifft, ebenso zwischen zwei Stühlen wie du.«

Ich grübelte einen Moment über das nach, was Clara gesagt hatte. »Dann sind unsere Schicksale eng miteinander verbunden. Ich meine, wenn du damals nicht abgehauen wärst, dann hättest du Jahre später auch nicht versucht, über mich wieder Kontakt zu deiner Schwester zu bekommen …«

Clara nickte. »... und wenn ich dich nicht nach Usedom gelockt hätte, dann hättest du Marc nie kennengelernt.«

Wir blickten uns lange an. Schweigend. Bis ich mich leise räuspern musste, weil da plötzlich ein dicker Kloß in meinem Hals feststeckte.

»Das wäre schlimm gewesen«, sagte ich. Und nach einem weiteren Räuspern fügte ich im Flüsterton hinzu: »Ich würde mein Schicksal nicht verändern.«

Nun stellte auch Clara ihren Teebecher ab. Sacht strich sie mir über die Wange. »Du hast ihn wirklich sehr geliebt, hm?«

Ich schloss die Augen, rieb mir mit Daumen und Zeigefinger die Nasenwurzel und dachte nach. Und als ich mir sicher war, ganz sicher, da öffnete ich die Augen wieder. Tränen schwammen darin.

»So sehr, wie man als unerfahrene Siebzehnjährige dazu fähig ist. Mit allen Höhen, Tiefen, Irrungen und Wirrungen. Eben das volle Programm.«

Clara zog mich in ihre Arme und nun konnte ich die Tränen nicht länger zurückhalten.

»Weißt du, Clara«, schniefte ich, »egal, was passiert ist, Marc wird für immer einen festen Platz in meinem Herzen haben.«

Sie strich mir tröstend übers Haar. »Das kann ich verstehen, Leni.«

Nun weinte ich hemmungslos in Claras Armen und sie ließ mich gewähren, streichelte meinen Kopf, meine Schultern, meinen Rücken. Eine lange, lange Zeit ließ sie mir, um Marcs Tod endlich auch in ihren Armen zu betrauern – und mich von ihm zu verabschieden.

Und als meine Schultern langsam zu beben aufhörten, da sagte sie: »Weißt du, meine kleine, große wunderbare Leni,

Marc war auch mir manchmal fremd. Schon als er noch klein war …« Sie brach ab, schien sich in ihren Erinnerungen zu verlieren. Doch schließlich fuhr sie leise fort: »An schlechten Tagen, in bitteren Momenten, da war er fast ein Fremder für mich. So zynisch, so rücksichtslos. Ein Mensch, der gegen seine inneren Dämonen anzukämpfen versuchte. Ich wusste nie, was in ihm vorging, wenn er so war, wenn er sich selbst nicht mochte, sich kaum ertragen konnte. Aber weißt du, was das Schlimmste für mich ist? Jetzt, wo es zu spät ist?«

Ich trocknete mir mit dem Handrücken die Augen und die Nase. »Nein«, wisperte ich.

Clara atmete tief durch. »Ich habe ihn nie danach gefragt.«

»Und?«, fragte Jamie mich, als ich mich nach dem Gespräch mit Clara zu ihm an den Tisch setzte.

Es war noch nichts los in der Pension. Jamie war zur Mittagszeit immer Claras erster *Gast*, hockte lange vor den Urlaubern am Tisch und genoss es, Clara in der Küche herumhantieren zu hören und sich von ihr *bedienen* zu lassen, wie er sie gern augenzwinkernd aufzog.

»Was hat dich denn so früh hierher verschlagen? Knurrt dein Magen etwa schon?«

»Hm«, machte ich. »Du bist der Grund!«

Jamie schaute mich erstaunt an. »Ich, warum ich? Hast du mich heute Vormittag so sehr vermisst?« Doch ich konnte ihm ansehen, dass er wusste, wovon ich sprach.

»Clara hat mir erzählt, dass du etwas für mich hättest«, sagte ich ruhig.

Plötzlich wirkte er müde. Er rieb sich die Augen und blickte dann wie in Gedanken versunken auf die Tischplatte.

Ich beugte mich ein wenig vor. »Ich muss es wissen, Jamie«, redete ich beschwörend auf ihn ein.

Er hob den Kopf und musterte mich.

»Clara meinte, ich müsste ihn dir geben«, sagte er nach einer Weile. »Aber ich glaube nicht, dass das gut ist, Leni.«

»Ich komme mit allem klar«, versicherte ich ihm. »Nur nicht mit Lügen.«

Jamie schüttelte den Kopf. »Es geht nicht um Lügen oder Wahrheiten. Ich möchte dir nicht wehtun.«

»Jamie …«, setzte ich an. Aber er unterbrach mich.

»Verdammt! Er war wie ein Sohn für mich und du, du bist wie eine Tochter für mich … Wenn ich *ihn* schon nicht beschützen konnte, dann wenigstens dich … Versteh das doch!«

»Na klar tue ich das«, gab ich zurück. »Aber bitte versuch auch, mich zu verstehen. Ich muss die Wahrheit wissen. Hat Marc einen Brief für mich …« Ich hielt inne, atmete noch einmal tief durch und sprach kaum hörbar weiter: »… hinterlassen?«

Jamie zuckte kaum merklich zusammen, als sich Claras Hand von hinten auf seine Schulter legte. Ich hatte sie schon einen Moment zuvor im Türrahmen stehen sehen. »Gib ihr den Brief, Jamie. Sie ist bereit dafür. Außerdem ist sie ja nicht allein damit.«

Ohne sich nach ihr umzudrehen, erhob er sich und verließ schweigend den Speisesaal.

Ich warf Clara einen ratlosen Blick zu. Doch sie nickte mir aufmunternd zu. »Er holt ihn. Da bin ich mir sicher.«

Wenige Minuten später kam Jamie zurück. In den Händen hielt er einen weißen Umschlag.

Bevor er ihn mir gab, sagte er mit belegter Stimme: »Er

hat ihn kurz vor seinem Tod geschrieben. Der Notarzt hat ihn in seiner Jackentasche gefunden. Du weißt, was das bedeutet …«

Ich nickte. »Es war kein Unfall«, brachte ich mühsam beherrscht hervor. Ich streckte die Hand nach dem Brief aus. »Bitte gib ihn mir, Jamie.«

Er nickte langsam und reichte ihn mir.

Als ich unseren Platz am Strand unweit des Küstenwalds erreicht hatte, holte ich den Brief aus meiner Jackentasche.

Der Umschlag war ein wenig zerknittert. Mit Daumen und Zeigefinger strich ich ihn wieder glatt. Sanft fuhren meine Finger über das weiße Papier, über die zwei blauen Wörter – *Für Leni*.

Meine Finger zitterten leicht, als ich ihn öffnete und ein zweimal gefaltetes Blatt, das auf Vorder- und Rückseite mit blauer Tinte beschrieben war, hervorzog.

Meine Leni.
Wo soll ich anfangen? Wie kann ich es dir erklären?
Vielleicht so: Ich dachte, wenn wir uns nur fest genug lieben, dann schaffen wir das schon.
Aber ich habe auch schnell begriffen, dass das, was ich für dich empfinde, keine Zukunft hat.
Jamie hat gesagt: Marc, lass deine Finger von Leni. Du bist nicht gut für sie.
Clara hat gemeint: Leni ist noch ein Kind. Tu ihr nicht weh.
Ich kann dir nicht erklären, was bei mir schiefgelaufen ist. Was so verquer in meinem Kopf ist, dass es mich manchmal zu einem anderen werden lässt.

Es tut mir so leid, ich kann es nicht in Worte fassen.
Ich habe mir geschworen, dir niemals wehzutun. So vielen habe ich wehgetan. Aber niemals wollte ich es zulassen, dass du unter dieser anderen, dieser dunklen Seite an mir leiden musst.
Und dann drehe ich so ab und verschleppe dich in dieses elende Haus. Sperre dich ein. Bringe dich in Lebensgefahr …
Ich schaffe es nicht mehr. Mir fehlt die Kraft, dagegen anzukämpfen.
Ich bin bei dir in Berlin so plötzlich aufgetaucht, weil ich nicht anders konnte. Ich habe mich so sehr nach dir gesehnt. Das erste Mal in meinem Leben habe ich geliebt, Leni. So sehr, dass es wehtat.
Ich wusste, ich konnte nur mit dir weiterleben oder gar nicht …

Immer wieder muss ich an den Abend zurückdenken, als du mir von Sirius erzählt hast. Wir standen vor Claras Pension. Ich wollte dich küssen, noch einmal küssen, aber du wolltest Abstand.
Da hast du deinen Kopf in den Nacken gelegt und mir von diesem hellen Stern am Himmel erzählt.
Ich habe dich gefragt, was sein besonderes Merkmal ist, und du hast gesagt, dass er auffallend hell sei.
Und später haben wir dann gemeinsam herausgefunden, dass er nicht nur sehr hell ist, sondern, dass er auch für uns zwei etwas ganz Besonderes sein kann.
Unser Treffpunkt am Himmel.
Erinnerst du dich?

Wenn du das nächste Mal hinaufschaust, dann wirst du dich vielleicht an mich erinnern. An den guten Marc.
Den du eventuell mochtest – ein wenig lieb hattest?
Der es unter anderen Umständen vielleicht für alle Zeiten in dein Herz geschafft hätte?
Leni, wann immer du magst, dann schau nach oben. Ich bin da.

Wir treffen uns auf Sirius!
Für immer, dein Marc

Langsam faltete ich den Brief zusammen und steckte ihn in den Umschlag zurück.

Meine Tränen brannten wie Feuer, als sie über meine Wangen liefen.

»Du beschissener Volltrottel«, schluchzte ich zitternd. »Du bist für alle Zeiten in meinem Herzen. Das musst du doch gewusst haben!«

In meinem ganzen Leben war ich noch nie so traurig gewesen und gleichzeitig so stinkwütend.

»Du Idiot. Du verdammter Idiot. Warum hast du das nur getan?«

Ein Freund ist ein Mensch,
der die Melodie deines Herzens kennt
und sie dir vorspielt, wenn du sie vergessen hast.
(Albert Einstein)

25

Die Hecke war noch immer dicht, obwohl all die anderen Bäume und Büsche längst ihr grünes Kleid abgelegt hatten.

Eine gute Hecke, hatte meine Mutter erst neulich gesagt. Immergrün und pflegeleicht.

Tja, das hatte sich nicht geändert. Meine Mutter war nach wie vor ein praktisch veranlagter, ordentlicher Mensch. Aber inzwischen war ich in der Lage, damit umzugehen. Und sie schaffte es immer öfter, mich so zu lassen, so zu akzeptieren, wie ich nun mal war. Mit all meinen Schwächen und Macken.

Der Sommer lag hinter mir. Der Herbst war gefolgt. Und nun war es Winter geworden. Eisig kalt, aber bislang noch ohne Schnee.

Ich liebte Schnee. Fast so wie das Meer und den Strand.

Als Felix und ich noch klein waren, da hatte uns nichts und niemand bei Schnee ins Haus gekriegt. Egal, wie rot verfroren unsere Nasenspitzen waren. Völlig unwichtig, dass unsere Finger und Füße vor Kälte fast abzusterben drohten. Wir hatten jeden Moment ausgekostet. Stundenlang waren wir gerodelt, hatten Iglus und Schneemänner gebaut und waren auf dem zugefrorenen Teich Schlittschuh gelaufen. Einmal war das Eis noch viel zu dünn gewesen, sodass ich eingebrochen war. Zum Glück in Ufernähe. Das Ganze war mit triefnassen Schuhen und Socken und aufgeweichten Hosenbeinen bis zu den Knien noch glimpflich ausgegangen. Doch an das Donnerwetter, das meine Mutter anschließend über uns ausgeschüttet hatte, erinnerte ich mich noch heute.

Es war eine glückliche Zeit gewesen. Felix und ich gegen den Rest der Welt und immer nur Dummheiten im Kopf, wie meine Mutter behauptet hatte.

Seit dem Sommer hatte ich Felix nur noch selten gesehen, weil er sich letztendlich doch vorzeitig für Hamburg entschieden hatte. Einmal direkt, nachdem ich aus England zurück war. An einem Samstagnachmittag. Meine Eltern waren zusammen zum Großeinkauf gefahren. Ich hatte auf der Terrasse gesessen, das Bein auf einem zweiten Gartenstuhl hochgelegt, als es an der Haustür geklingelt hatte.

Es hatte eine halbe Ewigkeit gedauert, bis ich zur Tür gehumpelt war, und da war Felix schon im Begriff gewesen, wieder zu gehen.

Als er sich zu mir umdrehte, war ich in Sekundenschnelle dunkelrot angelaufen.

»Ich dachte, es ist keiner da«, hatte er erklärt und mich dabei ein wenig angelächelt.

»Doch, doch«, hatte ich gestammelt. Ganz aufgeregt, mit schweißnassen Händen. »Ich bin da.«

Im nächsten Moment war ich mir so blöd vorgekommen. Dass ich da war, das konnte er ja schließlich selbst sehen.

»Wie geht es dir?«

»Ähm ... gut, ich meine, mein Bein schmerzt kaum noch.« Ich hatte gestockt. »Möchtest du ... möchtest du vielleicht reinkommen?«

Viel zu hoffnungsvoll hatte sich meine Stimme dabei angehört. Und Felix hatte auch prompt abgewinkt. »Nein, nein.«

»Schade«, hatte ich gemurmelt und war nicht in der Lage gewesen, ihm weiter in die Augen zu blicken.

»Ich wollte mich nur erkundigen, ob es dir gut geht.«

Ich hatte genickt. »Ja – es geht schon ... irgendwie.«

»Es tut mir leid, was dir passiert ist. Ich meine nicht nur das mit deinem Bein.«

Wieder hatte ich genickt und dann hatte Felix auf einmal geseufzt. Ganz schwer. Ganz tief. »Ich wünsche dir alles Gute, Leni.«

Dann war er gegangen.

Später hatte ich ihn noch ein paarmal flüchtig gesehen, wenn er seinen Vater am Wochenende besuchte.

Im November waren wir uns dann zum letzten Mal begegnet. Er war gerade im Begriff gewesen, in sein Auto zu steigen, als Geena und ich in unsere Straße einbogen. Ich wäre gern zu ihm hingelaufen. Hätte ihn wie früher angegrinst und gegen den Oberarm geknufft, nur damit er sich erinnerte. An unsere Freundschaft erinnerte.

Aber er hatte den Wagen gestartet und war losgefahren.

Fast war er an uns vorbei, als er seine Hand plötzlich doch noch zum Gruß hob. Ich meinte sogar, den Anflug eines Lächelns um seine Mundwinkel entdeckt zu haben.

Es machte mich noch immer traurig, ihn zu sehen. An ihn zu denken. Ihn als meinen Freund verloren zu haben.

Felix fehlte mir schrecklich und dennoch bereute ich nichts. Inzwischen hatte ich meine Erlebnisse in England so weit verarbeitet, dass ich daran zurückdenken konnte, ohne mir ständig selbst Vorwürfe zu machen, warum ich so oder so gehandelt hatte.

Es war Schicksal gewesen, hatte Geena gesagt. *Alles ist Schicksal, Leni. Nichts geschieht einfach nur so. Und seinem Schicksal, dem kann man nicht entrinnen. Man kann es nicht beeinflussen.*

Nein, ich hatte mich nicht gegen diese unglaubliche Anziehungskraft, die Marc auf mich ausgeübt hatte, wehren können. Und mittlerweile hatte ich das akzeptiert, wollte das Vergangene nicht mehr ungeschehen machen. Denn die Momente, die ich mit Marc gehabt hatte, die schönen, die innigen, die leidenschaftlichen, die wollte ich nicht missen und schon gar nicht aus meiner Erinnerung streichen.

Die letzten Tage, die furchtbare Zeit in dem Haus hingegen, waren in meiner Erinnerung beinahe verblasst, hatten ihre Schrecken verloren.

Es klopfte an meiner Tür und kurz darauf streckte meine Mutter ihren Kopf ins Zimmer.

»Leni, hast du es gar nicht gesehen?«, wunderte sie sich.

Ich hob verständnislos die Schultern. »Was?«

Sie lachte. Hell und wie befreit. Auch etwas, das sich geändert hatte. In letzter Zeit hörte ich sie viel häufiger lachen. Mein Vater hatte erst neulich zu mir gesagt, dass er fand, Mama sei viel lockerer geworden.

Okay, Lockerheit war nach wie vor sicher keine Stärke meiner Mutter, aber doch, es gab hin und wieder Augenblicke, da war sie richtig gut drauf.

Dieser war so einer.

»Nee, nee«, ulkte sie kopfschüttelnd herum. »Da schneit es seit langer Zeit endlich mal wieder, ich meine, so richtig, und was macht mein Mädchen? Hockt mit zugezogenen Gardinen in ihrem Zimmer und kriegt nichts mit.«

Mit drei Schritten war ich am Fenster und zog die Vorhänge zur Seite.

»Wahnsinn!«, rief ich begeistert. »Wo kommt denn plötzlich der ganze Schnee her? Das gibt es doch gar nicht.«

Unser Garten war von einer zwar noch dünnen, aber eindeutig weißen Schneedecke überzogen. Und die vielen dicken Flocken, die vom Himmel segelten, ließen erahnen, dass die Decke sehr bald ziemlich dick sein würde.

»Wenn es in diesem Tempo weiterschneit, dann können wir nachher im Garten eine Schneeballschlacht machen.« Sie zwinkerte mir zu.

Jetzt war ich wirklich sprachlos. Doch dann sah ich das Grinsen in ihrem Gesicht.

»Um Himmels willen«, amüsierte sie sich, mehr über sich selbst als über mich. »Kannst du dir vorstellen, dass ich so etwas tun würde?«

Ich schüttelte lachend den Kopf.

Dann stürmte ich an ihr vorbei in den Flur, hüpfte Stufe für Stufe die Treppe hinunter und zerrte meine dicke Jacke, Mütze und Handschuhe aus dem Garderobenschrank.

Als ich in die Stiefel schlüpfte, legte sich auf einmal eine Hand auf meine Schulter.

Ich fuhr leicht erschrocken herum, weil ich gar nicht bemerkt hatte, dass meine Mutter mir hinterhergegangen war. Hatte sie vor der großen Fensterfront vermutet, in den Garten hinausblickend.

So wie früher, wenn Felix und ich uns mit Schneebällen beschossen hatten und sie uns mit besorgtem Gesichtsausdruck dabei beobachtete. Immer auf der Lauer, dass ihrer kleinen Leni ja nichts passierte.

Felix, achte darauf, dass Leni keinen Ball ins Auge bekommt. – Felix, nicht dass Leni hinfällt und sich den Arm bricht. – Felix, nicht so stürmisch, am Ende reißt du Leni noch um …

Sie hatte immer Angst um mich gehabt. War immer in Sorge gewesen, mich zu verlieren. Heute wusste ich, warum. Früher hatte ich sie manchmal dafür gehasst.

»Huch, hast du mich erschreckt!«, rief ich leicht vorwurfsvoll aus.

Sofort zog sie ihre Hand zurück. »Das wollte ich nicht.«

Ich winkte ab. »Schon gut. Was ist denn?«

Sie zögerte kurz, bevor sie sagte: »Felix ist gestern Abend nach Hause gekommen. Sein Vater hat mir erzählt, dass er bis zum dritten Januar dableibt. So lange hat er wohl trainingsfrei.«

Ich hielt in der Bewegung inne. Sah sie einen Moment schweigend an und dachte nach. Was löste diese Nachricht in mir aus? Ein Bild schoss mir in den Kopf. Felix, der vielleicht auf der anderen Seite der Hecke stand, die Arme zur Seite ausgestreckt, den Kopf in den Nacken gelegt, den Mund weit aufgerissen, um mit der Zunge Schneeflocken einzufangen. So wie wir es früher immer gemacht hatten. Seite an Seite. Lachend. Glücklich.

Ich straffte meine Schultern. »Bald wird es dunkel«, sagte ich so beiläufig wie möglich.

Mehr nicht. Aber ich hatte das Gefühl, dass meine Mutter mich verstand. Vielleicht zum ersten Mal so richtig verstand.

Eisige Kälte schlug mir entgegen, als ich das Haus verließ. Ich sog die Luft tief ein, fühlte mich wie beschwingt.

Im Haus nebenan öffnete sich die Tür.

»Hallo, Leni!«, rief mir Felix' Vater zu. Er hatte sich die Wollmütze in die Stirn gezogen und einen dicken Schal fest um den Hals gewickelt. Eine Jacke trug er nicht. Auch keine Handschuhe. Seine Füße steckten in Badelatschen.

Ich konnte mir ein Grinsen nicht verkneifen. Felix' Vater war ein Chaot. Ein liebenswerter Chaot. Schon immer gewesen.

»Ist Ihnen nicht kalt?«, rief ich lachend zurück.

Er schüttelte den Kopf. »Warum? Ich hab doch einen Schal um den Hals.«

»Ich meine ja nur, weil Sie Badelatschen tragen. Und keine Jacke.«

Er schaute an sich hinunter und schlug sich dann klatschend die Hand vor die Stirn.

»Du entschuldigst mich«, grinste er mich an und war auch schon wieder im Haus verschwunden.

Ich blickte ihm nach, und plötzlich dachte ich, dass es verdammt schade war, dass ich ihn jetzt nur noch so selten sah. Mal vor der Tür, ein schneller Gruß, ein paar Worte gewechselt. Nie über Felix. Das war ein unausgesprochenes Gesetz zwischen uns.

Ich vermisste nicht nur die schöne Zeit mit Felix, wurde mir klar, sondern auch die lustigen Momente mit seinem Vater. Die Nachmittage auf dem Fußballplatz. Das sommerliche Grillen inklusive anschließender Pizzalieferung, weil

Felix' Vater sämtliche Würstchen hatte verkohlen lassen. Den Ausflug aufs Land, bei dem ihm mal wieder das Benzin im Tank ausgegangen war und Felix und ich, bewaffnet mit dem Benzinkanister, zur Tankstelle zurückmussten, an der wir vor drei Kilometern vorbeigefahren waren …

All das fehlte mir schrecklich.

Seufzend ging ich ums Haus herum in den Garten. Doch die Vorfreude, die ich eben noch empfunden hatte, war wie weggeblasen.

Es kam mir sinnlos vor, allein im Garten zu stehen, in den Himmel zu blicken, Schneeflocken mit der Zunge zu fangen – und außerdem fühlte ich mich auf einmal zu alt dafür.

Das war früher einmal gewesen. Das war eine andere Leni gewesen, die übermütig durch den Schnee gehüpft war und laut: »Es schneit, es schneit, es schneit!«, gerufen hatte.

Eine Weile blieb ich noch unentschlossen im Garten stehen, dann wandte ich mich zum Gehen.

Auf der anderen Seite der Hecke gab es einen fürchterlichen Knall. Dem Knall folgte lautes Fluchen. Danach herrschte Stille.

Ich wagte ein paar halbherzige Schritte in Richtung Hecke und stand schließlich direkt davor. Ich musste mich auf die Zehenspitzen stellen, um einen Blick in den Nachbarsgarten werfen zu können.

Ich sah auf die Rasenfläche, die von einer dichten weißen Schicht bedeckt war. Doch da war nichts. Nur Schnee. Entweder hatte ich mir den Knall eingebildet oder Felix' Vater hatte sich irgendetwas auf den Fuß fallen lassen. Bei der Vorstellung, wie er mit Mütze, Schal und Badelatschen jammernd und fluchend durchs Haus hüpfte, musste ich leise kichern.

»Was gibt es denn da zu lachen?«, erklang plötzlich eine vorwurfsvolle Stimme von der anderen Seite. Felix' Stimme. Sie kam vom Baumhaus.

»Ähm, sorry«, entschuldigte ich mich, wollte mich umdrehen und weggehen. Doch dann überlegte ich es mir anders. »Alles okay bei dir da oben?«

»Ja!«, knurrte er. Aber so richtig überzeugend hörte sich das nicht an.

»Ganz sicher?«, bohrte ich nach.

Einen Moment herrschte Stille. Schließlich ächzte Felix: »Wenn du meinem Vater Bescheid sagen könntest, dass er mal zu mir hochkommen soll, wäre das nicht schlecht.«

Ich nickte. Dann fiel mir ein, dass er mich ja gar nicht sehen konnte. »Okay«, beeilte ich mich zu sagen.

In Windeseile rannte ich ums Haus herum und klingelte an der Nachbarstür Sturm.

Doch drinnen tat sich nichts. Felix' Vater musste inzwischen weggegangen sein.

Ich atmete tief durch und ging weiter in Felix' Garten. Er hatte mir bei unserem letzten Zusammentreffen zwar deutlich zu verstehen gegeben, dass er keinen Kontakt mehr zu mir haben wollte, aber dies war ein Notfall, fand ich und tappte durch den Schnee zum Baumhaus.

»Felix!«, rief ich mit klopfendem Herzen. »Dein Vater macht die Tür nicht auf. Kann *ich* dir irgendwie helfen?«

Seine Antwort folgte prompt. »Nein! Oder doch: Hau ab!«

Ich musste schwer schlucken und mein Magen verkrampfte sich vor Enttäuschung. Es tat weh, so hart von ihm zurückgewiesen zu werden.

Dennoch wagte ich einen zweiten Versuch. »Aber du hast

dir doch was getan. Das höre ich dir an. Kann ich nicht hochkommen … bitte, Felix, lass mich dir helfen!«

Erneut ranzte er mich grob an. »Verschwinde einfach. Ich komme schon klar.«

»Felix … bitte …«

Er knurrte irgendeinen Fluch, und ich sah ein, dass wir so nicht weiterkamen.

»Okay«, sagte ich. »Dann hole ich jetzt schnell meine Mutter. Ihre Hilfe wirst du ja wohl annehmen können.«

Darauf erwiderte Felix nichts und ich deutete sein Schweigen als Zustimmung. Doch gerade, als ich mich in Bewegung setzen wollte, hörte ich ihn mit gedämpfter Stimme sagen: »Was ist mit deinem Eintritt?«

Ich blieb wie angewurzelt stehen. Ein eigenartiges Gefühl, eine Mischung aus Hoffnung und Erleichterung durchfuhr mich.

Ich überlegte. Dachte fieberhaft nach.

Mach jetzt nur keinen Fehler, Leni!

Dann fragte ich: »Was schlägst du vor?«

Und genau wie vor über zehn Jahren sagte er: »Eine Tüte Gummibärchen und zwei Schokoriegel.«

Ein heißes Glücksgefühl durchströmte mich. Wärmte meinen Körper von den Fuß- bis hinauf zu den Haarspitzen. »Okay, bin gleich zurück!«

Ich stürmte ins Haus.

»Haben wir irgendwelche Süßigkeiten?«, rief ich meiner Mutter atemlos zu.

Sie hob die Hände. »Eine Packung *After Eight* von Papa, und ich meine, im Schrank müsste noch eine Tüte Hustenbonbons liegen«, erklärte sie und musterte mich dabei irritiert.

»Gut«, erwiderte ich und wollte weiterlaufen.

»Aber …«

Ich bremste sie sofort aus. »Bitte frag nicht!«

Keine drei Minuten später stand ich wieder am Baumhaus und rief: »Kann ich auch mit *After Eight* und Hustenbonbons bezahlen?«

»Ungern«, kam es von oben. »Aber wenn es das Einzige ist, was du hast … okay.«

Ich schloss die Augen, legte meine Hände aufs Gesicht und atmete noch einmal tief durch. Dann kletterte ich mit leicht zittrigen Knien die Holzstufen hinauf.

Felix hockte in einer eigenartigen Stellung auf dem Boden des Baumhauses. Er wich meinem Blick aus, deutete nur mit der linken Hand auf eine große Kiste.

»Was ist passiert?«, rief ich erschrocken.

»Mein Fuß steckt fest«, murmelte er irgendwie peinlich berührt.

Und dann sah ich es. Eine Kiste war umgefallen und hatte dabei Felix' linken Fuß zwischen sich und der rechten Holzwand so fest eingequetscht, dass er ohne Hilfe nicht mehr loskam.

Ich ging neben ihm in die Hocke und versuchte, das Teil zur Seite zu rücken. Aber es ließ sich kaum bewegen.

»Mein Güte«, ächzte ich, »was ist denn da bitte drin? Backsteine?«

»So ähnlich«, brummte Felix. »Meine Steinsammlung.«

Ich sah mich um. Tatsächlich, sie waren alle fort.

»Warum hast du sie eingepackt?«

»Leni, das ist wohl nicht der passende Moment«, fuhr er mich an und zeigte erneut auf seinen eingeklemmten Fuß.

Ich wollte widersprechen, dass es sehr wohl eine Rolle spielte, warum er seine Steine, die er als Kind so heiß geliebt hatte, mit einem Mal entsorgen wollte, besann mich dann aber eines Besseren, weil er natürlich recht hatte.

Ich beugte mich noch weiter über die Kiste und stellte fest, dass sie sich mit einer Bodenplanke verkeilt hatte.

»Warte«, sagte ich. »Gleich hab ich es.«

Ich presste die Planke mit ganzer Kraft runter und forderte Felix auf, gemeinsam mit mir gegen die Kiste zu drücken.

Es gab ein lang gezogenes ratschendes Geräusch und keine Sekunde später war Felix befreit.

Sofort machte er sich daran, seinen Fuß zu untersuchen. Dann trat er ein paarmal vorsichtig auf. Zog das Hosenbein hoch, tastete wieder Fuß, Schienbein und Wade ab und seufzte schließlich erleichtert auf.

»Alles okay mit deinem Fuß?«, erkundigte ich mich.

Er nickte. »Noch mal Glück gehabt.«

Danach herrschte Schweigen im Baumhaus.

Felix blickte auf seinen Knöchel. Ich auf meine Hände.

Nach einer Weile sagte ich leise: »Dann gehe ich jetzt wohl mal wieder.«

Er nickte. »Ja.«

Ich erhob mich und ging in geduckter Haltung die zwei Schritte zum Ausgang hinüber.

Mein Fuß befand sich schon auf der obersten Stufe, da hörte ich ihn hinter mir sagen: »Ist mit deinem Bein inzwischen wieder alles okay?«

Ich hielt in der Bewegung inne, wandte mich aber nicht um, als ich ebenso leise erwiderte: »Ja. Alles wieder gut.«

»Das freut mich für dich.«

»Und wie geht es dir?«, wagte ich mich vor. »Fühlst du dich wohl bei deinem neuen Verein?«

Er hob die Schultern. »Klar. Schon. Manchmal fehlt mir natürlich Berlin. Ist halt mein Zuhause. Das vergisst man so schnell nicht.«

Ich suchte seinen Blick. »Es tut mir leid, Felix. So sehr.«

Er hob abwehrend die Hände. »Nicht, Leni. Lass es einfach.«

Ich nickte. »Es tut mir …«

Plötzlich wurde er wütend. »Verdammt noch mal, verstehst du nicht? Ich will das nicht hören. Vor allem nicht dein ständiges Es-tut-mir-leid-Gelaber.«

Ich zuckte zusammen, als ob mich jemand geschlagen hätte. Und dann explodierte etwas in mir. Als ob ein riesiger Knoten zerplatzte – erst in meinem Herzen, dann in meinem Kopf.

»Ja, ja, Felix, ich weiß. Ich habe dich schrecklich enttäuscht«, funkelte ich ihn zornig an. »Aber manchmal kann man eben nicht anders. Es gibt Dinge im Leben, die kann man nicht planen. Die sind einfach da – schwupp – und geschehen. Man nennt so was Schicksal.« Ich zitterte am ganzen Körper. »Weißt du, du fehlst mir schrecklich. Ich bin unendlich traurig, dass du nichts mehr mit mir zu tun haben willst. Auch wenn ich es verstehen kann. Aber was Marc betrifft, gibt es nichts, wofür ich mich entschuldigen könnte, weil alles, was geschehen ist, aus Liebe geschah.«

Ich wollte nicht weinen. Nicht schon wieder weinen und erst recht nicht vor Felix. Ich wollte jetzt einfach nur noch weg. Doch dann kullerten die Tränen schon aus meinen Augen, noch bevor ich die Stufen hinabsteigen und aus Felix' Blickfeld verschwinden konnte.

Er beugte sich vor und hielt mich am Ärmel zurück. Das

Gesicht blass, die sonst so leuchtend blauen Augen leer und stumpf. »Geh nicht.«

Und ich blieb.

Wir hockten nebeneinander auf der schmalen Holzbank. Unsere Knie berührten sich. Meine Gedanken rasten und waren dennoch so klar wie schon lange nicht mehr.

»Wie war er?«

Felix' Augen weiteten sich erstaunt, als ich leise zu lachen anfing.

»Was ist daran so lustig?«, fragte er.

Sollte ich ihm erklären, dass ich lachte, weil Marc mir genau dieselbe Frage gestellt hatte?

Nein. Ich wollte nicht mit ihm über Marc reden. Das mit Marc war etwas, das nur mich etwas anging. Sonst niemanden.

»Keine Ahnung. Vielleicht die Anspannung und so.«

»Warum bist du angespannt?«

»Weil ich das hier nicht vermasseln möchte«, gab ich zu.

Er schloss die Augen, fuhr sich mit den Händen durch die blonden Haare. Schweigend beobachtete ich ihn dabei. Betrachtete ängstlich sein Gesicht. Das vertraute Felix-Gesicht, das ich so gern lachen sah, und fürchtete, dass er die Augen wieder aufmachte und ich erkennen musste, dass da nichts mehr war. Kein Platz mehr für mich. Dass diese Vertrautheit zwischen uns für alle Zeiten zerstört war.

Langsam öffnete er die Augen wieder und sie bohrten sich in meinen Blick. Sie lächelten. Machten mir Mut. Ließen mein Herz fast zerspringen. »Ich vermisse meine beste Freundin wirklich sehr. Glaubst du, ich könnte sie zurückbekommen?«

Ich lächelte ihn an, meinen Freund, und nickte.

Als ich etwas später wieder allein in unserem Garten stand, den Kopf in den Nacken legte und hinauf zu Sirius schaute, da wusste ich, dass dort oben Marc war und über mich wachte, mit einem Lächeln und voller Liebe.

Und das war ein gutes Gefühl – für alle Zeiten.

Danken möchte ich …

… meiner wunderbaren Lektorin Jutta Knollmann – wieder einmal war die Zusammenarbeit einfach nur großartig,

… meiner Agentur und ganz besonders Tanja Heitmann und Bastian Schlück – für euer Vertrauen und die unermüdliche Unterstützung,

… meiner »großen« Schwester Regina Leinemann – Gina, Schwestern durch Zufall, Freundinnen aus Wahl!,

… meiner Familie – Frank, Jamie, Darleen, Merle und Marlon –, es gibt keinen Ort, der das Zuhause und die Familie ersetzen kann,

… meiner Kollegin und Freundin Gabriella Engelmann – mit keiner kann ich sooo gut »quatschen«!,

… meiner »anderen« Kollegin Barbara Rose, Freundin in der Ferne und Verbündete im Job und in der Familie – du weißt schon …,

… meinem Schwiegervater Bernhard Szillat – durch dich habe ich Usedom kennen- und lieben gelernt,

… meiner Freundin Claudia Grupe – dafür, dass es dich gibt und du immer Verständnis hast,

… meiner Freundin Ramona Wessling – für die Woche Usedom und das Kinderbeschäftigen und überhaupt, Monilein, für alles – ach ja, für die tiefblauen Felix-Augen natürlich auch,

… den »legendären« Mitgliedern des Hannover-Stammtischs: Ingo Siegner, Nikola Huppertz, Alice Pantermüller, Hartmut El Kurdi, Stephanie Schneider und Kathrin Lange. Für die genialen Ich-habe-Rücken-Gespräche und all die anderen Sachen, die mit euch so viel Freude machen,

… meinen allerliebsten »Koxis« – allen voran Claudia Duval, hier bin ich, hier bleibe ich, hier lese ich –, und ich freue mich schon total auf die »Sirius«-Präsentation bei Koxinel oben im Büchercafé,

… und dann noch ganz besonders: Ilona und Sina Schneidereit, Marion Kolmetz, Karin Fiedler und Sandra Budde (liebe Sandra, deine Begeisterung hat mich zu Tränen gerührt).